El naranjo,
o los círculos del tiempo

Carlos Fuentes

El naranjo,
o los círculos del tiempo

ALFAGUARA

© Carlos Fuentes, 1993
© Aguilar, Altea, Taurus, Alfaguara S.A. de C.V. (Primera edición, 1993)
© De esta edición:
Aguilar, Altea, Taurus, Alfaguara, S.A., 2003
Beazley 3860, (1437) Buenos Aires
www.alfaguara.com.ar

- Santillana Ediciones Generales S.L.
  Torrelaguna 60 28043, Madrid, España
- Aguilar, Altea, Taurus, Alfaguara, S.A. de C.V.
  Avda. Universidad 767, Col. del Valle, 03100, México
- Distribuidora y Editora Aguilar, Altea, Taurus, Alfaguara, S.A.
  Calle 80, 1023, Bogotá, Colombia
- Aguilar Chilena de Ediciones Ltda.
  Doctor Aníbal Ariztía 1444, Providencia, Santiago de Chile, Chile
- Ediciones Santillana S.A.
  Constitución 1889. 11800, Montevideo, Uruguay
- Santillana de Ediciones S.A.
  Avenida Arce 2333, Barrio de Salinas, La Paz, Bolivia
- Santillana S.A.
  Avda. Venezuela 276, Asunción, Paraguay
- Santillana S.A.
  Avda. San Felipe 731 - Jesús María, Lima, Perú

ISBN: 950-511-873-2
Hecho el depósito que indica la ley 11.723

Diseño: proyecto de Enric Satué
Cubierta: Silvana Visconti, a partir del diseño de Carlos Aguirre

Impreso en la Argentina. *Printed in Argentina*
Primera edición: octubre de 2003

Índice

Las dos orillas

A Juan Goytisolo

Como los planetas en sus órbitas,
el mundo de las ideas tiende a la circularidad.

Amos Oz, *Amor tardío*

Combien de royaumes nous ignorent!

Pascal, *Pensées*

10

Yo vi todo esto. La caída de la gran ciudad azteca, en medio del rumor de atabales, el choque del acero contra el pedernal y el fuego de los cañones castellanos. Vi el agua quemada de la laguna sobre la cual se asentó esta Gran Tenochtitlan, dos veces más grande que Córdoba.

Cayeron los templos, las insignias, los trofeos. Cayeron los mismísimos dioses. Y al día siguiente de la derrota, con las piedras de los templos indios, comenzamos a edificar las iglesias cristianas. Quien sienta curiosidad o sea topo, encontrará en la base de las columnas de la catedral de México las divisas mágicas del Dios de la Noche, el espejo humeante de Tezcatlipoca. ¿Cuánto durarán las nuevas mansiones de nuestro único Dios, construidas sobre las ruinas de no uno, sino mil dioses? Acaso tanto como el nombre de éstos: Lluvia, Agua, Viento, Fuego, Basura...

En realidad, no lo sé. Yo acabo de morir de bubas. Una muerte atroz, dolorosa, sin remedio.

Un ramillete de plagas que me regalaron mis propios hermanos indígenas, a cambio de los males que los españoles les trajimos a ellos. Me maravilla ver, de la noche a la mañana, esta ciudad de México poblada de rostros cacarañados marcados por la viruela, tan devastados como las calzadas de la ciudad conquistada. Se agita, hirviente, el agua de la laguna; los muros han contraído una lepra incurable; los rostros han perdido para siempre su belleza oscura, su perfil perfecto: Europa le ha arañado para siempre el rostro a este Nuevo Mundo que, bien visto, es más viejo que el europeo. Aunque desde esta perspectiva olímpica que me da la muerte, en verdad veo todo lo que ha ocurrido como el encuentro de dos viejos mundos, ambos milenarios, pues las piedras que aquí hemos encontrado son tan antiguas como las del Egipto y el destino de todos los imperios ya estaba escrito, para siempre, en los muros del festín de Baltasar.

Lo he visto todo. Quisiera contarlo todo. Pero mis apariciones en la historia están severamente limitadas a lo que de mí se dijo. Cincuenta y ocho veces soy mencionado por el cronista Bernal Díaz del Castillo en su *Historia Verdadera de la Conquista de la Nueva España*. Lo último que se sabe de mí es que ya estaba muerto cuando Hernán Cortés, nuestro capitán, salió en su desventurada expedición a Honduras en octubre de 1524. Así lo describe el cronista y pronto se olvida de mí.

Reaparezco, es cierto, en el desfile final de los fantasmas, cuando Bernal Díaz enumera el destino de los compañeros de la Conquista. El escritor posee una memoria prodigiosa; recuerda todos los nombres, no se le olvida un solo caballo, ni quien lo montaba. Quizá no tiene otra cosa sino el recuerdo con el cual salvarse, él mismo, de la muerte. O de algo peor: la desilusión y la tristeza. No nos engañemos; nadie salió ileso de estas empresas de descubrimiento y conquista, ni los vencidos, que vieron la destrucción de su mundo, ni los vencedores, que jamás alcanzaron la satisfacción total de sus ambiciones, antes sufrieron injusticias y desencantos sin fin. Ambos debieron construir un nuevo mundo a partir de la derrota compartida. Esto lo sé yo porque ya me morí; no lo sabía muy bien el cronista de Medina del Campo al escribir su fabulosa historia, y de allí que le sobre memoria, pero le falte imaginación.

No falta en su lista un solo compañero de la Conquista. Pero la inmensa mayoría son despachados con un lacónico epitafio: "Murió de su muerte". Unos cuantos, es cierto, se distinguen porque murieron "en poder de indios". Los más interesantes son los que tuvieron un destino singular y, casi siempre, violento.

La gloria y la abyección, debo añadir, son igualmente notorias en estas andanzas de la Conquista. A Pedro Escudero y a Juan Cermeño, Cortés los mandó ahorcar porque intentaron escaparse con un navío a Cuba, mientras que a su piloto, Gonzalo de Umbría, sólo le mandó cortar los dedos de los pies y así, mocho y todo, el tal Umbría tuvo el valor de presentarse ante el rey a quejarse, obteniendo rentas en oro y pueblos de indios.

Cortés debió arrepentirse de no haberle ahorcado también. Ved así, lectores, auditores, penitentes, o lo que seáis al acercaros a mi tumba, cómo se toman decisiones cuando el tiempo urge y la historia ruge. Siempre pudo ocurrir exactamente lo contrario de lo que la crónica consigna. Siempre.

Además, es para deciros que en esta empresa de todo hubo, desde el deleite personal de un fulano Morón que era gran músico, un Porras muy bermejo y que era gran cantor, o un Ortiz, gran tañedor de vihuela y que enseñaba a danzar, hasta las desgracias de un Enrique, natural de Palencia, que se ahogó de cansado y del peso de las armas y del calor que le daban.

Hay destinos contrastados; a Alfonso de Grado me lo casa Cortés nada menos que con doña Isabel, hija del emperador azteca Moctezuma; en cambio, un tal Xuárez dicho El Viejo, acaba matando a su mujer con una piedra de moler maíz. ¿Quién gana, quién pierde en una guerra de conquista? Juan Sedeño llegó con fortuna —navío propio, nada menos; con una yegua y un negro para servirle, tocinos y pan cazabe en abundancia y aquí hizo más. —Un tal Burguillos, en cambio, se hizo de riquezas y buenos indios, y lo dejó todo para irse de franciscano. Pero la mayor parte regresó de la Conquista o se quedó en México sin ahorrar un maravedí.

¿Cuánto monta, pues, un destino más, el mío, en medio de esta parada de glorias y miserias? Sólo diré que, en esto de los destinos, yo creo que el más sabio de todos nosotros fue el llamado Solís

"Tras-de-la-Puerta", quien se la pasaba en su casa detrás de la puerta viendo a los demás pasar por la calle, sin entrometerse y sin ser entrometido. Ahora creo que en la muerte todos estamos, como Solís, tras de la puerta, viendo pasar sin ser vistos, y leyendo lo que de uno se dice en las crónicas de los sobrevivientes.

Sobre mí, entonces, ésta es la consignación final:

> "Pasó otro soldado que se decía Jerónimo de Aguilar; este Aguilar pongo en esta cuenta porque fue el que hallamos en la Punta de Catoche, que estaba en poder de indios e fue nuestra lengua. Murió tullido de bubas".

9

Tengo muchas impresiones finales de la gran empresa de la conquista de México, en la que menos de seiscientos esforzados españoles sometimos a un imperio nueve veces mayor que España en territorio, y tres veces mayor en población. Para no hablar de las fabulosas riquezas que aquí hallamos y que, enviadas a Cádiz y Sevilla, hicieron la fortuna no sólo de las Españas, sino de la Europa entera, por los siglos de los siglos, hasta el día de hoy.

Yo, Jerónimo de Aguilar, veo al Mundo Nuevo antes de cerrar para siempre los ojos y lo último que miro es la costa de Veracruz y los navíos que zarpan llenos del tesoro mexicano, guiados por el más seguro de los compases: un sol de oro y una luna de plata, suspendidos ambos, al mismo tiempo, sobre un cielo azul negro y tormentoso en las alturas, pero ensangrentado, que apenas toca la superficie de las aguas.

Me quiero despedir del mundo con esta imagen del poder y la riqueza bien plantada en el fondo de la mirada; cinco navíos bien abastecidos, gran número de soldados y muchos caballos y tiros y escopetas y ballestas, y todo género de armas, cargados hasta los mástiles y lastrados hasta las bodegas: ochenta mil pesos en oro y plata, joyas sin fin, y las recámaras enteras de Moctezuma y Guatemuz, los últimos reyes mexicanos. Limpia operación de conquista, justificada por el tesoro que un esforzado capitán al servicio de la Corona envía a Su Majestad, el rey Carlos.

Pero mis ojos no llegan a cerrarse en paz, pensando ante todo en la abundancia de protección, armas, hombres y caballos, que acompañó de regreso a España el oro y la plata de México, en contraste cruel con la inseguridad de los escasos recursos y bajo número con que Cortés y sus hombres llegaron desde Cuba en la hora primeriza de una incierta gesta. Mirad, sin embargo, lo que son las ironías de la historia.

Quiñones, capitán de la guardia de Cortés, enviado a proteger el tesoro, cruzó la Bahama pero se detuvo en la isla de La Tercera con el botín de México, se enamoró de una mujer allí, y por esta causa, murió acuchillado, en tanto que Alonso de Dávila, quien iba al frente de la expedición, se topó con el pirata francés Jean Fleury, que nosotros llamamos, familiarmente, Juan Florín, y fue quien se robó el oro y la plata y a Dávila lo encarceló en Francia, donde el rey Francisco I había declarado repetidas veces, "Mostradme la cláusula del testamento de Adán en la que se le otorga al rey de España la mitad del mundo", a lo que sus corsarios, en coro, respondieron: "Cuando Dios creó el mar, nos lo regaló a todos sin excepción". Vaya, pues, de moraleja: el propio Florín, o Fleury, fue capturado en alta mar por vizcaínos (Valladolid, Burgos, Vizcaya: ¡el Descubrimiento y la Conquista acabaron por unir y movilizar a toda España!) y ahorcado en el puerto de Pico...

Y no termina allí la cosa, sino que un tal Cárdenas, piloto natural de Triana y miembro de nuestra expedición, denunció a Cortés en Castilla, diciendo que no había visto tierra donde hubiese dos reyes como en la Nueva España, pues Cortés tomaba para sí, sin derecho, tanto como le enviaba a Su Majestad y por su declaración el Rey le dio a este trianero mil pesos de renta y una encomienda de indios.

Lo malo es que tenía razón. Todos fuimos testigos de la manera como nuestro capitán se llevaba la parte del león y nos prometía a los soldados recompensas al terminar la guerra. ¡Tan largo me lo fiáis! Nos quedamos pues, después de sudar los dientes, sin saco ni papo ni nada so el sobaco... Cortés fue juzgado y despojado del poder, sus lugartenientes perdieron la vida, la libertad y lo que es peor, el tesoro, y éste acabó desparramándose por los cuatro rincones de la Europa...

¿Hay justicia, hoy me pregunto, en todo ello? ¿No hicimos más que darle su destino mejor al oro de los aztecas, arrancarlo de un estéril oficio para difundirlo, distribuirlo, otorgarle un propósito económico en vez de ornamental o sagrado, ponerlo a circular, fundirlo para difundirlo?

8

Trato, desde mi tumba, de juzgar serenamente; pero una imagen se impone una y otra vez a mis razones. Veo frente a mí a un hombre joven, de unos veintidós años, de color moreno claro, de muy gentil disposición, así de cuerpo como de facciones.

Estaba casado con una sobrina de Moctezuma. Era llamado Guatemuz o Guatimozín y tenía, sin embargo, una nube de sangre en los ojos y cuando sentía que se le empañaba la mirada, bajaba los párpados y yo se los vi: uno era de oro y el otro de plata. Fue el último emperador de los aztecas, una vez que su tío Moctezuma fue muerto a pedradas por el populacho desencantado. Los españoles matamos algo más que el poder indio: matamos la magia que lo rodeaba. Moctezuma no luchó. Guatemuz se batió como un héroe, sea dicho en su honor.

Capturado junto con sus capitanes y llevado ante Cortés un día 13 de agosto, a hora de vísperas, el día de San Hipólito y en el año de 1521, el Guatemuz dijo que él había hecho en defensa de su pueblo y vasallos todo lo que estaba obligado a hacer por pundonor y también (añadió) por pasión, fuerza y convicción. "Y pues vengo por fuerza y preso —le dijo entonces a Cortés— ante tu persona y poder, toma luego este puñal que traes en la cintura y mátame luego con él."

Este indio joven y valiente, el último emperador de los aztecas, empezó a llorar pero Cortés le contestó que por haber sido tan valiente que viniera en paz a la ciudad caída y que mandase en México y en sus provincias como antes lo solía hacer.

Yo sé todo esto porque fui el traductor en la entrevista de Cortés con Guatemuz, que no podían comprenderse entre sí. Traduje a mi antojo. No le comuniqué al príncipe vencido lo que Cortés realmente le dijo, sino que puse en boca de nuestro jefe una amenaza: —Serás mi prisionero, hoy mismo te torturaré, quemándote los pies igual que a tus compañeros, hasta que confieses dónde está el resto del tesoro de tu tío Moctezuma (la parte que no fue a dar a manos de los piratas franceses).

Añadí, inventando por mi cuenta y burlándome de Cortés: —No podrás caminar nunca más, pero me acompañarás en mis futuras conquistas, baldado y lloroso, como símbolo de la continuidad y fuente de legitimidad para mi empresa, cuyas banderas, bien altas, son oro y fama, poder y religión.

Traduje, traicioné, inventé. En el acto se secó el llanto del Guatemuz y en vez de lágrimas, por una mejilla le rodó el oro y por la otra la plata, surcándolas como cuchilladas y dejando para siempre en ellas una herida que, ojalá, la muerte haya cicatrizado.

Yo, desde la mía, recuerdo aquella víspera de San Hipólito, consignada por Bernal Díaz como una eterna noche de lluvia y relámpagos, y me descubro ante la posteridad y la muerte como un falsario, un traidor a mi capitán Cortés que en vez de hacer un ofrecimiento de paz al príncipe caído, lo hizo de crueldad, de opresión continuada y sin piedad, y de vergüenza eterna para el vencido.

Mas como así sucedió en efecto, convirtiéndose mis falsas palabras en realidad, ¿no tuve razón en traducir al revés al capitán y decirle, con mis mentiras, la verdad al azteca? ¿O fueron mis palabras, acaso, un mero trueque y no fui yo sino el intermediario (el traductor) y el resorte de una fatalidad que transformó el engaño en verdad?

Sólo confirmé, aquella noche de san Hipólito, jugando el papel de lengua entre el conquistador y el vencido, el poder de las palabras cuando las impulsa, como en este caso, la imaginación enemiga, la advertencia implícita en el sesgo crítico del verbo cuando es verdadero, y el conocimiento que yo había adquirido del alma de mi capitán, Hernán Cortés, mezcla deslumbrante de razón y quimera, de voluntad y flaquezas, de escepticismo y de candor fabuloso, de fortuna y mal hado, de gallardía y burlas, de virtud y maldad, pues todo esto fue el hombre de Extremadura y conquistador de México, a quien yo acompañé desde Yucatán hasta la corte de Moctezuma.

Tales son, sin embargo, los poderes de la quimera y la burla, de la maldad y la fortuna cuando no casan bien sino que se confían de las palabras para existir, que la historia del último rey Guatemuz se resolvió, no en el cauce del poder prometido por Cortés, ni en el honor con que se rindió el indio, sino en una comedia cruel, la misma que yo inventé y volví fatal con mis mentiras. El joven emperador fue el rey de burlas, arrastrado sin pies por la carroza del vencedor, coronado de nopales y al cabo colgado de cabeza, desde las ramas de una ceiba sagrada, como un animal cazado. Sucedió exactamente lo que yo, mentirosamente, inventé.

Por todo ello no duermo en paz. Las posibilidades incumplidas, las alternativas de la libertad, me quitan el sueño.

La culpable fue una mujer.

7

Entre todas las novedades producidas por mi capitán don Hernán Cortés para impresionar a los indios —fuego de arcabuces, espadas de fierro, abalorios de cristal— ninguna importó tanto como los caballos de la Conquista. Una escopeta lanza un estallido que se desvanece en humo; una tizona puede ser vencida por una espada india de dos manos; el vidrio engaña, pero la esmeralda también. En cambio, el caballo es, está allí, tiene vida propia, se mueve, tiene la suma de poder del nervio, el lustre, el músculo, el belfo babeante y las pezuñas como alianza del terreno, resortes del trueno y gemelas del acero. Los ojos hipnóticos. El jinete que la monta y desmonta, añadiendo a la metamorfosis perpetua de la bestia vista ahora y jamás imaginada antes, no digamos por los indios, ni siquiera por uno solo de sus dioses.

—¿Será el caballo el sueño de un dios que nunca nos comunicó su pesadilla secreta?

Nunca pudo un indio encontrar la manera de vencer a un jinete castellano armado y éste es el verdadero secreto de la Conquista, no sueño o profecía alguna. Cortés explotó hasta el límite a su menguada caballería, no sólo en el ataque o en la carrera de combate a campo traviesa, sino en cabalgatas especialmente preparadas a orillas del mar, donde los corceles parecían agitar las olas —al grado de que nosotros mismos, los españoles, imaginamos que estas costas, sin caballos, serían plácidas como un espejo de agua.

Miramos con asombro una fraternidad nunca pensada entre la espuma de los océanos y la espuma de los hocicos.

Y cuando el capitán Cortés quiso asombrar en Tabasco a los enviados del Gran Moctezuma, juntó a un garañón con una yegua en celo y los escondió, instruyéndome a mí mismo para que los hiciera relinchar en el momento oportuno. Los enviados del Rey jamás habían escuchado ese ruido y sucumbieron, espantados, a los poderes del *Teúl* o Dios español, como lo llamaron a Cortés desde entonces.

Lo cierto es que ni yo, ni nadie, había escu-

chado salir del silencio un relincho que, despojado de sus cuerpos, revelara el deseo animal, la lujuria bestial, con tan cruda fuerza. El teatro de mi
capitán se superó a sí mismo y nos impresionó a
los propios españoles. Nos hizo, un poco, sentir-
nos bestias a todos...

Pero los emisarios del Gran Moctezuma habían visto, además, todos los portentos de ese año
previsto por sus magos para el regreso de un Dios
rubio y barbado. Nuestras maravillas —los caballos, los cañones— sólo confirmaron las que ellos
traían en la mirada:

Cometas a mediodía, aguas en llamas, torres
desplomadas, griterío nocturno de mujeres errantes, niños secuestrados por el aire...

Hételas aquí que llega en ese preciso instante don Hernán Cortés blanco como los invier-
nos en la sierra de Gredos, duro como la tierra de
Medellín y Trujillo, y con una barba más vieja que
él. Que esperan el regreso de los dioses y en cambio les cae gente como Rodrigo Jara El Corcovado
o Juan Pérez que mató a su mujer llamada La Hija
de la Vaquera, o Pedro Perón de Toledo, de turbu-
lenta descendencia, o un tal Izquierdo natural de
Castromocho. Vaya dioses, que hasta en la tumba
me carcajeo de pensarlo.

Una imagen me corta la risa. Es el caballo.

Pues hasta Valladolid El Gordo se veía bien a
caballo; digo: inspiraba respeto y asombro. La mortalidad del hombre era salvada por la inmortalidad del caballo. Con razón Cortés nos dijo desde
la primera hora:

—Enterremos a los muertos de noche y en sigilo. Que nuestros enemigos nos crean inmortales.

Caía el jinete; nunca, el corcel. Nunca, el castaño zaino de Cortés, ni la yegua rucia de buena carrera de Alonso Hernández, ni el alazán de Montejo, ni el overo, labrado de las manos, de Morán. No fuimos, pues, sólo hombres quienes entramos a la Gran Tenochtitlan en el 3 de noviembre de 1520, sino centauros: seres mitológicos, con dos cabezas y seis patas, armados de trueno y vestidos de roca. Y además, gracias a las coincidencias del calendario, confundidos con el Dios que regresaba, Quetzalcóatl.

Con razón Moctezuma nos recibió, de pie, en la mitad de la calzada que unía al valle con la ciudad lacustre, diciendo:

—Bienvenidos. Han llegado a su casa. Ahora descansen.

Nadie, entre nosotros, ni en el Viejo ni en el Nuevo Mundo, había visto ciudad más espléndida que la capital de Moctezuma, los canales, las canoas, las torres y amplias plazas, los mercados tan bien abastecidos, y las novedades que mostraban, jamás vistas por nosotros ni mencionadas en la Biblia: el tomate y el pavo, el ají y el chocolate, el maíz y la papa, el tabaco y el alcohol del agave; esmeraldas, jades, oro y plata en abundancia, obrajes de pluma y suaves cánticos adoloridos...

Lindas mujeres, recámaras bien barridas, patios llenos de aves, y jaulas repletas de tigres; jardines y enanos albinos a nuestro servicio. Como Alejandro en Capua, nos amenazaban las delicias del triunfo. Éramos recompensados por nuestro esfuerzo. Los caballos eran bien cuidados.

Hasta que una mañana, estando Moctezuma, el gran rey que con tanta hospitalidad nos había recibido en su ciudad y en su palacio, rodeado de todos nosotros en una recámara real, sucedió algo que cambió el curso de nuestra empresa.

Pedro de Alvarado, el audaz y galante, cruel sinvergüenza lugarteniente de Cortés, era rojo de cabellera y barba, razón por la cual los indios lo llamaban El Tonatío, que quiere decir El Sol. Simpático y caradura, el Tonatío tenía entretenido al rey Moctezuma en un juego de dados —otra novedad para estos indios— y el monarca se encontraba distraído e incapaz, por el momento, de adivinar su suerte más allá de la siguiente tirada de dados, aun cuando le hiciera trampa, como en ese momento, el irreprimible Alvarado. Se veía irritado el Rey, porque solía cambiar de ropas varias veces al día y en éste sus doncellas andaban retrasadas y la túnica ya le hedía o picaba, vaya usted a saber...

Hete aquí que en ese momento cuatro tamemes o cargadores indios entran al aposento, seguidos por el alboroto natural de nuestra guardia, y con impasible ademán dejan caer frente a Cortés y el emperador la cabeza cortada de un caballo.

Fue entonces que la segunda lengua del conquistador, una princesa esclava de Tabasco bautizada doña Marina, pero apodada La Malinche, interpretó velozmente a los mensajeros que, llegados de la costa, traían noticia de un levantamiento de mexicanos en Veracruz contra la guarnición dejada allí por Cortés. La tropa azteca logró matar a Juan de Escalante, alguacil mayor del puerto, y a seis españoles.

Sobre todo, mataron al caballo. Aquí estaba la prueba.

Noté que Alvarado se quedó con la mano llena de dados en el aire, mirando los ojos vidriosos, entreabiertos, del caballo, como si en ellos se reconociera y como si en el cuello cortado a pedernal, como con rabia, el rabioso y colorado capitán advirtiese su propio final.

Moctezuma perdió interés en el juego, encogiéndose un poco de hombros, y miró fijamente la cabeza del caballo. Su elocuente mirada, empero, nos decía en silencio a los españoles: —¿De manera que sois teúles? Mirad la mortalidad de vuestros poderes, entonces. ¿Sois dioses o no? ¿Mortales o inmortales? ¿Qué me conviene más a mí? Veo una cabeza cortada de caballo, y me digo en verdad que soy yo el que tiene el poder de vida o muerte sobre vosotros.

Cortés, en cambio, se quedó mirando a Moctezuma con una cara de traición tal que yo sólo pude leer en ella lo que nuestro capitán quería ver en la del Rey.

Jamás he sentido que tantas cosas eran dichas sin pronunciar palabra, pues Moctezuma, acercándose en actitud devota, casi humillada, a la cabeza del caballo, decía sin decir nada que así como el caballo murió podían morir los españoles, si él lo decidía; y él lo decidiría, si los extranjeros no se retiraban en paz. Los dioses habían regresado, cumpliendo la profecía. Ahora debían retirarse a fin de que los reinos se gobernasen solos, con voluntad renovada de honrar a los dioses.

Cortés, sin decir palabra, le advertía al Rey que no le convenía comenzar una guerra que acabaría destruyéndoles a él y a su ciudad.

Pedro de Alvarado, que no sabía de discursos sutiles, dichos o no dichos, arrojó con violencia los dados contra la cara de la espantosa divinidad que presidía el aposento, la diosa llamada de la falda de serpientes, pero antes de que pudiera decir nada, Cortés se adelantó y le ordenó al Rey dejar su palacio y venirse a vivir al de los españoles. Nuestro capitán había leído la amenaza, pero también la duda, en los movimientos y el rostro de Moctezuma.

—Si alboroto o voces dáis, seréis muerto por mis capitanes —dijo con tono parejo Cortés, impresionando más a Moctezuma con ello que la furia física de Alvarado. Sin embargo, a su espanto y desmayo iniciales, respondió el Rey quitándose del brazo y muñeca el sello de Huichilobos, dios de la guerra, como si fuese a mandar nuestra carnicería; pero sólo se excusó:

—Nunca ordené el ataqué en la Veracruz. Castigaré a mis capitanes por haberlo hecho.

Entraron las doncellas con las ropas nuevas. Parecían azoradas por el ambiente de fonda barata que hallaron. Moctezuma recuperó la dignidad y dijo que no saldría de su palacio. Alvarado se enfrentó entonces a Cortés:

—¿Qué haces con tantas palabras? O le llevamos preso o le daremos de estocadas.

Una vez más, fue la intérprete doña Marina la que decidió la contienda, aconsejándole con fuerza al Rey: —Señor Moctezuma, lo que yo os recomiendo es que vayáis luego con ellos a su aposento sin ruido alguno. Sé que os harán honra, como gran señor que sois. De otra manera, aquí quedarás muerto.

Ustedes entienden que esto se lo dijo la mujer al emperador por su propia iniciativa, no traduciendo a Cortés, sino hablando con fluidez la lengua mexicana de Moctezuma. El Rey parecía un animal acorralado, sólo que en vez de girar sobre cuatro patas, se tambaleaba sobre sus dos pies. Ofreció a sus hijos en rehenes. Repitió varias veces estas palabras: —"No me hagáis esta afrenta; ¿qué dirán mis principales si me ven llevar preso?; esta afrenta no".

¿Era este ser pusilánime el gran señor que tenía sometidas por el terror a todas las tribus desde Xalisco hasta Nicaragua? ¿Era el déspota cruel que un día mandó matar a los que soñaban el fin de su reino, para que al morir los soñadores muriesen los sueños también? El enigma de la debilidad de Moctezuma ante los españoles sólo lo puedo entender mediante la explicación de las palabras. Llamado el Tlatoani o Señor de la Gran Voz, Moctezuma estaba perdiendo poco a poco el dominio sobre las palabras, más que sobre los hombres. Fue ésta, creo yo, la novedad que lo desconcertó, y doña Marina acababa de demostrarle, argumentando con él cara a cara, que las palabras del Rey ya no eran soberanas. Entonces, tampoco lo era él mismo. Otros, los extranjeros, pero también esta tabasqueña traidora, eran dueños de un vocabulario vedado por Moctezuma. ¿A cuántos más acabaría por extenderse el poder de la palabra?

En esta segunda oportunidad entre el dicho, el hecho y las consecuencias imprevisibles de ambos, vi la mía y esa noche, bajo manto de sigilo, le hablé en mexicano al Rey y le dije en secreto los peligros que acechaban a los españoles. ¿Sabía Moctezuma que el gobernador de Cuba había enviado una expedición a detener a Cortés, a quien consideraba un sublevado vil que actuaba sin autorización y digno, él mismo, de ser encarcelado, en vez de andar cogiendo prisionero a tan alto señor como Moctezuma, el igual tan sólo de otro rey, don Carlos, al que Cortés pretendía, sin credenciales, representar?

Repito estas palabras como las dije, de un solo tiro, sin aliento ni matiz ni sutileza, odiándome a mí mismo por mi traición pero, sobre todo, por mi inferioridad en las artes del disimulo, la treta y la pausa, en la que excedían mis rivales, Cortés y La Malinche.

Terminé tan abruptamente como empecé, yéndome, como se dice, al grano:

—Esta expedición contra Cortés la encabeza Pánfilo de Narváez, un capitán tan esforzado como el propio Cortés, sólo que con cinco veces más hombres.

—¿Son cristianos también? —preguntó Moctezuma.

Le dije que sí, y que representaban al rey Carlos, de quien Cortés huía.

Moctezuma me acarició la mano y me ofreció un anillo verde como un loro. Yo se lo regresé y le dije que mi amor por este pueblo era premio suficiente. El Rey me miró con incomprensión, como si él mismo jamás hubiese entendido que encabezaba a un conjunto de seres humanos. Me pregunté entonces y me pregunto ahora, ¿qué clase de poder creía tener Moctezuma, y sobre quiénes? Quizá sólo cumplía una pantomima frente a los dioses, agotándose en el esfuerzo de escucharles y hacerse oír de ellos. Pues no eran joyas ni caricias lo que ahí se trocaba, sino palabras que podían darle más fuerza a Moctezuma que todos los caballos y arcabuces de los españoles, si el rey azteca, tan sólo, se decidiese a hablarles a los hombres, su pueblo, en vez de a los dioses, su panteón.

Le di al Rey el secreto de la debilidad de Cortés, como doña Marina le había dado a Cortés el secreto de la debilidad azteca: la división, la discordia, la envidia, la pugna entre hermanos, que lo mismo afectaba a España que a México: una mitad del país perpetuamente muriéndose de la otra mitad.

6

Me asocié de este modo a la esperanza de una victoria indígena. Todos mis actos, ya lo habéis adivinado y yo os lo puedo decir desde mi sudario intangible, iban dirigidos a esta meta: el triunfo de los indios contra los españoles. Moctezuma desaprovechó, una vez más, la oportunidad. Se adelantó a los acontecimientos, se jactó ante Cortés de saberlo amenazado por Narváez, en vez de apresurarse a pactar con Narváez contra Cortés, derrotar al extremeño, y luego lanzar a la nación azteca contra el fatigado regimiento de Narváez. De esta manera, México se hubiera salvado...

Debo decir a estas alturas que siempre, en Moctezuma, la vanidad fue más fuerte que la astucia, aunque aún más fuerte que la vanidad, fue el sentimiento de que todo estaba predicho, por lo cual al Rey sólo le correspondía desempeñar el papel determinado por el ceremonial religioso y político. Esta fidelidad a las formas acarreaba, en el espíritu del Rey, su propia recompensa. Así había sucedido siempre, ¿no era verdad?

Yo no supe decir que no, argumentar con él. Quizá mi vocabulario mexicano era insuficiente y desconocía las formas más sutiles del razonamiento filosófico y moral de los aztecas. Lo que sí quise fue frustrar el designio fatal, si tal cosa existía, mediante las palabras, la imaginación, la mentira. Pero cuando palabra, imaginación y mentira se confunden, su producto es la verdad...

El rey azteca esperaba que Cortés fuese vencido por la expedición punitiva del gobernador de Cuba, pero nada hizo para apresurar la derrota de nuestro capitán. Su certeza es comprensible. Si Cortés, con sólo quinientos hombres, había derrotado a los caciques de Tabasco y de Cempoala, así como a los fieros tlaxcaltecas, ¿cómo no iban a derrotarlo a él más de dos mil españoles armados también con fuego y caballos?

Mas el habilísimo Cortés, acompañado de sus nuevos aliados indios, derrotó a la gente de Narváez y capturó a su jefe. Ved la ironía de este asunto: ahora teníamos dos prisioneros de enjundia, uno azteca y el otro español, Moctezuma y Narváez. ¿No tenían límite nuestras victorias?

—En verdad que no os entiendo —nos dijo, secuestrado, pero bañándose muy regalado por sus lindas doncellas, el Gran Moctezuma.

¿Lo entendíamos nosotros a él?

Esta pregunta, lector, me obliga a una pausa reflexiva antes de que los acontecimientos, una vez más, se precipiten, siempre más veloces que la pluma del narrador, aunque en esta ocasión se escriban desde la muerte.

Moctezuma: ¿Entendíamos hasta qué grado le era ajena la práctica política engañosa y familiar, en cambio, la vecindad de un mundo religioso impenetrable para los europeos? Impenetrable por olvidado: nuestro contacto con Dios y sus emanaciones primeras se había perdido hacía muchísimo tiempo. En esto sí que se parecían Moctezuma y su pueblo, sin saberlo ni él ni éste: los humedecía aún el barro de la creación, la proximidad de los dioses.

¿Lo entendíamos, cobijado como estaba en otro tiempo, el del origen, que para él era tiempo actual, inmediato, refugio y amenaza portentosos?

Comparelo con bestia acorralada. Más bien, este hombre refinado se me parece, ahora que la

muerte nos iguala, no sólo como el individuo es-
crupuloso y de infinitas cortesías que conocimos
al entrar a México, sino como el primer hombre,
siempre el primero, azorado de que el mundo
existiese y la luz avanzara diariamente antes de di-
siparse en la crueldad de cada noche. Su obligación consistía en ser siempre, en nombre de todos,
ese primer hombre que pregunta:

—¿Volverá a amanecer?

Ésta era una pregunta más urgente para
Moctezuma y los aztecas, que saber si Narváez
derrotaba a Cortés, Cortés a Narváez, los tlaxcaltecas a Cortés, o si Moctezuma sucumbía ante todos ellos: con tal de que no sucumbiese ante los
dioses.

¿Volvería a llover, a crecer el maíz, a correr el
río, a bramar la fiera?

Todo el poder, la elegancia, la lejanía misma
de Moctezuma, eran el disfraz de un hombre recién llegado a las regiones de la aurora. Era testigo
del primer grito y el primer terror. Miedo y grati-
tud de ser se confundían en él, detrás del aparato
de penachos y collares, doncellas, caballeros tigres
y sacerdotes sangrientos.

Una mujer indígena como él, Marina, fue
quien en realidad lo venció desde su tierra, aunque con dos lenguas. Fue ella la que le reveló a
Cortés que el imperio azteca estaba dividido, los
pueblos sujetos a Moctezuma lo odiaban, pero
también se odiaban entre sí y los españoles podían
pescar en el río revuelto; fue ella la que entendió el
secreto que unía a nuestras dos tierras, el odio fra-

tricida, la división, ya lo dije: dos países, cada uno muriéndose de la otra mitad...

Demasiado tarde, pues, le comuniqué a Moctezuma que Cortés también era odiado y asediado desde una España imperial tan contenciosa como el imperio mexicano que estaba conquistando.

Me olvidé de dos cosas.

Cortés escuchaba a Marina no sólo como lengua, sino como amante. Y como lengua y amante, prestaba atención a las voces humanas de esta tierra. Moctezuma sólo escuchaba a los dioses; yo no lo era; y la atención que me prestaba era una manifestación más de su cortesía, rica como una esmeralda, pero volátil como la voz de un loro.

Yo, que también poseía las dos voces, las de Europa y América, había sido derrotado. Pues tenía también dos patrias; y ésta, quizá, fue mi debilidad más que mi fuerza. Marina, La Malinche, acarreaba el dolor y el rencor profundos, pero también la esperanza, de su estado; tuvo que jugarse toda entera para salvar la vida y tener descendencia. Su arma fue la misma que la mía: la lengua. Pero yo me encontraba dividido entre España y el Nuevo Mundo. Yo conocía las dos orillas.

Marina no; pudo entregarse entera al Nuevo Mundo, no a su pasado sometido, cierto, sino a su futuro ambiguo, incierto y por ello, invicto. Acaso merecí mi derrota. No pude salvar, contándole un secreto, una verdad, una infidencia, al pobre rey de mi patria adoptiva, México.

Luego vino la derrota que ya conté.

5

Doña Marina y yo nos medimos, verdaderamente, en el drama de Cholula. No siempre poseí el idioma mexicano. Mi ventaja inicial era saber español y maya, después de mi larga temporada entre los indios de Yucatán. Doña Marina —La Malinche— sólo hablaba maya y mexicano cuando le fue entregada como esclava a Cortés. De modo que durante un tiempo yo era el único que podía traducir al idioma de Castilla. Los mayas de la costa me decían lo que yo traducía al español, o se lo decían a La Malinche, pero ella dependía de mí para hacérselo saber a Cortés. O bien, los mexicanos le decían a la mujer las cosas que ella me decía a mí en maya para que yo las tradujera al español. Y aunque ésta era ya una ventaja para ella, pues podía inventar lo que quisiera al pasar del náhuatl al maya, yo seguía siendo el amo de la lengua. La versión castellana que llegaba a oídos del conquistador, era siempre la mía.

Llegamos entonces a Cholula, después de las vicisitudes de la costa, la fundación de la Veracruz, la toma de Cempoala y su cacique gordo, quien nos reveló, bufando, desde su litera, que los pueblos sometidos se unirían a nosotros contra Moctezuma. Llegamos tras de nuestro combate con los altivos tlaxcaltecas, que aunque enemigos mortales de Moctezuma, no querían cambiar el poder de México por la nueva opresión de los españoles.

Se dirá durante siglos que la culpa de todo la tienen siempre los tlaxcaltecas; el orgullo y la traición pueden ser fieles compañeros, disimulándose entre sí. El hecho es que, presentándonos con los batallones de los feroces guerreros de Tlaxcala ante las puertas de Cholula, Cortés y nuestra pequeña banda española fuimos detenidos por los sacerdotes de esos santos lugares, ya que Cholula era el panteón de todos los dioses de estas tierras, admitidos como en Roma, sin distinción de origen, en el gran templo colectivo de las divinidades. Los cholultecas levantaron para ello la pirámide más grande de todas, un panal de siete estructuras contenidas una dentro de la otra y comunicadas entre sí por hondos laberintos de reverberaciones rojas y amarillas.

Yo ya sabía que en esta tierra todo lo rigen los astros, el Sol y la Luna, Venus que es preciosa gemela de sí misma en la aurora y el crepúsculo, y un calendario que da cuenta exacta del año agrícola y sus 360 días de bonanza, más cinco días aciagos: los días enmascarados.

En uno de éstos debimos llegar allí los españoles, pues mandando por delante a la hueste de Tlaxcala, nos topamos con un valladar de sacerdotes vestidos de negro, negras túnicas, negras cabelleras, pieles prietas, todo negro como los lobos nocturnos de estas comarcas, y con un solo brillo encendido en los mechones, los ojos y las togas, que era el lustre de la sangre como un sudor pegajoso y brillante, propio de su oficio.

Alto y recio hablaron estos papas, negando la entrada de los violentos tlaxcaltecas, a lo cual accedió Cortés, pero a cambio de que los de Cholula presto abandonaran a sus ídolos.

—¡Aún no entran y ya nos piden traicionar a los dioses! —exclamaron los papas, con un tono difícil de definir, entre lamento y desafío, entre suspiro y cólera, entre fatalidad y disimulo, como si estuvieran dispuestos a morir por sus divinidades, pero resignándose, también, a darlas por perdidas.

Todo esto lo tradujo del mexicano al español La Malinche, y yo, Jerónimo de Aguilar, el primero entre todos los intérpretes, me quedé en una suerte de limbo, esperando mi turno para traducir al castellano hasta que, aturdido acaso por los insoportables hedores de sangre embarrada y copal sahumante, mierda de caballo andaluz, sudores excedentes de Cáceres, cocinas disímiles de ají y tocino, de ajo y guajolote, indistinguibles de la cocina sacrificial que despedía sus humos y salmodias desde la pirámide, aturdido por todo ello, digo, me di cuenta de que Jerónimo de Aguilar ya no hacía falta, la hembra diabólica lo estaba traduciendo todo, la tal Marina hideputa y puta ella misma había aprendido a hablar el español, la malandrina, la mohatrera, la experta en mamonas, la coima del conquistador, me había arrebatado mi singularidad profesional, mi insustituible función, vamos, por acuñar un vocablo, mi *monopolio* de la lengua castellana... La Malinche le había arrancado la lengua española al sexo de Cortés, se la había chupado, se la había *castrado* sin que él lo supiera, confundiendo la mutilación con el placer...

Ya no era, esta lengua, sólo mía. Ahora era de ella y esa noche me torturé, en mi propia soledad resguardada dentro del clamor de Cholula con su gente apiñonada en calles y azoteas viéndonos pasar con caballos y escopetas y cascos y barbas, imaginando las noches de amor del extremeño y su barragana, el cuerpo de ella, lampiño y canela, con los rosetones excitables con los que estas mujeres embisten y el recogido y profundo sexo que esconden, escaso en vello, abundante en jugos, entre sus anchas caderas; imaginé la tersura inigualable de los muslos de india, acostumbrados a que les escurra el agua y les lave las costras del tiempo, el pasado y el dolor que se emplastan entre las piernas de nuestras madres españolas. Lisura de hembra, la imaginé en mi soledad, recónditos hoyuelos por donde mi señor don Hernán Cortés ha metido los dedos, la lengua y la verga, atrapados aquellos entre anillos para la hora del sarao y manoplas para la hora de la guerra: las manos del conquistador, entre la joya y el fierro, uñas de metal, yemas de sangre y líneas de fuego: fortuna, amor, inteligencia en llamas, guiando hacia el níspero perfumado de la india primero el sexo enfundado en una barba púbica que debe ser huraña como la vegetación de Extremadura y un par de cojones que me imagino tensos, duros, como las pelotas de nuestros arcabuces.

Pero el sexo de Cortés resultaba menos sexual al cabo que su boca y su barba, esa barba que parece demasiado antigua para un hombre de treinta y cuatro años, como si se la hubieran heredado, desde los tiempos de Viriato y sus bosques de heno incendiado contra el invasor romano, desde los tiempos de la asediada ciudad de Numancia y sus escuadrones vestidos de luto, desde los tiempos de Pelayo y sus lanzas hechas de pura bruma asturiana: una barba más vieja que el hombre sobre cuyas quijadas crecía. Quizá los mexicanos tenían razón y el imberbe Cortés se ponía, prestada, la luenga barba del mismísimo dios Quetzalcóatl, con el cual le confundieron estos naturales...

Lo más terrible, lo escandaloso, sin embargo, no era el sexo de Cortés, sino que desde el fondo del bosque, del luto, de la bruma, emergiese la lengua, que era el sexo verdadero del conquistador, y se la clavase en la boca a la india, con más fuerza, más germen y más gravidez, ¡Dios mío, deliro!, ¡sufro, Señor!, con más fecundidad que el propio sexo. Lengua corbacho, fustigante, dura y dúctil a la vez: pobre de mí, Jerónimo de Aguilar, muerto todo este tiempo, con la lengua cortada a la mitad, bífida, como la serpiente emplumada. ¿Quién soy, para qué sirvo?

4

Dijeron los de Cholula que podíamos entrar sin los tlaxcaltecas; que a sus dioses no podían renunciar; pero que con gusto obedecerían al rey de España. Lo dijeron a través de La Malinche, que lo tradujo del mexicano al español mientras yo me quedaba como un soberano papanatas, meditando sobre el siguiente paso para recuperar mi dignidad maltrecha. (Me quedo corto: la lengua era más que la dignidad, era el poder; y más que el poder, era la vida misma que animaba mis propósitos, mi propia empresa de descubrimiento, único, sorprendente, irrepetible...)

Pero como no podía acostarme con Cortés, mejor se me ocurrió devolverle al diablo el hato y el garabato y decidir que por esta vez, la muerte no se asustaría de la degollada.

Los primeros días, los cholultecas nos dieron comida y fardaje abastadamente. Mas sucedió que luego comenzaron a faltar los víveres y los de Cholula a hacerse los necios y rejegos y yo a mirar a doña Marina con sospechas y ella a mí inmutable, apoyada en su intimidad carnal con nuestro capitán.

Una nube perpetua se cernía sobre la ciudad sagrada; el humo se volvió tan espeso que no pudimos ver las cimas de los templos, ni la proximidad de las calles. La cabeza y los pies de Cholula se disolvieron en la niebla, siendo imposible saber si ésta provenía, como dije al llegar, de los escaños de la pirámide, de los culos de los caballos o de las entrañas de los montes. La rareza es que Cholula está en llano, pero ahora nada lo era aquí, sino que todo parecía insondable y abrupto.

Ved así cómo las palabras transformaban hasta el paisaje, pues la nueva geografía de Cholula no era sino el reflejo del sinuoso combate de palabras, abismal a veces como una barranca, abrupto otras, como un monte de espinas; rumoroso y sedante como un gran río, o agitado y ruidoso como un océano que arrastrase piedras sueltas: un griterío de sirenas heridas por la marea.

Yo les dije a los papas: He vivido ocho años en Yucatán. Allí tengo a mis verdaderos amigos. Si los abandoné, fue para seguir a estos dioses blancos y averiguar sus secretos, pues ellos no vienen en son de hermandad, sino a sujetar esta tierra y quebrar vuestros dioses.

Oídme bien, les dije a los sacerdotes: Estos extranjeros sí son dioses, pero son dioses enemigos de los vuestros.

Yo le dije a Cortés: No hay peligro. Están convencidos de que somos dioses y como tales nos honrarán.

Cortés dijo: ¿Entonces por qué nos niegan la comida y el forraje?

Marina le dijo a Cortés: La ciudad está llena de estacas muy agudas para matar a tus caballos si los lanzas a correr; precávete, señor; las azoteas están llenas de piedras y mamparas de adobes y albarradas de maderos gruesos las calles.

Yo les dije a los papas: Son dioses malos, pero dioses al cabo. No les hace falta comer.

Los papas me dijeron: ¿Cómo que no comen? ¿Pues qué clase de dioses serán? Los teúles comen. Exigen sacrificios.

Yo insistí: Son teúles distintos. No quieren sacrificio.

Lo dije y me mordí la lengua, pues vi en mi argumento una inadvertente justificación de la religión cristiana. Los papas se miraron entre sí y yo sufrí un escalofrío. Se habían dado cuenta. Los dioses aztecas exigían el sacrificio de los hombres. El dios cristiano, clavado en la cruz, se sacrificaba a sí mismo. Los papas miraron el crucifijo levantado a la entrada de la casa tomada por los españoles y sintieron que su razón se les venía abajo. Yo, en ese momento, hubiera cambiado gustoso el lugar con Jesús crucificado, aceptando sus heridas, con tal de que este pueblo no hiciese el trueque invencible entre una religión que pedía el sacrificio humano y otra que otorgaba el sacrificio divino.

No hay peligro, le dije a Cortés, sabiendo que lo había.

Hay peligro, le dijo Marina a Cortés, sabiendo que no lo había.

Yo quería perder al conquistador para que nunca llegara a las puertas de la Gran Tenochtitlan: que Cholula fuese su tumba, el final de su audaz jornada.

Marina quería un escarmiento contra Cholula para excluir futuras traiciones. Ella tenía que inventar el peligro. Trajo a cuento el testimonio de una vieja y de su hijo, que aseguraron que una gran celada se preparaba contra los españoles y que los indios tenían aparejadas las ollas con sal, ají y tomates para hartarse de nuestras carnes. ¿Es cierto, o inventaba doña Marina tanto como yo?

No hay peligro, le dije a Cortés y a Marina.

Hay peligro, nos dijo Marina a todos.

Esa noche, la matanza española cayó sobre la ciudad de los dioses a la señal de una escopeta, y los que no sucumbieron atravesados por nuestras espadas o despedazados por nuestros arcabuces, se quemaron vivos y los tlaxcaltecas, cuando entraron, cruzaron la ciudad como una pestilencia bárbara, robando y violando, sin que los pudiéramos detener.

No quedó en Cholula ídolo de pie ni altar incólume. Los 365 adoratorios indios fueron encalados para desterrar a los demonios y dedicados a 365 santos, vírgenes y mártires de nuestro santoral, pasando para siempre al servicio de Dios Nuestro Señor.

El castigo de Cholula presto fue sabido en todas las provincias de México. En la duda, los españoles optarían por la fuerza.

Mi derrota, menos conocida, la consigno hoy aquí.

Pues entonces entendí que en la duda, Cortés le creería a La Malinche, su mujer, y no a mí, su coterráneo.

3

No siempre fue así. En las costas de Tabasco, yo fui la única lengua. Con qué alegría recuerdo nuestro desembarco en Champotón, cuando Cortés dependía totalmente de mí y nuestras almadías cursaron el río frente a los escuadrones indios alineados en las orillas y Cortés proclamó en español que veníamos en paz, como hermanos, mientras yo traducía al maya, pero también al idioma de las sombras:

—¡Miente! Viene a conquistarnos, defiéndanse, no le crean...

¡Qué impunidad la mía, cómo me regocija recordarla desde el lecho de una eternidad aún más sombría que mi traición!

—¡Somos hermanos!

—¡Somos enemigos!

—¡Venimos en paz!

—¡Venimos en guerra!

Nadie, nadie en la espesura de Tabasco, su río, su selva, sus raíces hundidas para siempre en la oscuridad donde sólo las guacamayas parecen tocadas por el sol; Tabasco del primer día de la creación, cuna del silencio roto por el chirrido del pájaro, Tabasco eco de la aurora inicial: nadie allí, digo, podía saber que traduciendo al conquistador yo mentía y sin embargo yo decía la verdad.

Las palabras de paz de Hernán Cortés, traducidas por mí al vocabulario de la guerra, provocaron una lluvia de flechas indias. Desconcertado, el capitán vio el cielo herido por las flechas y reaccionó empeñando el combate sobre las orillas mismas del río... Al desembarcar, perdió una alpargata en el lodo y por recuperársela yo mismo recibí un flechazo en el muslo; catorce españoles fueron heridos, en gran medida gracias a mí, pero dieciocho indios cayeron muertos... Allí dormimos aquella noche, tras de la victoria que yo no quise, con grandes velas y escuchas, sobre la tierra mojada, y si mis sueños fueron inquietos, pues los indios a los que lancé al combate habían sido derrotados, también fueron placenteros, pues comprobé mi poder para decidir la paz o la guerra gracias a la posesión de las palabras.

Necio de mí: Viví en un falso paraíso en el cual, por un instante, la lengua y el poder coincidieron para mi fortuna, pues al unirme yo en Yucatán a los españoles, el anterior intérprete, un indio bizco llamado Melchorejo, me dijo al oído, como si adivinase mis intenciones:

—Son invencibles. Hablan con los animales.

A la mañana siguiente, el tal Melchorejo había desaparecido, dejando sus ropas españolas colgadas de la misma ceiba donde Cortés, para significar la posesión española, había dado tres cuchilladas.

Alguien vio al primer intérprete huir desnudo en una canoa. Yo me quedé pensando en lo que dijo. Todos dirían que los españoles eran dioses y con los dioses hablaban. Sólo Melchorejo adivinó que su fuerza era hablar con los caballos. ¿Estaría en lo cierto?

Días más tarde, los caciques derrotados de esta región nos entregaron veinte mujeres como esclavas a los españoles. Una de ellas llamó mi atención, no sólo por su belleza, sino por su altivez que se imponía a las otras esclavas, e incluso a los propios caciques. Es decir, que tenía lo que se llama mucho ser y mandaba absolutamente.

Nuestras miradas se cruzaron y yo le dije sin hablar, sé mía, yo hablo tu lengua maya y quiero a tu pueblo, no sé cómo combatir la fatalidad de cuanto ocurre, no puedo impedirlo, pero acaso tú y yo juntos, india y español, podamos salvar algo, si nos ponemos de acuerdo y sobre todo, si nos queremos un poco...

—¿Quieres que te enseñe a hablar la castilla? —le pregunté.

La sangre me pulsaba cerca de ella; uno de esos casos en los que la simple vista provoca el placer y la excitación, aumentadas, quizá, porque volvía a usar bragas españolas por primera vez en mucho tiempo, después de andar con camisa suelta y nada debajo, dejando que el calor y la brisa me ventilaran libremente los cojones. Ahora la tela me acariciaba y el cuero me apretaba y la mirada me enganchaba a la mujer que vi como mi pareja ideal para hacerle frente a lo que ocurría. Imaginé que juntos podríamos cambiar el curso de las cosas.

Se llamaba Malintzin, que quiere decir "Penitencia".

Ese mismo día el mercedario Olmedo la bautizó "Marina", convirtiéndola en la primera cristiana de la Nueva España.

Pero su pueblo le puso "La Malinche", la traidora.

Le hablé. No me contestó nada. Me dejó, sin embargo, admirarla.

—¿Quieres que te enseñe a hablar...?

Esa tarde de marzo del año 1519, ella se desnudó ante mí, entre los manglares, y un coro simultáneo de colibríes, libélulas, serpientes de cascabel, lagartos y perros lampiños, se desató en torno a su desnudez transfigurada, pues la india cautiva, en ese instante, era esbelta y abultada, grávida y etérea, animal y humana, loca y razonable. Era todo esto, como si fuese no sólo inseparable de la tierra que la rodeaba, sino su resumen y símbolo. Y también como si me dijera que lo que esa noche yo veía, no lo vería nunca más. Se desnudó para negarse.

Soñé toda la noche con su nombre, Marina, Malintzin, soñé con un hijo nuestro, soñé que juntos ella y yo, Marina y Jerónimo, dueños de las lenguas, seríamos también dueños de las tierras, pareja invencible porque entendíamos las dos voces de México, la de los hombres pero también la de los dioses.

La imaginé revolcándose entre mis sábanas.

Al día siguiente, Cortés la escogió como su concubina y su lengua.

Yo ya era lo segundo para el capitán español. Lo primero, no podía serlo.

—Tú hablas español y maya —me dijo ella en la lengua de Yucatán—. Yo hablo maya y mexicano. Enséñame el español.

—Que te lo enseñe tu amo —le contesté con rencor.

Desde la tumba, os lo aseguro, vemos nuestros rencores como la parte más estéril de nuestras vidas. El rencor, y la envidia también, que es desgracia del bien ajeno, sigue de cerca al resentimiento como desgracia que hiere más al que lo sufre que a quien lo provoca. El celo no, que puede ser origen de agonías exquisitas y excitaciones incomparables. La vanidad tampoco, pues es condición mortal que nos hermana a todos, gran igua-

ladora de pobres y ricos, de fuertes y débiles. En
ello, se parece a la crueldad que es lo mejor distribuido del mundo. Pero rencor y envidia —¿cómo
iba yo a triunfar sobre quienes me los provocaban,
él y ella, la pareja de la Conquista, Cortés y La Malinche, la pareja que pudimos ser ella y yo? —Pobre Marina, abandonada al cabo por su conquistador, cargada con un hijo sin padre, estigmatizada
por su pueblo con el mote de la traición y, sin embargo, por todo ello, madre y origen de una nación nueva, que acaso sólo podía nacer y crecer en
contra de las cargas del abandono, la bastardía y la
traición...

Pobre Malinche, pero rica Malinche también,
que con su hombre determinó la historia pero que
conmigo, el pobre soldado muerto de bubas que no
de indios, no hubiese pasado del anonimato que
rodeó a las indias barraganas de Francisco de Barco, natural de Ávila, o de Juan Álvarez Chico, natural de Fregenal...

¿Me rebajo demasiado a mí mismo? La muerte me autoriza a decir que me parece poco frente a
la humillación y el fracaso que entonces sentí. Privado de la hembra deseada, la sustituí por el poder
de la lengua. Mas ya habéis visto, hasta eso me lo
quitó La Malinche, antes de que los gusanos me la
merendaran para siempre.

La crueldad de Cortés fue refinada. Me encargó que, pues ella y yo hablábamos las lenguas
indias, yo me encargara de comunicarle las verda-
des y misterios de nuestra santa religión. Jamás ha
tenido el demonio catequizador más desgraciado.

2

Digo que hablo el español. Es hora de confesar que yo también debí aprenderlo de vuelta, pues en ocho años de vida entre los indios por poco lo pierdo. Ahora con la tropa de Cortés, redescubrí mi propia lengua, la que fluyó hacia mis labios desde los pechos de mi madre castellana, y enseguida aprendí el mexicano, para poder hablarles a los aztecas. La Malinche siempre se me adelantó.

La pregunta persistente, sin embargo, es otra: ¿Me redescubrí a mí mismo al regresar a la compañía y la lengua de los españoles?

Cuando me encontraron entre los indios de Yucatán, creyeron que yo mismo era un indio.

Así me vieron: Moreno, trasquilado, remo al hombro, calzando viejísimas cotaras irreparables, manta vieja muy ruin y una tela para cubrir mis vergüenzas.

Así me vieron, pues: Tostado por el sol, la melena enredada y la barba cortada con flechas, mi sexo añoso e incierto bajo el taparrabos, mis viejos zapatos y mi lengua perdida.

Cortés, como era su costumbre, dictó órdenes precisas para sobrevolar toda duda u obstáculo. Me mandó dar de vestir camisa y jubón, zaragüelles, caperuza y alpargatas, y me mandó decir cómo había llegado hasta aquí. Se lo conté lo más sencillamente posible.

"Soy natural de Écija. Hace ocho años nos perdimos quince hombres más dos mujeres que íbamos del Darién a la isla de Santo Domingo. Nuestros capitanes se pelearon entre sí por cuestiones de dinero, ya que llevábamos diez mil pesos en oro de Panamá a La Española y el navío, desgobernado, fue a estrellarse contra unos arrecifes en Los Alacranes. Mis compañeros y yo abandonamos a nuestros torpes e infieles jefes, tomando el batel del mismo navío naufragado. Creímos coger la dirección de Cuba, pero las grandes corrientes nos echaron lejos de allí hacia esta tierra llamada Yucatán."

No pude dejar de mirar, en ese instante, hacia un hombre con la cara labrada y horadadas las orejas y el bozo de abajo, rodeado de mujer y tres niños, cuya mirada me suplicaba lo que yo ya sabía. Proseguí devolviendo la mirada a Cortés y mirando que él todo lo mirara.

"Llegamos aquí diez hombres. Nueve fueron matados y sólo sobreviví yo. ¿Por qué me dejaron a mi con vida? Me moriré sin saberlo. Hay misterios que más vale no cuestionar. Éste es uno de ellos... Imaginaos a un náufrago casi ahogado, desnudo y arrojado a una playa dura como la cal, con una sola choza y en ella un perro que al verme no ladró. Quizás eso me salvó, pues me acogí a ese refugio mientras el perro salía a ladrarles a mis compañeros, provocando así la alarma y el ataque de indios. Cuando me encontraron escondido en la choza, con el perro lamiéndome la mano, se rieron y dijeron cosas animadas. El perro movió gozoso la cola y fui llevado, no con honores, sino ca-

maradería, al conjunto de chozas rústicas levanta-
das al lado de las grandes construcciones pirami-
dales, ahora cubiertas de vegetación..."

"Desde entonces he sido útil. He ayudado a
construir. Les he ayudado a plantar sus pobres
cultivos. Y en cambio, yo planté las semillas de un
naranjo que venían, junto con un saco de trigo y
una barrica de tinto, en el batel que nos arrojó a
estas costas."

Me preguntó Cortés por los otros compañeros, mirando fijamente al indio de cara labrada
acompañado de una mujer y tres niños.

—No me has dicho qué pasó con tus compañeros.

A fin de distraer la insistente mirada de Cortés, proseguí mi relato, cosa que no deseaba hacer,
por verme obligado a decir lo que entonces dije.

—Los caciques de estas comarcas nos repar-
tieron entre sí.

—Eran diez. Sólo te veo a ti.

Volví a caer en al trampa: —La mayoría fueron sacrificados a los ídolos.

—¿Y las dos mujeres?

—También se murieron porque las hacían
moler y no estaban acostumbradas a pasársela de
hinojos bajo el sol.

—¿Y tú?

—Me tienen por esclavo. No hago más que
traer leña y cavar en los maíces.

—¿Quieres venir con nosotros?

Esto me lo preguntó Cortés mirando otra vez
al indio de cara labrada.

—Jerónimo de Aguilar, natural de Écija —espeté atropellado, para distraer la atención del capitán.

Cortés se acercó al indio de cara labrada, le sonrió y acarició la cabeza de uno de los niños, rizada y rubia a pesar de la piel oscura y los ojos negros: —Canibalismo, esclavitud y costumbres bárbaras —dijo Cortés haciendo lo que digo—. ¿En esto queréis permanecer?

Mi afán era distraerle, llamar su atención. Por fortuna, en mi vieja manta traía guardada una de las naranjas, fruto del árbol que aquí plantamos Guerrero y yo. La mostré como si por un minuto yo fuese el rey de oros: tenía el sol en mis manos. ¿Hay imagen que mejor refrende nuestra identidad que un español comiendo una naranja? Mordí con alborozo la cáscara amarga, hasta que mis dientes desnudos encontraron la carne oculta de la naranja, ella, la mujer-fruta, la fruta-fémina. El jugo me escurrió por la barbilla. Reí, como diciéndole a Cortés: —¿Quieres mejor prueba de que soy español?

El capitán no me contestó, pero alabó el hecho de que aquí crecieran naranjas. Me preguntó si *nosotros* las habíamos traído y yo, para distraerlo de su atención puesta en el irreconocible Guerrero le dije que sí, pero que en estas tierras la naranja se daba más grande, menos colorada y más agria, casi como una toronja. Dije a los mayas que le juntaran un saco de semillas de naranja al capitán español, pero él no renunció a su pertinaz pregunta, mirando al imperturbable Guerrero:

—¿En esto queréis permanecer?

Se lo dijo al de la cara labrada, pero yo me apresuré a contestar, que no, yo renunciaba a vivir entre paganos y me unía gozoso a la tropa española para erradicar toda costumbre o creencia nefanda e implantar aquí nuestra Santa Religión... Cortés se rió y dejo de acariciar la cabeza del niño. Me dijo entonces que pues yo hablaba la lengua de los naturales y un español ruin aunque comprensible, me uniría a él como su lengua para interpretar del español al maya y de éste a la lengua castellana. Le dio la espalda al indio de cara labrada.

Yo le había prometido a mi amigo Gonzalo Guerrero, el otro náufrago superviviente, no revelar su identidad. De todos modos era difícil penetrarla. La cara labrada y las orejas horadadas. La mujer india. Y los tres niños mestizos, que Cortés acarició y miró con tanta curiosidad retenida.

—Hermano Aguilar —me dijo Guerrero cuando llegaron los españoles—. Yo soy casado, tengo tres hijos, y aquí me tienen por cacique y capitán cuando hay guerras. Idos vos con Dios; pero yo tengo labrada la cara y horadadas las orejas. ¿Qué dirán de mí cuando me vean los españoles de esta manera? Y ya veis mis tres hijitos cuánto bonicos son, y gustosa mi hembra...

Ésta también me increpó muy enojada, diciéndome que me largara ya con los españoles y dejara en paz a su marido...

No era otro mi propósito. Era indispensable que Gonzalo Guerrero permaneciese aquí, para que mi propia y grande empresa de descubrimiento y conquista se cumpliese. Pues desde que llegamos aquí, ocho años antes, Guerrero y yo nos deleitábamos viendo las grandes torres mayas de noche, cuando parecían regresar a la vida y revelar, a la luz de la luna, el primoroso trabajo de greguerías que Guerrero, original de Palos, decía haber visto en mezquitas árabes y aun en la recién reconquistada Granada. Mas de día el sol blanqueaba hasta la ceguera a las grandes moles y la vida se concentraba en la minucia del fuego, la resina, el tinte y la lavandería, el llanto de los niños y el sápido sabor del venado crudo: la vida de la aldea que vivía a orillas de los templos muertos.

Entramos a esa vida naturalmente, porque no teníamos otro horizonte, es cierto, pero sobre todo porque la dulzura y dignidad de esta gente nos conquistó. Tenían tan poco y sin embargo no querían más. Nunca nos dijeron qué había sucedido con los pobladores de las espléndidas ciudades, parecidas a las bíblicas descripciones de la Babilonia, que como centinelas vigilaban la minucia del quehacer diario en la aldea; nosotros sentimos que era un respeto como el que se le reserva a los muertos.

Sólo poco a poco nos dimos cuenta, pegando trozos de relatos aquí y allá, a medida que aprendíamos la lengua de nuestros captores, que una vez hubo aquí grandes poderes que, como todos, dependían de la debilidad del pueblo y necesitaban, para convencerse de su propio poder, combatir a otras fuertes naciones. Pudimos deducir que las naciones indias se destruyeron entre sí en tanto que el débil pueblo, en cambio, sobrevivió, más fuerte que los poderosos. La grandeza del poder sucumbió; la pequeñez de la gente sobrevivió. ¿Por qué? Tendremos tiempo de entenderlo.

Gonzalo Guerrero, como llevo dicho, se casó con india y tuvo tres hijos. Él era hombre de mar, y había trabajado en astilleros de Palos. De manera que cuando, un año antes de Cortés, vino a esta tierra la expedición de Francisco Hernández de Córdoba, Guerrero organizó el contraataque de indios que causó, en las costas, el descalabro de la expedición. Gracias a ello fue elevado a cacique y capitán, convirtiéndose en parte de la organización defensiva de estos indios. Gracias a ello, también, determinó quedarse entre ellos cuando yo salí de allí con Cortés.

¿Por qué lo dejó Cortés, habiendo adivinado —todos sus gestos lo revelaban— que sabía de quién se trataba? Acaso, he pensado después, porque no quería cargar con un traidor. Pudo haberlo matado en el acto: pero entonces no hubiera contado con la paz y buena voluntad de los mayas de Catoche. Quizá pensó que era mejor abandonarlo a un destino sin destino: la guerra bárbara del sacrificio. A Cortés le gustaba, es cierto, aplazar las revanchas para saborearlas más.

En cambio, me llevó a mí con él, sin sospechar siquiera que el verdadero traidor era yo. Pues si yo me fui con Cortés y Guerrero se quedó en Yucatán, fue por común acuerdo. Queríamos asegurarnos, yo cerca de los extranjeros, Guerrero cerca de los naturales, que el mundo indio triunfase sobre el europeo. Os diré, en resumen, y con el escaso aliento que me va quedando, por qué.

Mientras viví entre los mayas, permanecí célibe, como si esperase a una mujer que fuese perfectamente mía en complemento de carácter, pasión y cariño. Me enamoré de mi nuevo pueblo, de su sencillez para tratar los asuntos de la vida, dando cauce natural a las necesidades diarias sin disminuir la importancia de las cosas graves. Sobre todo, cuidaban su tierra, su aire, su agua preciosa y escasa, escondida en hondos pozos, pues esta llanura de Yucatán no tiene ríos visibles, sino un panal de flujos subterráneos.

Cuidar la tierra; era su misión fundamental; eran servidores de la tierra, para eso habían nacido. Sus cuentos mágicos, sus ceremonias, sus oraciones, no tenían, me di cuenta, más propósito que mantener viva y fecunda la tierra, honrar a los antepasados que la habían, a su vez, mantenido y heredado, y pasarla enseguida, pródiga o dura, pero viva, a los descendientes.

Obligación sin fin, larga sucesión que al principio pudo parecernos tarea de hormigas, fatal y repetitiva, hasta que nos dimos cuenta de que hacer lo que hacían era su propia recompensa. Era el obsequio cotidiano que los indios, al servir a la naturaleza, se hacían a sí mismos. Vivían para sobrevivir, es cierto; pero también vivían para que el mundo continuara alimentando a sus descendientes cuando ellos muriesen. La muerte, para ellos, era el premio para la vida de sus descendientes.

Nacimiento y muerte eran por ello celebraciones parejas para estos naturales, hechos igualmente dignos de alegría y honor. Recordaré siempre la primera ceremonia fúnebre a la que asistimos, pues en ella distinguimos una celebración del principio y continuidad de todas las cosas, idéntico a lo que celebramos al nacer. La muerte, proclamaban los rostros, los gestos, los ritmos musicales, es el origen de la vida, la muerte es el primer nacimiento. Venimos de la muerte. No nacemos si antes alguien no muere por nosotros, para nosotros.

Nada poseían, todo era común; pero había guerras, rivalidades incomprensibles para nosotros, como si nuestra inocencia sólo mereciese las bondades de la paz y no las crueldades de la guerra. Guerrero, animado por su mujer, decidió unirse a las guerras entre pueblos, admitiendo que no las comprendía. Pero una vez que empleó su habilidad de armador para rechazar la expedición de Hernández de Córdoba, su voluntad y la mía, el arte de armar barcos —y el de ordenar palabras—, se juntaron y juramentaron en silencio, con una inteligencia compartida y una meta definitiva...

1

Poco a poco —ocho años nos tomó saberlo— reunimos Gonzalo Guerrero y yo, Jerónimo de Aguilar, la información suficiente para adivinar —jamás lo sabríamos con certeza— el destino de los pueblos mayas, la continuidad de la grandeza caída y de la miseria sobreviviente. ¿Por qué se derrumbó aquélla, por qué sobrevivió ésta?

Vimos, en ocho años, la fragilidad de la tierra y nos preguntamos, hijos al cabo de agricultores castellanos y andaluces, cómo pudo sostenerse la vida de las grandes ciudades abandonadas sobre suelo tan magro y selvas tan impenetrables. Teníamos las respuestas de nuestros propios abuelos: explotad poco la riqueza de la selva, explotad bien la fragilidad del llano, cuidad de ambas. Ésta era la conducta inmemorial de los campesinos. Cuando coincidió con la de las dinastías, Yucatán vivió. Cuando las dinastías pusieron la grandeza del poder por encima de la grandeza de la vida, la delgada tierra y la tupida selva no bastaron para alimentar, tanto y tan rápidamente, las exigencias de reyes, sacerdotes, guerreros y funcionarios. Vinieron las guerras, el abandono de las tierras, la fuga a las ciudades primero, y de las ciudades después. La tierra ya no pudo mantener al poder. Cayó el poder. Permaneció la tierra. Permanecieron los hombres sin más poder que el de la tierra.

Permanecieron las palabras.

En sus ceremonias públicas, pero también en sus oraciones privadas, repetían incesantemente el siguiente cuento:

El mundo fue creado por dos dioses, el uno llamado Corazón de los Cielos y el otro Corazón de la Tierra. Al encontrarse, entrambos fertilizaron todas las cosas al nombrarlas. Nombraron a la tierra, y la tierra fue hecha. La creación, a medida que fue nombrada, se disolvió y multiplicó, llamándose niebla, nube o remolino de polvo. Nombradas, las montañas se dispararon desde el fondo del mar, se formaron mágicos valles y en ellos crecieron pinares y cipreses.

Los dioses se llenaron de alegría cuando dividieron las aguas y dieron nacimiento a los animales. Pero nada de esto poseía lo mismo que lo había creado, esto es la palabra. Bruma, ocelote, pino y agua, mudos. Entonces los dioses decidieron crear los únicos seres capaces de hablar y de nombrar a todas las cosas creadas por la palabra de los dioses.

Y así nacieron los hombres, con el propósito de mantener día con día la creación divina mediante lo mismo que dio origen a la tierra, el cielo y cuanto en ellos se halla: la palabra. Al entender estas cosas, Guerrero y yo supimos que la verdadera grandeza de este pueblo no estaba ni en sus magníficos templos ni en sus hazañas guerreras, sino en la más humilde vocación de repetir, a cada minuto, en todas las actividades de la vida, lo más grande y heroico de todo, que era la creación misma del mundo por los dioses.

Nos empeñamos desde entonces en fortalecer esta misión y en devolverle a nuestra tierra española de origen el tiempo, la belleza, el candor y la humanidad que encontramos entre estos indios... Pues la palabra era, al cabo, el poder gemelo que compartían los dioses y los hombres. Supimos que la caída de los imperios liberaba a la palabra y a los hombres de una servidumbre falsificada. Pobres, limpios, dueños de sus palabras, los mayas podían renovar sus vidas y las del mundo entero, más allá del mar...

En el lugar llamado Bahía de la Mala Pelea, allí mismo donde los conocimientos de Gonzalo Guerrero permitieron a los indios derrotar a los españoles, fueron talados los bosques, serradas las planchas, fabricados los utensilios y levantados los armazones para nuestra escuadra india...

Desde mi tumba mexicana, yo animé a mi compañero, el otro español sobreviviente, para que contestase a la conquista con la conquista; yo fracasé en mi intento de hacer fracasar a Cortés, tú, Gonzalo, no debes fracasar, haz lo que me juraste que harías, mira que te estoy observando desde mi lecho en el fondo del antiguo lago de Tenochtitlan, yo, el cincuenta y ocho veces nombrado Jerónimo de Aguilar, el hombre que fue amo transitorio de las palabras y las perdió en desigual combate con una mujer...

0

Yo vi todo esto. La caída de la gran ciudad andaluza, en medio del rumor de atabales, el choque del acero contra el pedernal y el fuego de los lanzallamas mayas. Vi el agua quemada del Guadalquivir y el incendio de la Torre del Oro.

Cayeron los templos, de Cádiz a Sevilla; las insignias, las torres, los trofeos. Y al día siguiente de la derrota, con las piedras de la Giralda, comenzamos a edificar el templo de las cuatro religiones, inscrito con el verbo de Cristo, Mahoma, Abraham y Quetzalcóatl, donde todos los poderes de la imaginación y la palabra tendrían cupo, sin excepción, durando acaso tanto como los nombres de los mil dioses de un mundo súbitamente animado por el encuentro con todo lo olvidado, prohibido, mutilado...

Cometimos algunos crímenes, es cierto. A los miembros de la Santa Inquisición les dimos una sopa de su propio chocolate, quemándoles en las plazas públicas de Logroño a Barcelona y de Oviedo a Córdoba... Sus archivos los quemamos también, junto con las leyes de pureza de la sangre y cristianismo antiguo. Viejos judíos, viejos musulmanes y ahora viejos mayas, abrazamos a cristianos viejos y nuevos, y si algunos conventos y sus inquilinas fueron violados, el resultado, al cabo, fue un mestizaje acrecentado, indio y español, pero también árabe y judío, que en pocos años cruzó los Pirineos y se desparramó por toda Europa... La pigmentación del viejo continente se hizo enseguida más oscura, como ya lo era la de la España levantina y árabe.

Pues derogamos los decretos de expulsión de judíos y moriscos. Aquéllos regresaron con las llaves heladas de sus casas abandonadas en Toledo y Sevilla para abrir de nuevo las puertas de madera y clavar de nuevo en los roperos, con manos ardientes, el viejo canto de su amor a España, la madre cruel que los expulsó y a la que ellos, los hijos de Israel, nunca dejaron de amar a pesar de todas las

crueldades... Y el regreso de los moros llenó el aire
de cantes a veces profundos como un gemido sexual, a veces tan altos como la voz de la puntual
adoración del Muecín. Dulces cantos mayas se
unieron al de los trovadores provenzales, la flauta
a la vihuela, la chirimía a la mandolina, y del mar
cerca del Puerto de Santa María emergieron sirenas de todos los colores, que nos habían acompañado desde las islas del Caribe... Cuantos contri-
buimos a la conquista india de España sentimos
de inmediato que un universo a la vez nuevo y
recuperado, permeable, complejo, fecundo, nació del contacto entre las culturas, frustrando el
fatal designio purificador de los Reyes Católicos.

No creáis, sin embargo, que el descubrimiento de España por los indios mayas fue un idilio.
No pudimos frenar los atavismos religiosos de algunos de nuestros capitanes. Lo cierto, empero, es
que los españoles sacrificados por los mayas en los
altares de Valladolid y Burgos, en las plazas de Cáceres y Jaén, tuvieron la distinción de morir ingre-
sando a un rito cósmico y no, como pudo suceder-
les, por una de esas riñas callejeras tan habituales
en España. O, para decirlo con símil más gastro-
nómico, por una indigestión de cocido. Es cierto
que esta razón fue mal comprendida por todos los
humanistas, poetas, filósofos y erasmianos españoles, que al principio celebraron nuestra llegada,
considerándola una liberación, pero que ahora se
preguntaban si no habían cambiado, simplemente, la opresión de los Reyes Católicos por la de
unos sanguinarios papas y caciques indios...

Mas me preguntaréis a mí, Jerónimo de Aguilar natural de Écija, muerto de bubas al caer la Gran Tenochtitlan y que ahora acompaño como una estrella lejana a mi amigo y compañero Gonzalo de Guerrero, natural de Palos, en la conquista de España, ¿cuál fue nuestra arma principal?

Y aunque primeramente cabe hablar de un ejército de dos mil mayas partidos de la Bahía de la Mala Pelea en Yucatán, al cual se añadieron escuadras de marineros caribes recogidos y adiestrados por Guerrero en Cuba, Borinquen, Caicos y el Gran Abaco, enseguida debe añadirse otra razón.

Desembarcados en Cádiz en medio del asombro más absoluto, la respuesta (ya la habéis adivinado) fue la misma que la de los indios en México, es decir, la sorpresa.

Sólo que en México, los españoles, es decir, los dioses blancos, barbados y rubios, eran esperados. Aquí, en cambio, nadie esperaba a nadie. La sorpresa fue total, pues todos los dioses ya estaban en España. Lo que pasa es que habían sido olvidados. Los indios llegaron a reanimar a los propios dioses españoles y el asombro mayor que hoy comparto con ustedes, lectores de este manuscrito que al alimón hemos pergeñado dos náufragos españoles abandonados durante ocho años en la costa de Yucatán, es que estéis leyendo esta memoria en la lengua española de Cortés que Marina, La Malinche, debió aprender, y no en la lengua maya que Marina debió olvidar o en la lengua mexicana que yo debí aprender para comunicarme a traición con el grande pero abúlico rey Moctezuma.

La razón es clara. La lengua española ya había aprendido, antes, a hablar en fenicio, griego, latín, árabe y hebreo; estaba lista para recibir, ahora, los aportes mayas y aztecas, enriquecerse con ellos, enriquecerlos, darles flexibilidad, imaginación, comunicabilidad y escritura, convirtiéndolas a todas en lenguas vivas, no lenguas de los imperios, sino de los hombres y sus encuentros, contagios, sueños, y pesadillas también.

Quizás el propio Hernán Cortés lo supo, y por eso se hizo el disimulado el día que nos descubrió a Guerrero y a mí viviendo entre los mayas, entiznados y trasquilados; yo con un remo al hombro, una votara vieja calzada y la otra atada a la cintura, y una manta muy ruin, y un braguero peor; y Guerrero con la cara labrada y horadadas las orejas... Quizá, como si adivinara su propio destino, el capitán español dejó a Guerrero entre los indios para que un día acometiese esta empresa, réplica de la suya, y conquistara a España con el mismo ánimo que él conquistó a México, que era el de traer otra civilización a una que consideraba admirable pero manchada por excesos, aquí y allá: sacrificio y hoguera, opresión y represión, la humanidad sacrificada siempre al poder de los fuertes y al pretexto de los dioses... Sacrificado el propio Hernán Cortés al juego de la ambición política, necesariamente reducido a la impotencia para que ningún conquistador soñara con colocarse por encima del poder de la Corona y humillado por los mediocres, sofocado por la burocracia, recompensado con dinero y títulos cuando su ambición había sido exterminada, ¿tuvo Hernán Cortés la brillante intuición de que, perdonado, Gonzalo de Guerrero, regresaría con una armada maya y caribe a vengarlo a él en su propia tierra?

No lo sé. Porque el propio Hernán Cortés, con toda su maliciosa inteligencia, careció siempre de la imaginación mágica que fue, por un lado, la flaqueza del mundo indígena, pero, por el otro, puede ser un día su fuerza: su aporte para el futuro, su resurrección...

Digo esto porque, acompañando con mi alma a Gonzalo de Guerrero, de la Bahama a Cádiz, yo mismo me convertí en estrella a fin de poder hacer el viaje. Mi luz antigua (toda estrella luminosa, lo sé ahora, es estrella muerta) es sólo la de las preguntas.

¿Qué habría pasado si lo que sucedió, no sucede?

¿Qué habría pasado si lo que no sucedió, sucede?

Hablo y pregunto desde la muerte, porque sospecho que mi amigo el otro náufrago, Gonzalo Guerrero, está demasiado ocupado combatiendo y conquistando. No tiene tiempo de narrar. Es más: se niega a narrar. Tiene que actuar, decidir, ordenar, castigar... En cambio, desde la muerte, yo tengo todo el tiempo del mundo para narrar. Incluso (sobre todo) las hazañas de mi amigo Guerrero en esta gran empresa de la conquista de España.

Temo por él y por la acción que con tanto éxito ha acometido. Me pregunto si un evento que no es narrado, ocurre en realidad. Pues lo que no se inventa, sólo se consigna. Algo más: una catástrofe (y toda guerra lo es) sólo es disputada si es narrada. La narración la sobrepasa. La narración disputa el orden de las cosas. El silencio lo confirma.

Por ello, al narrar, por fuerza me pregunto dónde está el orden, la moral, la ley de todo esto.

No sé. Y tampoco lo sabe mi hermano Guerrero porque le he contagiado un doloroso sueño. Se acuesta en su nueva sede, que es el Alcázar de Sevilla, y sus noches son inquietas; las atraviesa como un fantasma la mirada dolorosa del último rey azteca, Guatemuz. Una nube de sangre le cubre los ojos. Cuando siente que se le empaña la mirada, baja los párpados. Uno es de oro, el otro de plata.

Cuando despierta, llorando por la suerte de la nación azteca, se da cuenta de que en vez de lágrimas, por una mejilla le rueda el oro y por la otra la plata, surcándolas como cuchilladas y dejando para siempre en ellas una herida que, ojalá, la muerte cicatrice un día.

Ésta es, ya lo sé, una incertidumbre. En cambio, mi única certeza, ya lo veis, es que la lengua y las palabras triunfaron en las dos orillas. Lo sé porque la forma de este relato, que es una cuenta al revés, ha sido identificada demasiadas veces con explosiones mortales, vencimientos de un contendiente, u ocurrencias apocalípticas. Me gusta emplearla hoy, partiendo de diez para llegar a cero, a fin de indicar, en vez, un perpetuo reinicio de his-

torias perpetuamente inacabadas, pero sólo a condición de que las presida, como en el cuento maya
de los Dioses de los Cielos y de la Tierra, la palabra.

Ésa es quizá la verdadera estrella que eriza el
mar y hermana a las dos orillas. Los españoles, debo aclararlo a tiempo, no lo entendieron al principio. Cuando llegué a Sevilla montado en mi estrella verbal, confundieron su fugacidad y su luz con
la de un pájaro terrible, suma de todas las aves de
presa que vuelan en la oscuridad más profunda,
pero menos aterradora por su vuelo que por su
aterrizaje, su capacidad de arrastrarse por la tierra
con la mercúrea destrucción de un veneno: buitre
de las alturas, serpiente del suelo, este ser mitológico que voló sobre Sevilla y se arrastró por Extremadura cegó a los santos y sedujo a los demonios de
España, a todos espantó con su novedad y fue, como los caballos españoles en México, invencible.

Transformada en monstruo, esta bestia, sin
embargo, era sólo una palabra. Y la palabra se des-
pliega, en el aire de escamas, en la tierra de plumas, como una sola pregunta:

¿Cuánto faltará para que llegue el presente?

Gemela de Dios, gemela del hombre: sobre la
laguna de México, cabe el río de Sevilla, se abren
al mismo tiempo los párpados del Sol y los de la
Luna. Nuestros rostros están rayados por el fuego,
pero al mismo tiempo nuestras lenguas están surcadas por la memoria y el deseo. Las palabras viven en las dos orillas. Y no cicatrizan.

Londres-México, invierno de 1991-1992

Los hijos del conquistador

A José Emilio Pacheco

*Y si miramos en ello, en cosa ninguna tuvo
ventura después que ganamos la Nueva España,
y dicen que son maldiciones que le echaron.*

BERNAL DÍAZ DEL CASTILLO, *Historia Verdadera
de la Conquista de la Nueva España*

Martín 2

Doce hijos tuvo mi padre, el conquistador de México, Hernán Cortés. De las más jóvenes a los más viejos, hay tres muchachas hijas de su última esposa, la española Juana de Zúñiga: María, Catalina y Juana, un ramillete mexicano de niñas agraciadas que nacieron tarde y no tuvieron que cargar con el daño de su padre, sino sólo con su gloriosa memoria. También de la Zúñiga nació mi hermano Martín Cortés, nombrado como yo y con quien compartí no sólo el nombre, sino la suerte. Y dos infantes muertos al nacer, Luis y Catalina.

Mucha carne abarcó nuestro padre, tanta como tierra conquistó. Al rey vencido, Moctezuma, le arrebató una hija preferida, Ixcaxóchitl, "Flor de Algodón", y con ella tuvo su propia hija, Leonor Cortés. Con una princesa azteca sin nombre, tuvo otra hija que nació contrahecha, la llamada "María". Con una mujer anónima, tuvo a un niño llamado "Amadorcico", al que nos dijo que quiso mucho y luego olvidó, muerto o abandonado en México. Peor suerte tuvo otro hijo, Luis Altamirano, nacido de Elvira (o quizás Antonia) Hermosillo en 1529, y desheredado en el testamento de nuestro pródigo, astuto, vencido padre, aunque nadie conoció desventura mayor que la primera hija, Catalina Pizarro, nacida en Cuba en 1514, de madre llamada Leonor Pizarro.

Nuestro padre la mimó, la viuda Zúñiga la persiguió, la despojó de sus bienes y la condenó a vivir de por vida, contra su voluntad, encerrada en un convento.

Yo soy el primer Martín, hijo bastardo de mi padre y de doña Marina mi madre india, la llamada Malinche, la intérprete sin la cual nada habría ganado Cortés. Mi padre nos abandonó cuando cayó México y mi madre ya no le sirvió para conquistar, antes le estorbó para reinar. Crecí lejos de mi padre, entregada mi madre al soldado Juan Xaramillo. La vi morir de viruela en 1527. Mi padre me legitimó en 1529. Soy el primogénito, mas no el heredero. Debí ser Martín Primero, pero sólo soy Martín Segundo.

Martín 1

Tres Catalinas, dos Marías, dos Leonores, dos Luises y dos Martines: Nuestro padre no tenía demasiada imaginación para bautizar a sus hijos, y esto, a veces, conlleva gran confusión. El otro Martín, mi hermano mayor el hijo de la india, se solaza en el relato de las dificultades que tuvimos. Yo prefiero recordar los buenos momentos, y ninguno mejor que mi regreso a México, la tierra conquistada por mi padre para N. S. el Rey. Pero vamos por partes. Nací en Cuernavaca en 1532 Soy producto del accidentado viaje de mi padre a España en 1528, a donde fue, por primera vez después de la Conquista, a casarse y a reclamar los derechos que la administración colonial quería negarle mediante juicio instigado por los envidiosos. España, lo recuerdo ante todo, es el país de la envidia. Las Indias, lo compruebo cada vez más, emulan con ventaja a su madre en este renglón. Bueno: en Béjar casó en segundas nupcias Hernán Cortés con mi madre Juana de Zúñiga. El Rey confirmó las mercedes y honores debidos a mi padre: títulos, tierras y vasallos. Pero al regresar a México en marzo de 1530, mis padres y mi abuela fueron detenidos en Texcoco pendiente del juicio contra mi padre, quien no pudo entrar a la ciudad de México hasta enero del siguiente año, instalándose luego en Cuernavaca, donde como queda dicho, yo nací. En pleitos y expediciones igualmente vanos se desgastó a partir de entonces mi padre, hasta que, teniendo yo ocho años, regresé de su mano a España, otra vez a pelear pero esta vez no contra indios, sino contra oficiales y licenciados.

Con mi padre salí, a los ocho años, de México a España, en 1540. Fuimos a reclamar nuestra propiedad, nuestros cargos. Las intrigas, los pleitos y las amarguras le costaron la vida a mi padre: ¡haber peleado tanto, y con tanta fortuna, con el fin de ganarle al Rey dominios nueve veces mayores que España, para acabar rodando de venta en

venta, adeudando dinero a sastres y criados, objeto de burlas y fastidios en la corte! Estuve junto a
él cuando murió. Un franciscano y yo. Ni uno ni
otro pudimos salvarlo del horrible desgaste de la
disentería. El olor de la mierda de mi padre no lograba, sin embargo, vencer el fresco aroma de un
naranjo que crecía hasta la altura de su ventana y
que, por esos meses, florecía espléndido.

Dijo palabras incomprensibles antes de morir
en Castilleja de la Cuesta, cerca de Sevilla, pues a
su casa hispalense no lo dejaron irse a morir en
paz, tantos eran los acreedores y malandrines que
cual moscardones lo rondaban. En cambio, gran
señor y amigo mejor que el Rey, el duque de Medina Sidonia, organizó unas exequias espléndidas
en el monasterio de San Francisco en Sevilla, llenó
la iglesia de paños negros, hachas de cera ardiente,
banderas y pendones con las armas del Marqués
mi padre, sí señor, Marqués del Valle de Oaxaca,
Capitán General de la Nueva España y Conquistador de México, títulos que jamás le podrán qui-
tar los envidiosos y que debieron ser míos, pues yo
fui declarado en el testamento el sucesor, el heredero y el titular del mayorazgo. Bien me guardé,
en cambio, de hacer válidas las cláusulas donde mi
padre me encargó liberar a los esclavos de nuestras
tierras mexicanas y restituirles las mismas a los naturales de los pueblos conquistados. Arrepenti-
mientos de viejo, me dije. Si los cumplo, me quedo sin nada. ¿Le pedí perdón? Por supuesto. Mala
persona no soy. Violé su última voluntad. Pero me
bastó ver el destino de los bienes de nuestra casa

en Sevilla para no sentir escrúpulo alguno. Cacharros de cobre, trastes de cocina, maletas, manteles raídos, sábanas y colchones, y armas viejas que hace tiempo dieron su última batalla: todo esto vendido a precio infame en las gradas de la Catedral de Sevilla al morir mi padre. ¿El fruto último de la Conquista de México iba a ser un remate de colchones y cacerolas viejas? Decidí regresar a México a reclamar mi herencia. Pero antes abrí la caja donde yacía nuestro padre Hernán Cortés para verle por vez última. Me espanté y el grito se me quedó arañándome los dientes. La cara de mi padre muerto estaba cubierta por una máscara polvosa de jade y pluma.

Martín 2

No voy a llorar por mi padre. Pero a fuer de buen cristiano, que lo soy, no puedo sino compadecerme de su suerte. Miren nomás qué cosas le sucedieron después de la caída de la Gran Tenochtitlan y la conquista del imperio de los aztecas. En vez de quedarse en la ciudad y consolidar su poder, tuvo a bien lanzarse a una aventura descabellada y ruidosa que lo llevó a perderse y arruinarse en las selvas de Honduras. ¿Qué gusano tenía este hombre nuestro padre, que no podía quedarse tranquilo con la fortuna y la gloria bien habidas, sino que debía siempre buscar más aventura y más acción, aunque le costaran la fortuna y la gloria? Es como si sintiese que sin la acción, hubiese vuelto a ser el modesto hijo de molinero de Medellín que fue en su origen; como si la acción le debiese homenaje idéntico a la acción misma. No podía detenerse a contemplar lo hecho; debía arriesgarlo todo para merecerlo todo. Quizás, además de su diosito cristiano (que es el nuestro, a no dudar) tenía metido adentro un diosote pagano, salvaje, secular y despiadado, que le pedía serlo todo gracias a la acción. Serlo todo: incluso nada. Había dos hombres en él. Uno agraciado por la fortuna, el amor y la gloria. Otro, perdido por la vanidad, el boato y la misericordia. Qué extraña cosa digo de mi propio papacito. Vanidad y misericordia unidas: una parte de él necesitaba el reconocimiento, la riqueza, el capricho como regla; otra, pedía para nosotros, su nuevo pueblo mexicano, compasión y derecho. Que llegó a identificarse con nosotros, con nuestra tierra, quizá sea cierto. Me consta, por mi madre, que Hernán Cortés peleó con los franciscanos que exigieron arrasar los templos, en tanto mi papá pedía que permaneciesen aquellas casas de ídolos por memoria. Y ya les contó mi hermano Martín lo que dispuso en su testamento para liberar a los inditos y devolverles sus tierras. Letra muerta. Cuánta letra muerta. Ya ven, sin embargo, que reconozco las virtudes de mi jefe. Mas siendo hijo de mi mamacita y narrando hoy con toda la verdad y claridad de mi espíritu, pues otra ocasión no tendré de hacerlo, debo confesar que me alegraron sus desventuras, me hicieron cosquillitas en el alma los contrastes entre los honores que se le hicieron y los poderes que se le negaron. Abandonados mi madre y yo cuando le causamos estorbo a sus pretensiones políticas y matrimoniales, ¿cómo no íbamos a solazarnos, secretamente, de sus desgracias? Si no hubiese abandonado el gobierno de la ciudad de México por irse a conquistar nuevas tierras a Honduras, no se lo habrían arrebatado sus enemigos, apoderándose de los bienes de Cortés, y aunque los amigos de mi padre luego metieron en jaulas a sus enemigos, al regreso de Honduras encontróse nuestro papacito con que los jueces habían llegado de España a tomarle juicio y quitarle la gobernación. Mi alma india se estremece y extraña. Mientras en Honduras mi padre atormentó y ahorcó al último rey azteca, Cuauhtémoc, por no revelar el sitio del tesoro de Moctezuma, en la ciudad de México los amigos de mi padre eran atormentados para que denunciaran el tesoro de Cortés, y luego ahorcados. Las glorias se evaporan. Los pleitos, los papeles, la tinta, lo ahogan todo y nos ahogan. De todo esto fue acusado nuestro padre a su regreso a México: de enriquecerse ilícitamente, de proteger a los indios, de envenenar a sus rivales con quesos ponzoñosos, de no temer a Dios, qué sé yo... Me detengo en lo único que realmente me apasiona y conturba: la vida sexual de mi jefecito, su violencia, seducción y promiscuidad de la carne. Tenía infinitas mujeres, reza la acusación, unas de la tierra, otras de Castilla, y con todas tenía acceso, aunque fuesen parientes entre ellas. A los maridos los enviaba fuera de la ciudad para tener libertad con las esposas. Con más de cuarenta indias se

echaba carnalmente. Y a su mujer legítima, Catalina Xuárez dicha La Marcaida, se le acusó, llana-
mente, de haberla asesinado. De crímenes, co-
rrupciones sin fin y ánimo rebelde para quedarse
con la tierra y reinar sobre ella, lo acusa el intérprete Jerónimo de Aguilar, a quien mi padre reco-
gió, náufrago, en la costa de Yucatán. De abuso
carnal, en cambio, lo acusan seis viejas criadas ile-
tradas. Entre el intérprete traidor y las camareras
chismosas, me interpongo yo, Martín Cortés el
bastardo, hijo de la intérprete leal doña Marina,
iletrada también, pero poseída por el demonio de
la lengua. Me cuelo yo porque el uno y las otras,
Aguilar y las comadres, están de acuerdo en que
mi nacimiento es lo que volvió loca de celos a la
estéril Catalina Xuárez, casada con él en Cuba y
traída a México al caer el imperio, la única mujer
de mi padre que nunca le dio hijos. Enferma,
siempre malita, echada en un estrado, inútil y
quejumbrosa, por mi culpa tuvo esta mujer disputa una noche con mi padre, según cuentan las
criadas, por el empleo del trabajo de indios, que
La Marcaida reclamaba para sí sola, excluyéndo-
nos a mi madre y a mí y contestándole mi padre
que de lo que fuese de ella, incluyendo esclavos
indios, nada quería él, sino lo que era propiamente de él, incluyéndonos a mi madre y a mí. Ella se
retiró avergonzada y sollozante a su recámara. Allí
la hallaron las criadas al día siguiente, muerta, con
cardenales en la garganta y la cama orinada. A las
criadas contestaron los amigos de Cortés: la mujer
se murió del flujo de su menstruación. Esta Mar-

caida estaba siempre muy enferma de madre. Sus propias hermanas, Leonor y Francisca, se murieron desangradas por la abundancia anormal de sus meses. Y a mí la mirada empieza a nublárseme de sangre. Ríos de sangre. Sangre de la menstruación, de la guerra, del sacrificio en los altares, ahogándonos a todos. Salvo a mi madre La Malinche. A ella se le cortó la menstruación, la guerra se acabó, el puñal del sacrificio se detuvo en el aire, la sangre se secó y en el vientre de La Malinche yo fui concebido en una pausa entre la sangre y la muerte, como en un fértil desierto. Soy hijo del grano muerto, eso mero soy. Prefiero, sin embargo, ahogarme en sangre que en papeles, intrigas, pleïtos; ahogarme en sangre que ahogarme en cosas, cosas por las que nos afanamos hasta quedarnos secos, sin ellas y sin nuestras almas. Esto lo admitirá, al menos, mi hermano. ¿Admitirá el otro Martín que a nuestro padre le tocaron las hazañas, y a nosotros, sus hijos, sólo nos tocaron los pleitos? ¡Herederos del desierto y las chozas!

Martín 1

Hernán Cortés siempre amó la elegancia, el boato y las cosas bellas. De todo se valió para obtenerlas, es cierto. Bernal Díaz escribe cómo en Cuba, antes de la expedición a México, mi padre comenzó a ataviarse, usando penacho de plumas, medallas y cadenas de oro y ropas de terciopelo sembradas con lazadas de oro. Sin embargo, no tenía con qué pagar estos lujos, estando en aquella sazón muy adeudado y pobre, pues gastaba cuanto tenía en su persona y atavíos de su mujer. Me cae bien mi padre por todo esto; es un tipo simpático, capaz de admitir que se procuró los avíos para su armada mexicana recorriendo la costa de Cuba cual gentil corsario, robando o extrayendo gallinas y pan cazabe, armas y dinero de los vecinos de la feraz isla, asombrados ante la audacia del extremeño mi padre. Hijo de molineros y soldados de la guerra contra los moros, mi padre heredó del suyo la reciedumbre mas no la resignación. Se creó un destino propio y se lo creó, pródigo como era, dos veces: un destino de ascenso y otro de descenso. Ambos asombrosos.

A mí, me heredó el gusto por las cosas. El Rey le negó a mi padre el poder en la tierra mexicana que conquistó. Pidió la gobernación de México y no se la dio, porque no pensara ningún conquistador que se le debía. Lo mismo había hecho el abuelo del rey don Carlos, Fernando el Católico, negándole a Colón el gobierno de las Indias que descubrió. En cambio, lo llenaron de honores y títulos, que yo aprendí a gozar desde niño. Capitán General de la Nueva España, Marqués del Valle de Oaxaca, el Rey le adjudicó a mi padre veintitrés mil vasallos y veintidós pueblos de Texcoco a Tehuantepec y de Coyoacán a Cuernavaca: Tacubaya y Toluca, Jalapa y Tepoztlán... Con el fin de obtener todo esto, y silenciar a sus enemigos, mi padre regresó a España en 1530. Nunca se vio a un capitán de las Indias regresar con tanta gloria, y toda pagada por él mismo, que no por la Corona. Desde el Puerto de Palos, mi padre se dirigió a la corte a la sazón en Toledo, con una comitiva de ochenta personas traídas de México, más los españoles que aceptaron la invitación abierta de unirse a la escolta de soldados de la Conquista, nobles indios, cirqueros, enanos, albinos y muchos criados, además de los colibríes, guacamayas y quetzales, auras y guajolotes, plantas del desierto, tigrillos, joyas y códices ilustrados, que mi padre trajo en dos naves, alquilando mulas y carrozas para subir de Andalucía a Castilla, pasando por su pueblo natal de Medellín, donde se inclinó ante la tumba de su padre, mi abuelo, en cuyo honor yo fui nombrado, y besó la mano de su madre viuda, Catalina Pizarro, madre de un conquistador y tía de otro, don Francisco, extremeño también. La diferencia es que mi padre sabía leer y escribir y Pizarro no. Cortés y Pizarro se encontraron esta vez en el camino, cuándo uno ya lo era todo y el otro seguía siendo nadie, aunque al cabo la mala suerte nos iguala a todos. Todos notaron el brillo insano de la envidia en la mirada del otro extremeño, viendo a mi padre desparramando regalos para obtener favores, regalando a las señoras penachos de plumas verdes llenos de argentería y de oro y perlas, mandando hacer liquidámbar y bálsamo para que se sahumasen las damas que iba encontrando en las cortes y villas reales, y así se encaminó hasta la corte en Toledo, entre banquetes y fiestas, precedido de una fama y boato que a todos impresionaron. Al llegar a la corte, entró

tarde a misa y pasó adelante de los más ilustres señores de España, para ir a sentarse junto al rey
don Carlos, entre los murmullos de envidia y de-
saprobación. ¡Nada lo detenía a mi padre! Todo lo
prodigó, salvo cinco esmeraldas finísimas que hubo de Moctezuma y que siempre guardó con celo
para sí, como prueba, digo yo, de sus hazañas.
Una esmeralda era labrada como rosa, la otra como corneta y otra un pez con ojos de oro, la cuarta era como campanilla, con una rica perla por
badajo y guarnecida de oro, con la inscripción
"Bendito quien te crió"; y la última era una tacita
con el pie de oro y con cuatro cadenicas para te-
nerla, asidas en una perla larga como botón. De
estas joyas se vanaglorió mi padre, tanto que la
reina, cuando supo de las esmeraldas, quiso verlas
y quedárselas, diciendo que las pagaría el emperador don Carlos a precio de cien mil ducados. Mas
tanto las estimaba mi padre, que a la propia em-
peratriz se las negó, excusándose que las reservaba
para mi madre Juana de Zúñiga, con quien había
venido a desposarse... Y así fue: con ella regresó a
México, y si con boato salió de Cuba a la conquista de México, y con boato regresó de México conquistando a España, con el lujo máximo regresó
ahora, nuevamente, a la tierra sometida, hasta que
sus enemigos, los envidiosos de siempre, lo detu-
vieron en Texcoco fuera de la ciudad de México,
sitiándolo por hambre mientras se resolvía el juicio contra él iniciado en su ausencia. Le negaron
el pan a mi padre. Se lo negaron a mi abuela doña
Catalina Pizarro, que mi padre trajo a México pa-

ra que conociera lo que su hijo le ganó a España y
al Rey. Doña Catalina mi abuela, recién enviuda-
da, fue seducida por su hijo: —"Deja Medellín,
donde has sido mujer recia, religiosa, pero escasa,
y ven a México a ser gran señora". —Pues de
hambre se murió mi abuela en Texcoco, de hambre, señores, de hambre se murió Catalina Pizarro
mi abuela... De hambre, aunque ustedes no lo
crean, ¡de hambre! ¿Por qué en esta familia no hay
pausa alguna entre la felicidad y la desgracia, entre
el triunfo y la derrota? ¿Por qué?

Martín 2

De riquezas habla mi hermano, de joyas y
criados, de adornos y títulos, de poderes y de tierras, aunque también de hambre... Yo hablo de
papeles. Pues cada cosa que tú has mencionado,
Martín mi hermano, perdió su sustancia dura para convertirse en papel, montañas de papel, laberintos de papel, papel vomitado por pleitos y juicios eternos, como si cada cosa conquistada por
nuestro padre tuviese un solo destino posterga-
do: la acumulación de fojas en los juzgados de
las dos Españas, la vieja y la nueva. Víctima de un
juicio eternamente diferido, en el que las cosas
materiales acaban por demostrar que traían escondido en el alma un doble de papel, incendia-
ble y ahogable. Borradas las cosas por el fuego y
el agua del papel borrado. Ved, mi hermano. Pleito de Hernán Cortés contra unos tales Matienzo

y Delgadillo por las tierras y huertas entre las calzadas de Chapultepec y de Tacuba. Otro pleito, un
mes más tarde, contra los mismos a causa de una
disputa por tributos y servicios de indios en Hue-
jotzingo. Cartas de agravios contra la Corona.
Memoriales ante el Consejo de Indias. Listas de
ochenta, cien, mil preguntas repetitivas. Gastos
de escribanos, copistas, mensajeros. Más de dos-
cientas cédulas reales relativas a nuestro padre, negando sus agravios, aplazando sus pretensiones,
pagándole con helada hiel la hazaña fiel de la conquista. Mundo de abogados chicaneros, de leyes
obedecidas pero jamás cumplidas, manos man-
chadas de tinta, pirámides de legajos, aves desplu-
madas para escribir mil legados, ¡más plumas en
los tinteros que gansos en las marismas! El inaca-
bable juicio de residencia contra tu padre y el mío
en México por todo lo ya dicho: corrupción, abuso, promiscuidad carnal, rebeldía y asesinato. Tú
lo sabes: El juicio contra nuestro jefe nunca se resolvió. Quedó consignado en dos mil folios y enviado desde México al Consejo de Indias en Sevilla. Miles de páginas, cientos de legajos. La tinta
se impacienta. La pluma araña. La montaña de
pergaminos se sepulta para siempre en los archivos que son el destino muerto de la historia. No te
engañes, di la verdad conmigo, hermano Martín:
Dos mil folios de prosa legal fueron enterrados
para siempre en Sevilla porque de lo que se trataba
era de mantener el juicio irresuelto, cual espada de
Damocles sobre las cabezas de mi padre y también
las de sus hijos, imbécil hermano mío, movido

por la fatal gerencia de la Fama y el lujo paterno, pero sin la astucia que al menos siempre acompañó los destinos de mi padre, su gloria pero también su ruina: ¿grandes ambas? Aún no lo sé. La historia verdadera, que no los polvosos archivos, lo dirán un día. La historia viva de la memoria y el deseo, hermano, que ocurre siempre ahoritita mismo, ni ayer ni mañana. Mas qué decir de yo mero, que me dejé arrastrar a tu loca aventura por ti, a quien conozco tan bien que no sé si despreciarte o temerte. Lástima, hermano mío. ¿Cómo se me ocurrió confiar en ti?

Martín 1

No soy tan estúpido como tú crees, Martín Segundo. Segundo, sí, segundón, aunque te duela. Te hiero sólo para herirme a mí mismo y demostrarte que yo también sé ver muy claro lo que ocurre. No me creas un cegatón del destino, un Edipo indiano, no. Quiero y respeto a nuestro padre. Murió en mis brazos, no en los tuyos. Entiendo lo que dices. Hernán Cortés tuvo dos destinos. ¿Cómo no iba a huir del pleito eterno, del tribunal sedentario, para lanzarse a una loca aventura tras otra? Como dejó atrás a Extremadura de muchacho para descubrir por sí mismo el Nuevo Mundo; como abandonó Cuba y su vida apacible para lanzarse a la Conquista de México; así dejó atrás el mundo de intrigas y papeleos que siguió a la Conquista para lanzarse a Honduras primero y

luego al descubrimiento de la tierra más estéril
del mundo, esa larga costa del Mar del Sur donde
no encontró, como acaso lo soñaba, ni el remo de
las Siete Ciudades de Oro ni los amores de la reina amazona llamada Calafia, sino sólo arena y
mar. ¿Cómo no iba a sentirse humillado cuando
de regreso de las Californias el torvo y cruel Nuño de Guzmán le prohibió el paso por las tierras
de Xalisco?

Con raro sarcasmo me comentó nuestro padre, antes de morir, que acaso sólo dos cosas valieron la pena de esa expedición. La primera fue descubrir un nuevo mar, un golfo hondo y misterioso
de aguas tan cristalinas que a flor de playa se parecía nadar en aire, si no fuera por la multitud de
peces plateados, azules, verdes, negros y amarillos
que jugueteaban veloces a la altura de las rodillas
de los soldados y marinos encantados de encontrar ese paraíso placentero. ¿Era isla? ¿Era península? ¿Conducía realmente a las tierras de la reina
Calafia, a Cibola y El Dorado? No importaba, me
dijo, por un instante realmente no importaba. El
encuentro del desierto y el mar, los cactos inmensos y el mar transparente, el sol redondo como
una naranja... Ése fue su otro gusto. Recordó que
al llegar a Yucatán lo deslumbró ver un naranjo
cuyas semillas trajeron hasta allí los dos náufragos
desleales, Aguilar y Guerrero. Ahora mi propio
padre, humillado por el sátrapa de Xalisco, el ase-
sino Nuño de Guzmán, debió reembarcarse en la
Barra de Navidad y navegar hasta la bahía de Acapulco, a donde desembarcó para seguir a México.

Tuvo una idea. Le pidió semillas de naranjo al contramaestre de a bordo. Se guardó un puñado en su faltriquera. Pero en la costa acapulqueña buscó un lugar bien sombreado y frente al mar cavó hondo y plantó las semillas del naranjo.

—Tardarás cinco años en dar tus frutos —le habló mi padre a las semillas del naranjo— pero lo bueno es que creces bien en clima frío, como el nuestro, donde las heladas te permiten dormitar todo el invierno. Vamos a ver si también aquí, en esta tierra aromática e incendiada, das tus frutos. Creo que lo importante, siempre, es cavar hondo para protegerte, naranjo.

Ahora, el perfume de la flor del naranjo entraba por la ventana de sus agonías. Era el único regalo de su muerte quebrada, humillada...

Martín 2

Espera un momentito. Cómo me duele tu vanidad. Todo lo miras como pérdida de dignidad, humillación, quiebra de la hidalguía. ¡Criollo de mierda! Admite que nuestro padre no fue tan astuto como se dice. ¡Qué doblez de inocencia increíble en hombre tan sagaz! Admítelo tú como te lo cuento yo, hermano Martín. Sólo en la astucia se casó con la astucia. Luego se divorciaron y una astucia se quedó sin pareja, mientras que la otra vino a esposarse con la ingenuidad. Muy colmilludo pero también muy pendejo. ¿Por qué no lo admites? ¿Temes que se apague la flama que tú crees alumbrar con tu piedad filial? ¿Temes que tu padre te herede, no el triunfo sino el fracaso? ¿Huyes de la parte maldita y frívola de su destino temiendo que sea el tuyo? ¿No prefieres mi franqueza? ¿No sabes que su imperial regreso a España con una corte propia y desparramando riquezas confirmó al Rey en la sospecha de que este soldado quería ser el soberano de México? Sus regalos exagerados a las mujeres enfurecieron a los maridos. Su insolencia de pasar sin permiso por encima de los grandes en la misa y sentarse junto al Rey, su desdén de no regalarle, ni siquiera venderle, las esmeraldas a la Reina, ¿no crees que todo ello enfrió al Rey y a la corte, predisponiéndoles contra nuestro padre, encabronándolos? ¿Para tu madre guardó las famosas esmeraldas? Pues más le hubiera valido tirarlas a los cerdos. No me mires así.

Martín 1

Me separo de ti, hermano. Te relego de nuevo a la tercera persona, ni siquiera a la segunda que inmerecidamente te vengo dando. No vas a arrebatarme la desgarrada franqueza de ser yo quien hable mal de mi madre. ¿Papeles, dices? ¿Posesiones, cosas, herencias? Puedo aceptar que el Rey, Nuestro Señor, haya concedido indios y pueblos a mi padre sólo para mermarlos poco a poco, quitarle un Acapulco aquí, un Tehuantepec allá... Pero que mi madre intentase quitarles cosas a sus propios hijos... He sido franco. Reconozco que violé el testamento de mi padre, para evitarle el despilfarro de indios y tierras en nombre de no sé qué humanismo senil desordenado. No sabía entonces que mi propia madre Juana de Zúñiga, imperiosa y arrogante, devorada por el celo y las ausencias de mi padre en España (buscando su derecho y encontrando sólo su muerte), humillada por el abandono primero y la muerte después, conocedora de las debilidades carnales de su marido, aislada durante años con seis hijos en un pueblo de indios como Cuernavaca, irritada por la facilidad con que su marido contraía deudas para sufragar locas expediciones, sostener sus casas, procurarse hembras, pagar a sus abogados, deberles sumas exorbitantes a los banqueros sevillanos y a los prestamistas italianos (¡¿quién no le daba crédito al hombre que conquistó a Moctezuma el de la Silla de Oro?!) e insultada por la disposición testamentaria de mi padre, devolviéndole los dos mil ducados que recibió de ella como dote, y nada más, se convertiría, al morir nuestro padre, en la urraca despiadada de sus propios hijos. Debí sospecharlo. A su hija natural con Leonor Pizarro, fruto de tempranos amores en Cuba y llamada simplemente Catalina Pizarro, la mimó nuestro padre con afecto y diligencia. Contra ella se cebó ante todo mi madre doña Juana, auxiliándose de torvos abogados para engañarla, obligarla a firmar documentos cediéndole a mi madre sus propiedades y con la ayuda del hipócrita Medina Sidonia, que tanto halagó a mi padre en Sevilla, internán-

dola a la fuerza en el convento dominico de la
Madre de Dios, cerca de Sanlúcar, donde la pobre
indefensa vivió hasta el fin de sus días, angustiada
y perpleja. En todo ello debí reconocer un presagio de mi propia suerte, cuando mi madre la viuda de Hernán Cortés negó el paso a los albaceas a
nuestra casa de Cuernavaca, a los abogados los hizo recibir por sus criados, negándose al inventario
y menos a la cesión de lo que era mío, y conmigo
entabló pleitos por alimentos, por las dotes de sus
hijas mis hermanas Catalina y Juana, casadas ya
con hombres de alcurnia de España y por las tierras, cada vez más dispersas y mermadas, del Marquesado. Me demandó por alimentos, por el pago
de su dote, por bienes del Marquesado que su-
puestamente yo me había apropiado indebida-
mente, por una pensión vitalicia que según ella yo
debía pagarle a un fraile su hermano. Alegó que
andaba retrasado de diez años en pagos debidos a
mis hermanas Juana y María, dos espinas del ramillete de hijas mexicanas de mi padre. Pero a mi
hermana desgraciada, Catalina la hija mayor de
Hernán Cortés, la despojó mi madre de seis tierras en Cuernavaca y, como queda dicho, la mandó encerrar para siempre en un convento. Tanto
vale, vale tanto el amor de la madre como la piedad del hijo. No confió en mi generosidad, jamás desmentida. No entendió que yo necesitaba
concentrar toda la riqueza de nuestra casa entre
mis manos para hacer fuerte impresión a mi regreso a México tras la muerte de mi padre y restable-
cer nuestra fortuna sobre una base de poder polí-

tico. Su codicia y ambición la convirtieron en estatua. Para siempre de rodillas, fingiendo orarle a Dios, mi madre de piedra vive de hinojos en la Casa de Pilatos en Sevilla, cubierta por un velo de disimulos, mirando al mundo con ojos ávidos, saltones, boquita apretada y mentón prógnata. La muy hipócrita reza con las manos unidas, sin joyas. Pero hasta este día, como un reproche, se escucha sobre su cabeza de piedra el aleteo de un halcón que fue lo único que le pidió al morir mi padre: "Señora: Mucho os encargo toméis cuidado de que sea curado mi halcón 'El Alvarado' que sabéis mucho quiero por lo que a vos lo encomiendo". ¿Cuándo descenderá ese halcón en picada sobre la cabeza orante de mi madre? Se estrellará contra ella, pobrecito. La buena dama tenía la cabeza de piedra. Cosas y papeles, dura materia, papel inflamable y borrado por las aguas del Mar Océano, qué tristeza... Tienes razón, Martín hijo de Malinche. El mundo es de piedra y nada pueden contra él ni los papeles ni el agua ni las llamas.

Martín 2

Hago un esfuerzo por congraciarme contigo, hermano Martín. Acepto que por razones distintas, pero al cabo comunes, los dos tenemos algo que hacer juntos. Más vale hacerlo de buena voluntad, digo yo, como buenos cuates. No me importa que dejes de tutearme y me relegues a la tercera persona. Mira: para halagarte, yo mismo contaré la manera como regresaste a México, a los treinta años de edad, en el año 1562, en medio de la alegría de todos los hijos de los conquistadores pues ya éramos al tiempo de una segunda generación y en ti ellos veían la justificación de sus riquezas mexicanas cuando las habían y la justicia en reclamarlas cuando no. Reuniéronse todos en la plaza mayor de la ciudad de México para recibir al hijo criollo del conquistador. Todos pusieron de su peculio, pues México era ciudad riquísima, y en ella no había españoles pobres. Tanto abundaba la plata, que quien se metía a limosnero acababa rico, ya que la menor limosna era cuatro reales de plata. Ya se sabe que las fortunas en México se hacen pronto, pero en estos años después de la Conquista, bastaba ser pobre y español para meterse a limosnero y fundar al poco tiempo un mayorazgo, pésele a los hijos y nietos, hoy ennoblecidos, de aquellos pordioseros. Éste es país, también lo sabes, donde el dinero crece en los árboles, pues la moneda corriente de los indios es el cacao, que se da en mata del tamaño del naranjo y con una fruta de tamaño de almendras, cien de las cuales valen un real. Basta acostarse en un petate en el mercado a vender cacao para acabar, como el caballero Alonso de Villaseca, con un millón de pesos de hacienda. Esto es para indicar con qué reventón fue en efecto recibido mi hermano Martín Cortés al llegar de España y entrar a la plaza mayor de México llena de más de trescientos jinetes en muy ricos caballos y jaeces, con libreas de seda y telas de oro, que fingieron en honor del hijo del conquistador lides y escaramuzas. Y luego entraron dos mil jinetes más con capas negras para hacerla de emoción, y a las ventanas salieron las señoras (y las que no lo eran también) ataviadas con joyas y doseles. El propio virrey Luis de Velasco salió del palacio a recibir a mi hermano, abrazándolo, pero si el Virrey miraba alrededor de la plaza lo que sólo le daban de prestado, mi hermano miraba lo suyo propio: el centro de la capital de Moctezuma, donde nuestro padre se quedó con los palacios de Axayácatl, para construir las Casas Viejas para sí y los suyos y, sobre el palacio de Moctezuma, las Casas Nuevas o sea el palacio del cual salía hoy el propio Virrey a recibirte, Martín hermano. Todo lo vi yo desde la obra que por entonces se iniciaba de la catedral de México, entre postes y mamparas, en nada distinto yo de los albañiles y cargadores que allí se hacinaban, ellos tan lejanos al lujo que te rodeaba, ellos sin la plata, ni el mayorazgo, ni las pepitas del cacao siquiera, sino con las caras arañadas por la viruela y las narices escurriéndoles mocos pues aún no se acababan de acostumbrar al vil catarro europeo. Y yo, hermano, viéndote entrar rodeado de gloria a la ciudad conquistada por nuestro padre. Yo, hermano, parado en lo que quedaba del vasto muro azteca de las calaveras, sobre el cual comenzaba a levantarse la catedral. Dejé de mirar a los jinetes y los caballos. Miré a la gente mugrosa que me rodeaba, vestida de manta, descalza y con las frentes ceñidas de cordeles y las espaldas cargadas de costales, y pensé, Dios mío, ¿cuántos cristianos vendrán algún día a orar a esta catedral, sin imaginar siquiera que en la base de cada columna del templo católico está inscrita una insignia de los dioses aztecas? Pero, con permiso de ustedes, el pasado se olvidó y a mi hermano la Corona le restituyó una parte de la hacienda de nuestro padre, que aun mermada, era la más grande fortuna de México.

Martín 1

¡Esto es lo que me gusta recordar! Imaginaos que en la gran ciudad de México se desconocía el brindis. A mí me tocó introducir en las cenas y saraos esta costumbre española. ¡Nadie en México sabía qué cosa era! Yo puse el brindis de moda, y no había reunión de hijosdalgo, descendientes de conquistadores o simples oficiales del virreinato, donde no se sucediesen desde entonces los brindis, en medio de la alegría, la borrachera y el desorden. ¡A ver quién aguantaba más, quién decía mejores donaires y quién se negaba a ir hasta el fin! Convirtiose el brindis en centro de todas las reuniones, y al que no aceptaba desafío, le quitábamos la gorra y se la hacíamos cuchilladas en frente de todos. Luego salíamos todos a las calles de México a hacer máscaras, otra costumbre que yo traje de España, en que salíamos a caballo cien hombres enmascarados e íbamos de ventana en ventana hablando con las mujeres y entrando a las casas de los caballeros y mercaderes ricos, a hablar con ellas, hasta que estos buenos hombres se indignaron de nuestro proceder y cerraron puertas y ventanas, mas no contaron con nuestro ingenio, que fue alcanzar los balcones de las mujeres con cerbatanas largas, con florecillas en las puntas, ni con la audacia de ellas, que desafiando órdenes paternas y maritales, se asomaron entre los visillos a mirarnos a los galanes. Puro regocijo fue en este tiempo mi vida en la capital de la Nueva España, alegrías, donaires, honores, y seducciones mil. ¿Quién no vio en mí a mi padre vuelto a nacer, gozando ahora de los frutos bienhabidos de la Conquista? ¿Quién no me admiró? ¿Quién no me envidió? ¿Quién que fuese bello y elegante en esa capital novedosa, macho o hembra, no se acercó, seductor, a mí? Ya sé lo que vas a decir. Tú. Martín Cortés el segundón, el mestizo, el hijo de las sombras. Sin ti, nada podía yo en esta tierra. Te necesitaba a ti, hijo de La Malinche, para cumplir mi destino en México. ¡Qué desgracia, desgraciado hermano: necesitarte a ti, el menos seductor de los hombres!

Martín 2

Nadie más seductor, sin embargo, que Alonso de Ávila, cuya riqueza de atuendo ni en las cortes de Europa se hallaba, pues al lujo de allá añadía la riqueza natural de un país de oro y plata, y a estos metales mexicanos, el contraste de la más blanca piel que en hombre alguno se viese, acá o allá: sólo las más blancas mujeres eran tan blancas como Alonso de Ávila, que quizá se veía más blanco aún en tierra morena, y lo que dejaba ver eran sus manos, deslumbrantes, que se movían y dirigían y a veces hasta tocaban, con una ligereza de aire que hacía al aire mismo parecer pesado, ay qué ligero el tal Alonso de Ávila, obligado a dar paso por la tierra sólo porque eran ricos y graves sus atuendos de damasco y pieles de tigrillos, sus cadenas de oro y su toquilla leonada con un relicario, todo ello aligerado, ya les cuento, por las plumas de la gorra y el retorcimiento de los bigotes que eran, ellos, las alas de su rostro. Intimaron Martín y Alonso; juntos organizaron y gozaron los brindis y las mascaradas; entre ellos se admiraron, como hidalgos jóvenes y ricos que se sorprenden a veces (como más de una vez los sorprendí yo, desde las sombras) admirándose entre sí más que a las mujeres que cortejaban; pujando por ganarse a una dama hermosa sólo para imaginarla en brazos del otro; culeando los muy cabrones para imaginarse cada uno en el lugar del otro; así de cerca se unieron Alonso de Ávila y Martín Cortés. Qué de extraño que en este ambientacho de lujo y fiesta, relajo y parranda, espejos y más espejos, perfumes y admiraciones mutuas, Martín y Alonso, Alonso y Martín el hijo y heredero del conquistador, el hijo pródigo de Hernán Cortés, abrazando al sobrino de otro ruidoso capitán de la Conquista, Ávila el encomendero, el pícaro que echó mano (mi mismísima madre lo vio y me lo contó) de las vestiduras de oro de Moctezuma, e hijo de Gil González, encomendadero y traficante de tierras que a los verdaderos conquistadores despojó de las suyas, coyote y prestanombres que escondió acuciosamente su riqueza sólo para que sus hijos, Alonso y Gil, la luciesen y gastasen, se uniesen en un torbellino de placeres. Mi hermano Martín y este Alonso de Ávila los culminaron con una singular fiesta, que dejo a Martín el gusto de contar.

Martín 1

Por Dios Santísimo que yo no inventé la fiesta y el jolgorio de la colonia mexicana; por su Santísima Madre, que yo llegué a una capital enamorada ya del lujo y la fiesta, donde se corrían toros bravos en Chapultepec y los paseos a caballo se oían cascabelear por los bosques: justas, sortijas, juegos de cañas: el virrey don Luis de Velasco dijo que aunque el Rey le quitase a los criollos sus pueblos y haciendas, el propio Virrey se encargaría de consolarlos con hacer sonar cascabeles en las calles. De modo que al morir el Virrey, hubo gran tristeza, todos se vistieron de luto, chicos y grandes; y las tropas a punto de partir a Filipinas se arrearon para el entierro, con banderas negras e insignias de duelo, las cajas sordas y arrastrando las picas. Una débil, gris, aburrida Audiencia tomó el gobierno mientras era nombrado un nuevo virrey, pero Alonso y yo, herederos reales de la Nueva España, por ser hijos de los conquistadores, respetuosos del virrey muerto y el virrey por venir, aunque no de la mediocre Audiencia, decidimos mantener viva la alegría, el lujo, y los derechos de la descendencia en estas tierras conquistadas por nuestros padres. Murió el Virrey; no era el primero, ni sería el último. Cambiaban los virreyes; permanecíamos los herederos de la Conquista. Murió el Virrey, pero yo tuve mellizos y sentí que éste era motivo de regocijo para dejar atrás el luto del Virrey y mostrarle a la Audiencia quiénes éramos los verdaderos dueños de la Nueva España. Quiere mi hermano que lo cuente: le doy ese gusto. Tomamos por nuestra cuenta la Plaza Mayor; la mitad de sus casas eran nuestras. De mi casa a la catedral mandé hacer un pasadizo de madera alzada sobre el suelo, ricamente aderezado para dar paso a la comitiva y llevar a mis hijos hasta la Puerta del Perdón y anunciarle al mundo que ahora había dos nietos de Hernán Cortés, continuadores de nuestra dinastía. Lo anuncié con ruido, no faltaba más. Artillería, torneos a pie sobre el tablado y fiestas a las que todos fueron convidados, españoles e indios. Toro asado, pollos y montería, pipas de tinto para los españoles. Para los indios, un encierro de conejos, liebres y venados, según la tradición, así como muchísimas aves, que al romper la enramada salían corriendo y volando y eran flechados y regalados al menudo pueblo, alborozado y agradecido. Juegos de cañas, fuegos artificiales, piñatas... Ocho días de fiesta, rodeado del pueblo, brindis y mascaradas, y al cabo, la gran cena y sarao que para culminar los festejos dio en su casa mi verdadero hermano Alonso de

Ávila. ¡Qué linda sorpresa le dimos a todos, a nuestros parientes y allegados, pero también a la rencorosa Audiencia, al contraste envidioso de una mesa de abogadillos y oficiales cagatintas con una opulenta mesa de hijosdalgo que si algo cagamos, es oro nada más! Seguí, con risa infantil, las sugerencias de mi travieso amigo Ávila. Escenificamos ante el asombro y la alabanza de los invitados la entrevista de Hernán Cortés mi padre y del emperador Moctezuma, cuando mi padre fue el primer —el primerísimo, ¿me oyen ustedes?— hombre blanco en ver la grandeza de la Gran Tenochtitlan. Yo hice el papel de mi padre, naturalmente. Alonso de Ávila se disfrazó de Moctezuma, echándome al cuello un sartal de flores y joyas, diciéndome en voz alta, no sólo te venero y te respeto, te obedezco y soy tu vasallo (y al oído, cercano, te quiero como a un hermano). Todos aplaudieron la farsa con regocijo, pero yo sentí cómo la alegría se serenaba con otro tipo de alborozo cuando Alonso de Ávila, sorpresivamente, me ciñó una corona de laurel y, sonriente, esperó la exclamación de los invitados: "¡Oh, qué bien le está la corona a vuestra señoría!"

Martín 2

No fui invitado a estos festejos. Pero los miré de lejos. Qué va: de cerca, de cerquísima les estuve echando vidrio. Entre la gente, en las barbacoas, las pulquerías, junto a los que fabricaban equipales y amasaban tortillas y cargaban ollas de aguas frescas; junto a los canales y las pocilgas y los merenderos, oyendo el nuevo lenguaje secreto que se fraguaba entre el náhuatl y el español, las mentadas de madre secretas, los secretos suspiros de éste que ayer nomás era sacerdote y ahora viejo mendigo cacarañado, de éste que era tan hijo del príncipe azteca como yo y mi hermano de conquistador español, pero ahora él cargaba sacos de leña de casa en casa, y mi hermano bautizaba a sus gemelos en la catedral, pero el hijo y los nietos de Cuauhtémoc entraban de rodillas a la misma catedral, con las cabezas gachas y los escapularios como cadenas arrastradas por la mano invisible de los tres dioses del cristianismo, padre, hijo y espíritu santo, jefe, chamaco, súcubo, ¿con cuál de ellos te quedas, mexicanito nuevo, indio y castellano como yo, con el papacito, el escuincle o el espanto? Los vi allí en las fiestas con que mi hermano celebraba su progenie, los vi inventándose un color, una lengua, un dios, tres en vez de mil, ¿cuál lengua?, ¿escuincle o chaval, chaval o chavo, guajolote o pavo, Cuauhnáhuac o Cuernavaca donde nació mi hermano, maguey o agave, frijol o judía, ejote o habichuela?, ¿cuál Dios, espejo de humo o espíritu santo, serpiente emplumada o Cristo crucificado, dios que exige mi muerte o dios que me da la suya, padre sacrificador o padre sacrificado, pedernal o cruz?, ¿cuál Madre de Dios, Tonantzín o Guadalupe?, ¿cuál lengua, si española: Guadalupe misma, Guadalquivir, Guadarrama, alberca, azotea, acequia, alcoba, almohada, alcázar, alca-

chofa, limón, naranja, ojalá?, ¿cuál lengua, si náhuatl: seri, pima, totonaca, zapoteca, maya, hui-
chol? Me paseo de noche, entre los fuegos de las
hachas encendidas para celebrar a los descendientes criollos de mi putañero e insaciable padre, preguntándome por mi propia sangre, mi propia as-
cendencia, y mi descendencia también, ¿cuál será?
Miro la piel oscura, los ojos vidriosos, las cabezas
gachas, los hombros cargados, las manos callosas,
los pies astillados, los vientres preñados, las tetas
vencidas, de mis hermanos y hermanas indios y
mestizos, y los imagino, hace apenas cuarenta
años, ocupando sus lugares, acaparando las fortunas, desplegando el capricho, ordenando el sacrificio, ordeñando el tributo, recibiendo el oro solar
en sus cabezas y disparándolo desde la punta de
sus miradas altivas, venciendo al mismo sol, al oro
mismo. Lo mismo que ahora hacen Martín mi
hermano, y su camarada Ávila, y los pinches mellizos que hoy son bautizados en nombre del Dios
que llegó a vencer a mi madre con un solo escandaloso anuncio: Ya no mueras por mí, mira que yo
he muerto por ti. Cabrón Jesús, rey de putos, tú
conquistaste al pueblo de mi madre con el goce
perverso de tus clavos fálicos, tu semen avinagra-
do, las lanzas que te penetran y los humores que
destilas. ¿Cómo reconquistarte a ti? ¿Cómo llama-
ré a nuestro tiempo próximo: reconquista, contra-
conquista, anticonquista, retroconquista, cuauhte-
moconquista, preconquista, cacaconquista? ¿Qué
haré con ella, con quién la liaré, en nombre de
quién, para quién? ¿Mi madre Malinche, sin la

cual mi padre no habría conquistado nada? ¿O mi padre mismo, despojado de su conquista, humillado, arrastrado a tribunales, agotado en juicios banales y papeleos perversos, acusado mil veces, y castigado sólo por un juicio eternamente aplazado? Espada de Damocles, pedernal de Cuauhtémoc, estilete de los Austrias, todo cuelga sobre nuestras cabezas y mi hermano Martín lo sabe, se divierte, comparte la arrogancia de Alonso de Ávila, no se da cuenta de cómo lo mira la Audiencia. Como dueño de la ciudad. No se da cuenta de que nada puede contra él la Audiencia: junta de hombres mediocres, cobardes, sumidos en la colegialidad irresuelta, carentes de autoridad, ven que la conjura se urde, el peligro se acerca, pero temen a Martín, mi hermano, le temen... y él no lo sabe. Tampoco sabe que le devolvieron los bienes de nuestro padre para tenerlo tranquilo y evitarle tentaciones de poder político. Se lo digo y casi me ahorca, me trata de envidioso, hijo de puta, su dinero él lo tiene sin condiciones, como hombre libre. Esto me gritó y yo digo con mi voz siempre opaca, siempre obsequiosa, melancólicamente aflautada, entonces demuéstralo, haz lo que ellos más temen...

Los dos Martines

¿Qué viene a decirme mi hermano? ¿Que no hay autoridad mayor en la Nueva España que yo mismo? ¿Que sólo quiero disfrutar de mi riqueza y mostrarla a los demás como lo hago, en brindis y mascaradas, saraos y bautizos, procesiones y cortesías? ¿Viene a recordarme que soy el primogénito por herencia, el heredero del mayorazgo de un padre humillado que depende de mí para que yo haga lo que él quiso ser pero no pudo? ¿Yo, más que mi padre? ¿Yo, superior a Hernán Cortés el conquistador de México? ¿Yo, capaz de hacer lo que mi padre no hizo? ¿Alzarse? ¿Alzarme con la tierra? ¿Rebelarme? ¿Rebelarme contra el rey? Dice mi hermano Martín que él ha ido a la tumba de su madre la india, una sepultura inundada por el rumbo de Iztapalapa, húmeda pero rodeada de flores inquietas y parcelas flotantes. Ha ido a esa tumba y le ha dicho a su madre La Malinche que gracias a ella mi padre conquistó esta tierra. A mí viene a preguntarme si soy menos que su madre india. Me ofende. Me azuza. Me cisca, como dice él. Empieza a hablar una lengua que no reconozco. Pero la emplea bien, con malicia y tentación. Porque si él le habla a su madre, yo no le puedo hablar a la mía. Doña Juana de Zúñiga, amurallada en su palacio de Cuernavaca, rodeada de barrancas, alguaciles y perros de presa, me niega acceso a mi herencia —bueno, a una parte de ella. En cambio, mi hermano habla directamente con su madre y me dice que a ella le dice esto: Madrecita Malinche, qué más quisiera yo que ser el rey de esta tierra. Mas mírame, prieto y agachado, ¿qué carajos quieres que sea? En cambio mi hermano es bello como un sol, marqués todopoderoso, mimado por la fortuna y empero no se atreve, no se atreve. Le da miedo levantarse con la tierra. La tierra. Ayer lo llevé (me llevó mi hermano el mestizo) a lo alto de Chapultepec y allí le enseñé (me enseñó) la belleza de este Valle de México. Era de mañana y la frescura anunciaba el día caliente. Sabíamos él y yo que el amanecer olería a rosas perladas de rocío y a fruta parida, abierta para derramar los jugos inéditos de la papaya, la chirimoya y la guanábana. La hermosura de este Valle es que vuelve tangible un espejismo. Las distancias se mudan gracias al engaño de las montañas y el llano. Lo distante parece próximo, y muy lejano lo que tenemos a la mano. Las lagunas se secan y se evaporan, pero aún son espejos de los árboles nuevos nacidos junto a ellas, laureles de indias, pirules y sauces. Los magueyes reclaman su ancestral ejercicio sobre el polvo. Y las montañas azulencas, los volcanes coronados de torbellinos blancos, las lomas pobladas de macizos bosques, la liquidez del aire, el aliento del sol como un fogón, el puntual chubasco vespertino, todo esto que contemplamos los dos hermanos una mañana y luego una tarde, me dice a mí, que lo que cuenta es el poder sobre esta tierra, no sobre las cosas, no sobre todo este inventario que le quitó el sueño a mi padre y ahora amenaza, hermano, con embargarte a ti: las casas, los muebles, las joyas, los vasallos, los poblados; ten cuidado: viste el remate sevillano de la casa de nuestro padre y temiste que la Conquista de México se resolviese en un baratillo de cacerolas y colchones viejos. Ten cuidado. Toma la tierra, olvídate de las cosas. Haz lo que tu

padre no hizo. Mira la tierra y recuerda. No fue
Hernán Cortés el único en verla por primera vez.
Con él pasaron muchos hombres, soldados y capitanes, algunos criminales, otros hijosdalgo, la mayor parte gente honrada de los burgos de Extremadura y Castilla. No estás solo. Nuestro padre
nunca estuvo solo. Triunfó porque puso la oreja
junto a la tierra y escuchó lo que la tierra decía.
No seas tú como Moctezuma, que se quedó esperando la voz de los dioses y los dioses no le hablaron nunca porque ya habían puesto pies en pol-
vorosa. Sé como nuestro padre. Oye lo que dice
la tierra.

De nada valían estas razones ante el embrujo
físico de este Valle de México, pues en él cabían,
a un tiempo, todos los climas: verano y primavera, otoño e invierno aliados en el instante, como
si la eternidad se diese cita en el aire transparente. Nos sobrecogía el asombro de esta pureza. Y
temblábamos unidos oyendo el rumor de la ciudad por venir, la matraca incesante, el gruñido
de un millón de tigres, el aullido plañidero de los
lobos hambrientos, el terror de las serpientes que
al cambiar de piel revelaban un esqueleto de metal. Se llena el valle de luces multicolores, blancas
como la plata líquida de una espada apuntada
contra el entrecejo del mundo, rojas como un
aliento salido del Averno, pero vencidas todas
ellas por una bruma maloliente, una nata de gas,
como si el valle fuese un vientre flatulento, abierto sin piedad por un cuchillo para practicar una
autopsia prematura. Metemos las manos, los dos

Maitines, en ese vientre abierto, nos embarramos de sangre hasta los codos, removemos las tripas y las vísceras de la ciudad de México y no sabemos separar las joyas del lodo, las esmeraldas de los cálculos renales, o los rubíes de los cancros intestinales.

Entonces surge del fondo de la laguna, inesperadamente, un coro de voces que al principio no acertamos, los dos hermanos, a distinguir... Una canta en náhuatl, otra en castellano, pero acaban por fundirse: una canta el despliegue de los mantos de quetzal como flores, otra el vaivén de los álamos sevillanos en el aire; una ruega que no se mueran las flores, que duren entre sus manos; otra, que no se muera la garza herida, enamorada... Se funden las voces para cantar juntas al paso fugaz de la vida; se preguntan si en vano hemos venido, pasamos por la tierra: tocamos las flores, tocamos los frutos, pero un alto y desconsolado grito recuerda, añadiendo otra voz al conjunto: dentro en el vergel moriré; dentro en el rosal, matar'ham, palabras que se funden con el responso de la tierra india, nadie, nadie, nadie, de verdad vive en la tierra: sólo hemos venido a soñar, y fluyen las palabras lejos del valle, a un mar lejano a donde van a parar los ríos silenciosos de la vida; tendremos, dice la voz náhuatl, que ir al lugar del misterio... Y entonces, como portado por un viento que disipa los humos pestilentes y apaga las luces crueles y silencia los rumores estridentes, el canto termina sin terminar,

No acabarán mis llores,
no acabarán mis cantos.
Yo los elevo,
soy tan sólo un cantor...

Martín 1

Quiere que me olvide de mi existencia, de honores y placeres. No se da cuenta de que eso a mí me basta. No pretendo gobernar esta tierra. Que la gobiernen otros y mientras más mediocres sean, más me envidiarán, ¿qué tiene de malo? Cree que no sé leer sus razones. Cualquiera que vive aquí las comprende. Quiere vengar a su madre. Me seduce convenciéndome de que yo debo vengar a mi padre. No nos unen las venganzas, pues. Va más allá. Me recuerda que nuestro padre acabó por amar a México más que a España, consideró que México era su tierra y aquí quiso regresar a morir. España, el tiempo, los papeles, la perversidad oficial, le negaron esta voluntad. Quizás, alega mi hermano, la razón es que se temía la presencia de nuestro padre en México. El largo proceso legal en realidad fue un exilio. Hernán Cortés quiso salvar los templos indios; los franciscanos se lo impidieron. Quiso acabar con la encomienda y el vasallaje de indios; los encomenderos se lo impidieron. El Rey vio en el humanismo de nuestro padre lo que más temía: el gobierno irrestricto de los conquistadores. Su capricho.

Su insolencia. Por el bien de todos, el Rey debía imponerse a los conquistadores, no fueran a pensar que sus hazañas les daban derecho de gobernar.

¿No se había levantado en armas Gonzalo Pizarro contra el Rey en Perú? ¿No se había adentrado en el Amazonas el traidor Lope de Aguirre para fundar un nuevo reino en contra del Rey de España? Mejor arrinconar a los conquistadores, cercarlos, despojarlos, dejarlos que se mueran ahogados en tinta y papeles o a cuchilladas entre sí; muera de hambre y mal gálico Pedro de Mendoza a orillas del Río de la Plata; muera Francisco Pizarro asesinado por los partidarios de Diego de Almagro su rival; muera Pedro de Alvarado aplastado por un caballo y muera de rabia y desesperación nuestro padre Hernán Cortés. ¿A estos nombres quiere mi hermano el hijo de la india añadir el mío? Joder, que mi resentimiento no es el suyo y mi secreto él no lo comparte. Sé que mi padre quiso liberar la tierra y los vasallos. Violé el testamento de mi padre. Que su gloria y su designio humanista lo canten otros, como el Padre Motolinia: —"¿Quién así amó y defendió los indios en este mundo nuevo como Cortés?"—. Yo finco mi orgullo en mi modestia. No cumplí la voluntad testamentaria de mi padre, que fue darle libertad a esta tierra. ¿Con qué cara voy a reclamar esa misma libertad ahora? Sobre todo si me cuesta mis brindis, mis mascaradas, mis bautizos, mis envidias y mi fortuna.

Martín 2

Pobre hermano mío. Cegado. Iluso. Soberbio. Tiene un inmenso poder sobre esta tierra, pero no sabe emplearlo. Espejo de las hazañas de nuestro padre. Espejo presentable. En cambio, yo... Él: Renta anual de cincuenta mil pesos. Educado, refinado. Lo veo. Me veo. Soy su espejo deforme. No hay señor más poderoso que él en la Colonia. Todos los honores y haberes debidos a mi padre, negados a mi padre, se los dieron a él. Ya no representaba, como mi padre, peligro político. Tierras de labor, solares, tributos, diezmos, primicias: todo se le dio para decirle: Tente tranquilo. Te damos todos los honores, todas las riquezas. Pero te negamos el poder, igual que a tu padre. Yo le digo: Toma el poder también. —Él no quiere: se conforma y éste es su carácter. Pero la idea de la rebelión para ganar la independencia de México no es una idea que nazca ni de mi rencor (como él lo ve) ni de su vanidad (como yo lo veo). Estas cosas suceden a pesar de nosotros. A espaldas de nosotros. Tienen su propia fuerza, su ley propia. México ya no es Tenochtitlan. Pero tampoco es España. México es un país nuevo, un país distinto, que no puede ser gobernado desde lejos y a trasmano, como quien no quiere la cosa. Somos los entenados de la Corona. Mi padre lo supo, pero él aún no tenía patria mexicana, aunque la quería. La quiso; lo quiero. Nosotros sus hijos no sólo tenemos un nuevo país. *Somos* el nuevo país. Oigo sus voces y a mi hermano le digo, no hagas ruido, tente sosegado, habla quedito, jode con disimulo. México es un país herido de nacimiento, amamantado por la leche del rencor, criado con el arrullo de la sombra. Háblale con cariño, mímalo, dale por su lado y hazlo tuyo en secreto. No enteres a nadie de tu amor por México. La luz pública ofende a los hijos de la sombra. Ándate muriendo con discreción, hazte de allegados, promételes todo a todos, luego distribuye tantito nada más (pues nadie aquí espera nunca nada y se contentan con lo poquito que les parece mucho). Aprovecha la oportunidad política.

Murió el Virrey. Quedaron tres oídores en espera del nuevo Virrey. Siguieron tramitando los asuntos del día, casi por inercia. El asunto permanente de la administración seguía siendo uno solo: deslindar los derechos de la Corona y los de los conquistadores. Los hijos de la Conquista presentaban sus memoriales a la Audiencia. Ésta, débilmente, los aplazaba. Pero los descendientes veían en ello un agravio insolente y respondían con más insolencias: "No le suceda al Rey lo que dicen, que quien todo lo quiere, todo lo pierde", dijo el arrogante Alonso de Ávila, y todos lo atribuyeron a la inspiración de mi hermano.

Se formaron dos bandos y todo por causa de unos guantes. A un don Diego de Córdoba le entregaron los criollos veinte mil ducados con el pretexto de que les comprara en España guantes que aquí no se hacían. Era un pretexto para que el tal don Diego negociase en la corte derechos de los criollos, sin apariencia de cohecho. Como don Diego no cumplió, y quedose con los ducados, y no llegaron los guantes a sus hidalgas manos, se dividieron los bandos. Unos se acercaron a mi hermano para pedirle que encabezara la rebelión, aprovechando la debilidad de la Audiencia. Otros, en cambio, fueron directamente a denunciar a mi hermano, a Ávila y a sus amigos ante la impotente Audiencia. La Audiencia, temerosa del poder de mi hermano, titubeó. Mi hermano, temeroso del poder real, titubeó también. A espaldas de ambos, actuaron los que no titubearon.

En nombre de mi hermano, sus allegados aprovecharon una fecha memorable, el 13 de agosto de 1565, aniversario de la toma de la ciudad de México-Tenochtitlan por Hernán Cortés. Era la llamada Fiesta del Pendón. Los conjurados decidieron aprovechar los festejos, la abundancia de gente en ellos y la tradición de fingir combates y escaramuzas, para montar un barco con artillería sobre ruedas y enfrentarlo de mentiras a una torre rodante, armada también con artillería y soldados. Entre ambos, pasaría el regidor con su pendón y de los dos pasos simulados saldría la gente armada, prendiendo a la audiencia, arrancando el pendón y proclamando a Don Martín Cortés rey y señor de México.

Ay... Pasó lo que yo más temí: perdiste la iniciativa, hermano.

Te madrugaron.

Martín 1

Todo esto pasó a mis espaldas, lo juro. ¡Comprar guantes para los hidalgos ricos! Quién iba a imaginarse... Es cierto, vinieron a verme, a comprometerme, a echarme la eterna cantinela de quejas de los criollos, que si no se les consideraba, que si eran mal gobernados por gente inepta enviada de España, que si los oídores y regidores los vejaban y entorpecían sus negocios, que si no tenían ellos derecho a gobernar el país como lo hicieron sus padres los conquistadores, sin consultar a nadie. Los dejé hablar. No los desanimé. Pero les advertí: —¿Cuentan de verdad con gente?—. Mucha, me contestaron, y los nombraron, entre ellos un tal Baltasar de Aguilar, maese de campo. —No vaya a ser que luego no se haga nada —les advertí— y perdamos todos vidas y haciendas. Y para mí me dije (y ahora lo repito como una prueba más de mi sinceridad nunca desmentida): —Si no avanzan, me quedo quieto. Pero si prosperan, yo mismo me adelantaré y los delataré ante el rey, diciéndole: —Señor. Mi padre os dio una vez esta tierra. Ahora yo os la devuelvo. Mas antes de que nada de esto ocurriera, el tal Baltasar de Aguilar, nombrado maese de campo por los conjurados, se nos adelantó a todos y fue a la Audiencia a denunciar todo lo que sabía del alzamiento y cómo a mí me habían de hacer rey y cómo él mismo iba a ser maestro de campo de la muchísima gente conjurada. Yo no sabía nada. Estaba muy ocupado con una señora y por su influencia favorecía yo a sus

familiares, que convencidos estaban de que yo tenía escondido el botín de Moctezuma y que por
entre las faldas de mi amante aparecería al fin el
tesoro. Díganme si tenía tiempo de pensar en ha-
cerme rey, cuando los parientes de mi amante, al
no ver ni rastros del tesoro, se impacientaron, en-
cerraron a la señora, empezaron a publicar papeles
infames y pasaron frente a mí en la calle sin qui-
tarse las gorras. Me repuse de estas afrentas cele-
brando, en cambio, el nacimiento de otro hijo
mío y tratando de repetir las fiestas del año anterior cuando nacieron los mellizos: arcos triunfales
y bosquería, música y gran aparato, y al cabo una
máscara muy regocijada y luego una brava cena
dada por mi compadre Alonso de Ávila, quien era
señor del pueblo de Cuautitlán, especializado en
jarritas de barro, a las que puso unas cifras así: una
ERRE y encima una corona, y abajo una s, que significa: REINARÁS. Fue interrumpido el sarao por
una comitiva armada a cuyo frente se encontraba
un hombre que yo jamás había visto, cabezón y
fornido, mal vestido y con ralos cabellos de mandrágora, coronando un rostro raspado como si se
lavase con piedra pómez. Cómo contrastaba la
grosería de su hábito con el atuendo parejo que
para esa noche de gala adoptamos Alonso y yo.
Noche de verano —julio de 1565— y los dos vestidos con ropa de damasco larga, y encima un he-
rreruelo negro, con nuestras espadas ceñidas. Pues
esto nos pidió el hombre con cara de piedra, cuadrado como un dado y pintado de color naranja
por una naturaleza mezquina aunque justiciera:

—Denme vuestras señorías sus espadas. Sean presos por su majestad. —¿Por qué, dijimos con una sola voz, Alonso y yo. —Luego se os dirá—. ¿Por quién?, dijimos otra vez al unísono. —Por el licenciado Muñoz Carrillo, nuevo Oidor, que soy yo mismo —dijo esta aparición demasiado carnal para ser espanto y tomando el jarrito de Cuautitlán, lo arrojó con violencia al suelo. Éramos de barro nosotros y él, de piedra.

Martín 2

Lo acusaron de muchas banalidades. De andar de enamorado. De favorecer a los parientes de su amante. De tener escondido el tesoro de Moctezuma. Puras pendejadas. La verdadera acusación fue la de alzarse con la tierra. Es decir: rebelarse contra el Rey. Y para mi desgracia, esa acusación me incluía a mí. Me sacaron de las sombras. Esa noche, ya estaban tomadas las calles y las puertas de la plaza con gente de a caballo y de a pie. Todos se veían muy alborotados y mi hermano, muy afligido. Lo metieron a un aposento muy fuerte de la casa real de gobierno y con muchas guardas, pero con una ventana que miraba rectamente sobre la plazoleta a un costado de la catedral en construcción, donde con prisa se levantaba un tablado. Lo despojaron de la espada, pero le dejaron su elegante traje de damasco veraniego; no tocaron su cuerpo. A mí, por ser indio, me tendieron en un burro, me desnudaron y descoyuntaron y luego me echaron en la misma cárcel donde estaba mi hermano, a ver si mi rencor aumentaba, a ver si su piedad me insultaba.

En el camino, tendido encuerado sobre el burro, boca abajo, con el culo al aire y los léperos de la ciudad albureando de lo lindo a mis costillas, que de cuándo acá un burro carga a otro burro, que cuál sería el burro de a deveras, que qué poca vergüenza de andar comparando mi pirinola enana con el vergón del burro, que si lo largo te larga y lo chiquito te achica, que si por ahí te gusta, que si vas o vienes, entras o sales, tomas o das, coges o quejas, voy, voy, yo mirando boca abajo con la sangre agolpada en las sienes y en los ojos, con los testículos fríos, vaciados y encogidos por el miedo. Miro la basura de la ciudad y me doy cuenta de que siempre he tratado de mirar hacia arriba, a los palacios en construcción, los balcones a donde mi hermano y sus amigos lanzan las cerbatanas floridas, los nichos de los santos (ciudad de piedra hundiéndose en lodo: el agua se fue junto con los dioses). Ahora mi postura me obliga a mirar los canales inundados de basura, las calles de lodo surcadas por pezuñas y rueda de carreta, las huellas de los pasos sobre el polvo, indistinguibles las patas de los perros y las de las gentes. Trato de levantar la mirada, con dolor de pescuezo, a la catedral en construcción. Una fuerza que no me toca me obliga a doblar la cerviz de nuevo. Me doy cuenta de que me doblegan todas las cosas que he dado por descontado. Miro el suelo de México y me doy cuenta de que cambia sin cesar, lo cam-

bian las estaciones, la desgracia, el llanto, las pisa-
das, el desmayo, la descomposición de este piso
poroso, hundido, indeciso entre el agua y el polvo, entre el cielo y el infierno. Se detiene el burro
y una pequeña mujer contrahecha, envuelta en re-
bozos negros, se acerca a mí, me acaricia la mano,
me da una cachetada y de sus labios hundidos, sin
dientes, de sus mofletes de enana, de su lengua
mojada y que no puede contener la saliva decente-
mente, sale la palabra que esperaba, la palabra que
ha colgado sobre mi vida como esa espada de Damocles de los juicios aplazados sobre las cabezas
de toda la descendencia de Hernán Cortés. La
mujercita contrahecha me levanta violentamente
la cabeza, agarrándome el pelo y me dice lo que yo
esperaba oír: —Eres un hijo de la chingada. Eres
mi hermano.

Martín 1

Han arrojado dentro de mi propia prisión a
mi hermano el otro Martín. Qué poca imaginación de nuestro padre. Los mismos nombres,
siempre. Martín, Leonor, Catalina, María, Amadorcico. ¿Qué habrá sido de él? ¿Qué habrá sido
de la contrahecha María? Miro hacia el tablado
levantado en la plaza, al costado de la máquina
de lo que será un día la catedral, y le digo a mi
pobre hermano el hijo de la india que se ponga
de pie y venga a ver el amanecer, como lo hicimos un día desde Chapultepec. Pero al otro

Martín le duelen las costillas. Lo han traído encuerado y golpeado, sucio y apestoso. No importa. En estas circunstancias, es cuando más que
nunca hay que ser buen cristiano, que a fe mía
yo lo soy. Mira, le dije a mi hermano: va a llover
de madrugada; qué cosa tan rara. A veces sucede,
me contestó él, doliente. Lo que pasa —me dijo— es que tú nunca te levantas temprano. Reí:
Pero me acuesto tarde. Oiría las gotas; mis oídos
son muy aguzados. Pues trata de distinguir entre
goteo y tambor anunciando muerte, dijo mi
adolorido hermano. Me asomé a la ventana. La
plazuela se había llenado de menudo pueblo,
contenido por jinetes. Entre dos filas de gente
armada, pasaron los hermanos Ávila, Alonso y
Gil. Llevaba Alonso mi hermano calzas muy ri-
cas y jubón de raso y una ropa de damasco afo-
rrada en pieles de tiguerillos, una gorra adereza-
da con piezas de oro y plumas, y una cadena de
oro al cuello. Entre las manos distinguí un rosa-
rio hecho de cuentecitas blancas de palo de naranjo, que una monja le envió para los días de
aflicción y él, riendo, me dijo que jamás lo to-
caría. Junto a los hermanos iban los frailes de
Santo Domingo. En su hermano Gil ni me fijé.
Debía estar llegando de un pueblo cuando lo
prendieron, pues su hábito era modesto, de paño
verdoso, y usaba botas. Subieron los hermanos
Ávila al tablado. Primero Gil se tendió con la cabeza adelantada, pero yo sólo tenía ojos para
Alonso, mi amigo, mi compañero, viéndole allí,
la gorra en la mano, la lluvia mojándole ese ca-

bello que con tanto cuidado se enrizaba, y tan cuidado con su copete para hermosearse, viéndole y oyendo los torpes hachazos del verdugo hasta cortarle la cabeza de mala manera a Gil, entre los gritos y sollozos de la gente. Miró Alonso a su hermano descabezado y dio un gran suspiro, que hasta nuestra cárcel lo escuché y viéndole, se hincó de rodillas, alzó su blanca mano y empezó a retorcerse los bigotes como era su costumbre, hasta que el fraile Domingo de Salazar, que luego fue obispo de Filipinas y que le ayudó a bien morir, le dijo que no era ésta hora de hacerse los bigotes, sino de ponerse bien con Dios. Una voz entonó el Miserere, el fraile le dijo a la multitud: —Señores, encomiendo a Dios a estos caballeros, que ellos dicen que mueren injustamente. Le hizo una seña Alonso al fraile, éste se acercó al hombre hincado y algo escuchó en secreto. Le pusieron la venda. El verdugo dio tres golpes, como quien corta la cabeza de un carnero y yo me mordí la mano, preguntándome, ¿qué nos faltó, Alonso, qué nos faltó decirnos, hacernos?, ¿nos vamos sin hacer algo que debimos hacer, acercarnos, hablarnos, querernos más?, ¿qué secreto le dijiste al fraile?, ¿me recordaste al morir?, ¿sólo te recordé yo?, ¿fuiste infiel a nuestra amistad en la hora de tu muerte?, ¿te moriste sin mí, mi adorado Alonso?, ¿me condenas a ser el que vive sin ti?, ¿deseándote, arrepentido de todo lo que no fue?

Martín 2

Conozco bien mi ciudad. Algo la está cambiando. Oigo la prisa. Miro la fealdad. No necesito que venga nadie a contarme que igual que de la noche a la mañana se levantó el tablado de las ejecuciones frente a nuestra ventana, algo está cambiando la forma, el rostro de la ciudad de México. No son sólo las cabezas de los hermanos Ávila, puestas en picas en la Plaza Mayor. Han sido colocadas de manera que mi hermano y yo no podamos dejar de verlas. No necesita venir a vernos el Oidor Muñoz Carrillo, con su cara siempre recién lavada, a decirnos que este aposento nuestro es temporal, pues él ha mandado construir una cárcel en quince días, para que quepan en ella todos los conspiradores contra la autoridad del Rey que son muchísimos. Apenas esté lista, allá han de llevarlos, a una cárcel, nos dice, donde ni un pájaro puede pasar sin que yo lo vea. Nos mira y nos advierte que a los ajusticiados se les condena a la medianoche, para que no tengan tiempo de avisarle a nadie, ni a ellos mismos. Simplemente, al amanecer se presentará a nuestras puertas la autoridad, con dos burros para que montemos en ellos y dos crucifijos para que los portemos entre las manos. Escucharán las campanillas de la cofradía. El verdugo y el pregonero nos acompañarán hasta el lugar de ejecución. El pregonero gritará: "Ésta es la justicia que manda hacer Su Majestad y la Real Audiencia de México en su nombre, a estos hombres, por traidores contra la corona real". Etcétera. Eso le digo yo al Oidor: "Etcétera". Es una de los latinajos que me enseñó mi madre. Apenas convertida al cristianismo, la entusiasmó que la lengua de la religión fuese distinta de la lengua del país. Como le hubiese gustado ser, o seguir siendo, traductora, esto la sedujo y empezó a salpicar su habla cotidiana con aleluyas, oremus, dominus vesbiscos, recuéstate en pache, paternostros y sobre todo etcéteras que, según me dijo, significaba "todo lo demás, el montón, el rollo. Vamos: el códice". Pero el Oidor, al oírme, lo tomó a mal y me dio tremendo bofetón sobre la cara. Entonces mi hermano Martín hizo algo inesperado: le devolvió la cachetada al insolente oficial de la Audiencia. Me defendió. Mi hermano dio la cara por mí. Lo miré con un amor que me salvaba a mí, si no a él, de todas las diferencias, graves unas, tontas otras, que nos separaban. En ese momento, me hubiera muerto con él. Con la venia de ustedes y si para ello no hay inconveniente, lo repito para dejarlo claro. No hubiera muerto por él. Pero hubiera muerto con él.

Martín 1

No me explico por qué ni nos juzgan ni nos matan. La ciudad entera es una cárcel y un potro de suplicios. Eso se ve, se sabe, se huele y nos lo cuentan. Frente a nosotros, estaba hecho ya el tablado para cortarnos la cabeza, igual que a los hermanos Ávila. ¿Por qué no lo hacen ya? ¿Es éste el suplicio del Oidor, por haberlo abofeteado? Pues frente a nuestros ojos han pasado los hermanos Quesada con sus crucifijos en las manos, atarantados aún por la rapidez de su juicio, convencidos hasta el postrer minuto de que no habían de morir; a Cristóbal de Oñate lo hicieron cuartos; a Baltasar de Sotelo no le hallaron culpa alguna en la conspiración de México, pero de todos modos lo degollaron por haber servido en Perú durante la rebelión de Gonzalo Pizarro contra el Rey: sufrió la culpa por asociación sospechada; frente a nosotros pasó Bernardino de Bocanegra, en mula, precedido por el Cristo y el Pregonero, seguido por su madre y su mujer y parientes, todas ellas descalzas y descubiertas y descabelladas como Magdalenas, arrastrando por los suelos los mantos, llorando, rogando que otorgasen perdón a aquel caballero, y fue la única ocasión en que el temible Muñoz Carrillo mostró compasión, enviándole a perder todos sus bienes y servir veinte años al Rey en goleta y cumplido lo cual, quedaba desterrado para siempre de todos los reinos y señoríos de Su Majestad el Rey Don Felipe II. De suerte que no sabíamos, mi hermano y yo, a qué atenernos. Perder la cabeza, o ser desterrados, o remar el resto de nuestra vidas. El astuto Muñoz Carrillo nada nos daba a entender, antes hacía sonar campanillas a nuestra puerta, como si fuera ya el amanecer y nos tocara salir a la cita final. Hacía pasar crucifijos frente a nuestras narices, y colocaba burros debajo de nuestra ventana. ¿Por qué no pasaba nada? Vimos desaparecer de la plaza y los edificios de gobierno las cabezas en pica de los ajusticiados. Los concejales habían protestado. Las cabezas expuestas eran signo de traición. Pero la ciudad no había sido desleal. Continuó, sin embargo, la orgía de ejecuciones. Cada vez que caía una cabeza, el hipócrita Oidor Muñoz Carrillo entonaba estas palabras: "Se hizo merced a sí mismo, pues se fue a gozar a Dios, pues murió como buen cristiano, y se le dieron muchas misas y oraciones". Yo le dije a mi hermano Martín hijo de La Malinche: "El Oidor obra así para que Su Majestad sea muy servido y le haga, a su vez, muchas mercedes". Vio mi hermano, más astuto que yo, un signo del poder menguante de Muñoz Carrillo en todo esto. Y dijo también: "Pero tienes razón. Está quedando bien con el rey. Es un miserable lambiscón. Que vaya mucho y chingue a su madre". Jamás había oído esta expresión y supuse que era una de tantas que La Malinche le había enseñado a mi medio hermano. Me gustó, sin embargo, la palabrita. Se la apliqué con gusto a nuestro delator, Baltasar de Aguilar, cuando al fin llegó a México el nuevo virrey, don Gastón de Peralta, Marqués de Falces, encontrándose la ciudad en rebelión sorda contra el Oidor Muñoz Carrillo. Lo primero que hizo el nuevo virrey fue determinar que a mi hermano y a mí nos enviasen desde luego a España, pues la Audiencia de México no era imparcial, ni podía oír con justicia nuestra causa. Y tal era la voluntad misma del rey don Felipe II para con los hijos de un hombre que tanta gloria le dio a España. Bastole al rufián Baltasar de Aguilar, nuestro delator, entender que el Virrey procedía benévolamente con nosotros, para desdecirse de sus acusaciones con el fin de quedar bien con todos. Creo que entonces, sólo entonces, se encendió en mí la llama divina de la justicia. Pedí carearme con el hijo de la chingada —ya hablo como mi hermano— y Muñoz Carrillo decidió estar presente. Le eché en cara al traidor su proceder. Compungido, se hincó frente a mí y me pidió perdón. Le dije que nada perdonaría la muerte de Alonso de Ávila, mi más querido hermano, por su culpa. Aguilar estaba atolondrado, mas no el Oidor que ya contaba sus escasos días de poder. ¿Por qué no se defendió Alonso de Ávila?, preguntóme el Oidor. No supe qué decir. Se restregó al zafio Muñoz Carrillo la cara con sus manos como callos y con una voz, cavernosa, en cuyas profundidades ni la carcajada ni el resquemor se diferenciaban, nos dijo: —En su poder encontráronse multitud de billetes de amor de las más altas damas de esta ciudad. —Murió para no comprometerlas —dije lleno de admiración. —No. Murió porque en sus billeticos don Alonso se ufanaba de su conspiración, la contaba en detalle y les prometía a las señoras riquezas y privilegios sin fin cuando él y vos, señor don Martín, compartiesen el gobierno de México.

La sentencia fue justa. Yo era un perfecto pendejo.

Martín 2

Yo creo que de tantos errores sólo nos compensó la innata concepción de justicia del virrey don Gastón de Peralta, quien determinó que en el caso de esta conspiración para alzarse con la tierra y arrebatarle la posesión de México al rey de España, la Corona procedería de acuerdo con el siguiente criterio. Los primeros en denunciar, recibirían mercedes. Al oír esto, Aguilar gritó de alegría. Pero los segundos en denunciar, sólo serían perdonados. Aguilar puso cara de circunstancias. Y los terceros en denunciar, serán pasados por las armas. Aguilar se hincó, implorando. "¿Y los que simplemente nos arrepentimos y nos echamos para atrás?", dijo el muy miserable.

Digo que hay algo de justicia en todo esto, después de todo. Al cabrón Baltasar de Aguilar lo condenaron por perjuro a diez años a galeras, perdiendo todos sus bienes y los pueblos que tenía, a más de perpetuo destierro de todas las Indias del Mar Océano y Tierra Firme. Devuelto a España en una goleta, al Oidor Muñoz Carrillo le dio un ataque de apoplejía, al leer una carta en la que el rey Felipe lo destituía, poniéndolo más cuadrado de lo que por natura ya era: "Os mandé a la Nueva España a gobernar, no a destruir". Perdió el habla y para curarlo, le abrían la boca con palos para que tomara sus brebajos. Murió este hombre de rostro lijado y hebras de mandrágora en la cabeza. Ya se sabe que estos homúnculos nacen al pie de las horcas. Pero a su sosías el Oidor Muñoz para no echarlo al mar, lo abrieron, le sacaron las tripas y lo salaron, pues antes de morir logró decir: —Quiero que me entierren en El Ferrol. Se desataron tormentas y los marinos se amotinaron. Llevar un cuerpo muerto en navío trae mala suerte. Lo echaron al mar, bien liado y envuelto en esteras muy sucias llenas de brea. A mi hermano don Martín, el Hombre que pudo ser el rey de México, lo mandaron de regreso a España. ¿Por qué? Sus enemigos se regocijaron, creyendo que allá le iría peor y el Rey le haría sentir todo el rigor de sus culpas. Sus amigos también se alegraron, viendo en la decisión una manera de proteger a Martín y aplazar el juicio. Yo, en cambio, a sabiendas de mi fracaso, le dije, hermano, quédate en México, exponte, pero apresura el juicio. ¿No te das cuenta de que si regresas a España te va a pasar lo mismo que a nuestro padre? Tu juicio nunca se va a acabar. Va a seguir eternamente. Corta ya el hilo de la espada sobre nuestras cabezas. Si regresas a España, serás invalidado, igual que nuestro padre. Éste es el secreto de las oficinas en España y en todas partes: dilatar los negocios hasta que todos se olviden de ellos. Pero mi hermano me dijo, sencillamente: Ni yo ni ellos quieren verme más aquí. Ni ellos ni yo queremos lo que me espera aquí. La lucha y acaso el martirio. No lo quiero.

Martín 1

Juntó en 1545 Carlos V una gran armada para batir al eunuco Aga Azán, que gobernaba a Argelia. Doce mil marineros, 24 mil soldados, 65 galeras y otros 500 barcos más se reunieron en las Baleares. Encabezó la armada el emperador. Con sólo once barcos y quinientos hombres, mi padre había conquistado el imperio de Moctezuma. Ahora ni el mando de una galera le dieron. Pero él se la tomó. Yo tenía nueve años. Mi padre se alistó como voluntario y me llevó de la mano a tomar posesión de la galera "Esperanza". Nadie sabía de guerra más que él, ni siquiera el emperador. Advirtió contra el mal tiempo. Advirtió contra el exceso de la expedición. Bastaba esperar el buen tiempo y llegar por sorpresa con un reducido contingente. Nadie le hizo caso. La expedición fracasó en medio de la tormenta y la confusión. Mi padre viajaba siempre con sus cinco esmeraldas. Por miedo a perderlas en el desastre de Argel, las amarró en un pañuelo. Las perdió nadando para salvarse. Ahora yo quisiera hundirme en el Mare Nostrum hasta encontrarlas: una labrada como rosa, la otra como corneta, y otra como un pez con los ojos de oro, otra como campanilla y otra una tacita con el pie de oro.

Mas, ¿eran éstos sus verdaderos tesoros? Recordé entonces la muerte de mi padre, el aroma del naranjo en flor que entraba por la ventana en Andalucía, y quise imaginar que en su faltriquera, desde que desembarcó un día en Acapulco y allí sembró un naranjo, mi padre traía esas semillas guardadas y ellas no se perdieron, ellas no se fueron al fondo del mar, ellas permitirían a los frutos gemelos de América y Europa crecer, alimentar y un día, con suerte, encontrarse sin rivalidad.

Las cosas muy olvidadas vuelven a salir en ocasiones que dañan. Maldigo hasta la cuarta generación a cuantos nos hicieron daño.

Martín 2

Madre: Sólo contigo venció nuestro padre. Sólo a tu lado conoció una fortuna en ascenso. Sólo contigo conoció el destino sin quebraduras del poder, la fama, la compasión y la riqueza. Yo te bendigo, mamacita mía. Te agradezco mi piel morena, mis ojos líquidos, mi cabellera como la crin de los caballos de mi padre, mi pubis escaso, mi estatura corta, mi voz cantarina, mis palabras contadas, mis diminutivos y mis mentadas, mi sueño más largo que la vida, mi memoria en vilo, mi satisfacción disfrazada de resignación, mis ganas de creer, mi anhelo de paternidad, mi perdida efigie en medio de la marea humana prieta y sojuzgada como yo: soy la mayoría.

Martín 1

No quiero ser mártir. Prefiero la farsa a un proceso interminable que nos desgaste por igual a mis jueces y a mí. Me voy de México, como me lo piden. Quieren tenerme tranquilo. Está bien. Me voy y dejo mis bienes a cargo de mi hermano mayor, el hijo de la india. En España se me sigue causa y soy condenado a destierro, multas y secuestro de bienes. Esto ocurre en 1567. Los castigos son revocados en 1574, salvo las multas. Tengo cuarenta y cuatro años. Me devuelven los bienes, pero me obligan a hacer a la Corona un préstamo de cincuenta mil ducados para sus guerras. Benemérito propósito. Mi señorío mexicano queda desmembrado cuando la Corona se anexa mi Tehuantepec y mi Oaxaca. ¡Amo y Señor! No lo seré yo, aunque algo les dejaré a mis descendientes. Más dinero, al cabo, que poder. Así será siempre. No habrá caudillo que dure mucho en México. El país no quiere tiranos. Le gusta demasiado tiranizarse a sí mismo, día con día, rencor con rencor, injusticia con injusticia, envidia con envidia, sumisión con sumisión, desde abajo hasta arriba. Nunca regresaré a México. Moriré en España el 13 de agosto de 1589, a los sesenta años de edad, otro aniversario de la toma de Tenochtitlan por mi padre y de la fallida conjura por la independencia de la Colonia. Dejo mis bienes a mis hijos pero al morir me hundo en el mar frente a Argelia, buscando las cinco esmeraldas perdidas de mi padre. Son las mismas que le regaló Moctezuma. Son las mismas que para su desgracia, mi soberbio y cegado padre no quiso regalarle, ni siquiera venderle, a la reina de España.

Martín 2

Fui atormentado en México y desterrado a España. Morí al terminar el siglo. ¿Qué tendría? ¿Sesenta, ochenta años? Perdí la cuenta. La verdad es que al final tuve siempre ocho años nomás. Me acurruqué en brazos de mi madre, la india Marina, La Malinche. Abrazados juntos todas las noches, sólo así nos salvamos del terror. Oímos el golpe de caballos. Éste es el terror, ésta la novedad. Galopan los caballos y las aves vuelan, las moscas zumban. Nos abrazamos mi madre y yo, tiritando de miedo. Sabemos que no debemos temerle a los caballos que trajo mi padre a México. Debemos temerle a la agitación incesante del mundo sobre nuestras almas. Recuerdo la piel gastada y enferma de mi madre. Quisiera haber visto, como mi hermano Martín que lo abrazó al morir, a mi padre viejo: su piel. Ahora veo la mía, anciano, y recuerdo la mañana que pasamos mirando el Valle de México con mi hermano. Mi piel es un campo. Mis arrugas y mis venas son campos arados, accidentes del terreno. Mis huesos son piedras. Las líneas de mi palma son piel, campo y papel. Tierra escrita, tierra doliente y sensible como una piel, inflamable como un códice. Mi madre y yo nos abrazamos de noche para defendernos, pobrecitos de nosotros, del sueño de la tierra. Hemos visto en pesadillas el espectáculo de la muerte. Mi padre viene con la escolta de la muerte. Muere él. ¿Cuántos murieron antes que él? ¿Con cuántos muere él? ¿Cuántos, en verdad, nos sobreviven? Cuento esto y me admiro del mundo, y a veces no quisiera haber sido en él. Desengañémonos de lo que tanto quisimos. Estoy harto del espectáculo de la muerte. No sé qué significa el nacimiento de un país.

El Escorial, julio de 1992

Las dos Numancias

A Plácido Arango

¡Oh muros de esta ciudad!
Si podéis hablar decid...

CERVANTES, *El cerco de Numancia*

ELLOS, los españoles, son un pueblo rudo, salvaje y bárbaro, al que nosotros, los romanos, debemos conducir, les guste o no, hacia la civilización. Algún desarrollo hay en las costas de esta península, gracias a la presencia griega y fenicia. Pero apenas se adentra uno en la tierra arisca y árida, no hay nada: ni caminos ni acueductos ni teatros ni ciudades dignas de ese nombre. Desconocen el vino, la sal, el aceite y el vinagre. De allí que nuestros soldados la pasen tan mal en las campañas ibéricas. Obligados a comer cebada y conejo hervido con sal, la disentería se convierte en el mal endémico de nuestras tropas. Se ríen nuestros poetas satíricos, pero también los soldados rasos. Estamos abonando la tierra hispánica con mierda romana. Algo más: nunca se bañan.

Ellos son, sin embargo, valientes. Lo comprobamos durante los cien años (ciento cuatro, para ser exactos) de nuestra guerra constante contra España. Desde el momento en que Amílcar Barca cruzó del África a Cádiz y nos retó saqueando a España y convirtiéndola en base de las operaciones cartaginesas contra Roma, hasta la caída de la testaruda y suicida ciudad de Numancia ante las fuerzas de nuestro héroe Cornelio Escipión Emiliano.

Ellos viven en una isla. O casi. Rodeados de

mar por los cuatro costados, salvo el estrecho pero macizo cuello de los Pirineos, los españoles son seres insulares. O peninsulares, para ser exactos. El mundo les importa poco. La tierra, mucho. Y ellos le importan poco al mundo. Los romanos hubiésemos, quizá, dejado en paz a España: que ellos se mueran de comer cebada y conejo hervido. Sólo que intervino Cartago y convirtió a España en puja y peligro. Por España se llega de África a Roma. En España, África derrota a Roma. Y después de conquistar Roma, no habrá nada más que conquistar. Tales fueron la amenaza y la apuesta de Cartago.

Ellos se vieron siempre a sí mismos como fin del mundo, el extremo cabo del continente. Y como quisieron ser vistos, así lo fueron. Extremo, confín, rincón, hoyo, culo del mundo conocido. Qué desgracia que Cartago haya escogido a España para desafiar a Roma. Roma tuvo que acudir a España para defenderse y para defender a España.

Aníbal, hijo y sucesor de Amílcar, se presentó ante Sagunto, rodeó la ciudad y le puso sitio. Los saguntinos reunieron todas sus posesiones en el foro y las quemaron. Luego salieron a pelear en vez de morirse de hambre. Fueron diezmados por Aníbal. Desde las murallas, las mujeres vieron la muerte de sus hombres en el desigual combate. Algunas se arrojaron desde las azoteas, otras se ahorcaron, otras más se suicidaron junto con sus hijos. Aníbal entró a una ciudad fantasma.

Ellos son así. Así se abrió y cerró la terrible guerra de Cartago en España; Sagunto fue el espejo anticipado del cerco de Numancia.

USTEDES no saben distinguir la historia de la fábula. Roma se siente civilizada. Yo, Polibio de Megalópolis, griego de vieja estirpe, les digo que no se engañen. Roma es nación imberbe, cruda y bárbara como los celtíberos. Menos que ellos, pero sin comparación posible con el refinamiento griego. Sin embargo, algo que a los griegos nos ha abandonado, es lo mismo que se ha instalado en el corazón de Roma: la Fortuna, lo que los griegos llamamos *Tyké*. En cuestiones de historia, *Tyké* guía todos los asuntos del mundo en una sola dirección. Al historiador sólo le cumple ordenar los eventos determinados por la fortuna. Mi gran suerte (mi fortuna personal) consiste en haber sido testigo del momento en que Roma se convirtió en la protagonista de la Fortuna. Hasta entonces, el mundo vivía bajo el signo de la dispersión. A partir de Roma, el mundo forma un todo orgánico; los asuntos de Italia y África se han conectado a los de Grecia y Asia. Todos estos hechos se enderezan hacia un mismo fin: el mundo unido por Roma. Tal es la razón misma de la historia. Ustedes son los testigos de mi buena suerte. En cincuenta y tres años (los de la vida de Escipión hasta llegar a Numancia) Roma ha sometido a la casi totalidad del mundo habitado. Es la primera vez que esto ocurre en la historia. Tal es el tema único de mi historia. La fortuna le dio a Roma el dominio del mundo. Si respeto a la diosa Tyké, debo decir: Esto ocurrió porque Roma lo merecía. Ustedes recordarán esta historia. Lo demás, se lo dejo a los anticuarios.

NOSOTROS, los romanos, iniciamos y terminamos la guerra contra Cartago en España y luego contra la resistencia hispánica una vez barrida Cartago de la península. Joven república romana, quisimos darle una tradición de fuerza militar pero también de fuerza civilizadora a nuestras empresas. Por fortuna, contamos con héroes de la misma gran familia, los Escipiones. Dos hermanos, Publio Cornelio Escipión y Neo Cornelio Escipión, fueron los primeros a quienes el Senado y el pueblo de Roma les encargó someter a las tribus hispánicas e incorporar el territorio a la república romana, barriendo para siempre con la soberbia ambición cartaginesa. Los dos Escipiones llevaron pues a España la guerra contra Cartago. Llegaron con sesenta embarcaciones, cuatrocientos hombres a caballo y diez mil de infantería. Los cartagineses enviaron a Asdrúbal con treinta elefantes enmascarados. Los Escipiones mataron muchos elefantes cegados por las máscaras que debían salvarlos de la visión del miedo. Pero la muerte mató a los dos Escipiones.

Estábanse los dos muy quietos, como es la costumbre de la guerra en invierno, cuando se establece una tácita tregua y los contendientes se refugian en los puertos de la sierra. A veces, la fuerza de las tormentas es tal que el viento estrella a las águilas contra el costado de la montaña y sus plumas caen como una lluvia oscura sobre la nieve. El verdadero guerrero, sin embargo, no se deja desanimar por el capricho de las estaciones. Lo devora el gusanillo de la guerra. Publio Cornelio, inquieto y aterido, decidió sorprender a Asdrúbal el cartaginés, pero éste, aún más inquieto, ya había salido en busca de Publio Cornelio, lo rodeó y lo mató. El otro Escipión, su hermano Neo Cornelio, ignoraba esto. Movido por un oscuro instinto fraternal, salió a recorrer el paisaje helado. Le guiaba un presentimiento. Los cartagineses lo atacaron, obligándole a refugiarse en una torre, a la que luego le prendieron fuego. Allí murió este valiente, en medio de las llamas y el hielo. Así se confirma que en las treguas de invierno sólo hay reposo si uno de los combatientes se abstiene de combatir, pues es seguro que el otro siempre andará al acecho. ¿Quién entiende la fatalidad de estos juegos mortales?

La ruptura de la tregua de invierno fue un funesto presagio. Cinco comandantes romanos se sucedieron en España. Marcelo llegó con mil de caballería y diez mil de infantería. Fracasó estruendosamente, al grado de que sus derrotas entregaron a Cartago la totalidad de España, salvo un rinconcito de los Pirineos. Así descubrimos que en España rige un perverso principio de Arquímides: dadme un rinconcito para pelear, por oscuro y pequeño que sea, y desde allí moveré al mundo...

A Marcelo nadie quería sucederle en la desgracia. Cundió la alarma en Roma. ¿Qué cobardía, qué decadencia era ésta? Nuevamente fue un Escipión el que dio la cara, ¡noble familia, nunca acabaremos de alabaros y contar la fortuna y la fama que nos habéis dado!

El joven Cornelio Escipión, lamentando la muerte en España de su padre y su tío que se burlaron de Cartago y del invierno, prometió vengarlos. El Senado, apegado a la ley (escudo de la justicia, pero a veces refugio de la cobardía), señaló que el joven Escipión, a los veinticuatro años de edad, no tenía derecho de mandar tropas. Entonces el muchacho desafió a los viejos. Si los viejos lo prefieren, dijo, que ellos tomen el mando. Nadie lo hizo. El muchacho salió con quinientos de a caballo y diez mil de a pie. España, cansada del dominio africano, lo esperaba con alborozo. Cornelio Escipión se aprovechó de este temperamento, añadiendo el suyo propio, que era sumamente dramático. Dice que sus actos los inspira la providencia. Monta el caballo, se yergue sobre los estribos, habla en nombre de los dioses, inflama a la tropa con su juvenil presencia, fascina con su cuerpo grácil que apenas tolera la pesada musculatura de bronce de la coraza, el vello dorado de sus piernas que parece fundirse con el cuerpo del overo, y se apuesta, nuevo centauro, frente a Cartago Nueva, en el Mediterráneo, con máquinas, piedras, dardos, catapultas y jabalinas. Diez mil cartagineses defienden las puertas de la ciudad. Cornelio aprovecha la marea baja para sorprenderles por la espalda y tomar la ciudad armado sólo de doce escaleras, mientras que frente a la ciudad hace sonar las trompetas como si la Nueva Cartago ya hubiese caído.

Y Cartago Nueva cae. En un día. A los cuatro de llegar Cornelio Escipión a España. Captura provisiones, arsenales enteros, marfil, oro y plata (que los españoles desprecian pero los cartagineses adoran). Moneda, grano y dársenas con treinta y tres barcos de guerra. Prisioneros. Rehenes.

A los prisioneros, el joven Escipión los libera para conciliar a los pueblos. Pone cara de iluminado. Lo hace muy bien. Todo lo hace bien, pero la cara de inspirado es lo que le sale mejor. Domina nuestra espléndida retórica, semilla conjunta de nuestra política y nuestra literatura. Desde los muros de Cartago Nueva exclama: ¡No olvidéis a los Escipiones!

Se consagra. Consagra, continuándola, la gloria de la línea familiar. Y al hacerlo, consagra a Roma, su ley, sus armas, su Senado y su pueblo. Es digno hijo del sacrificado Publio Cornelio. ¿Quién le puede reprochar su triunfo? Ante los muros de Carmona, el joven general actúa como en el anfiteatro. Pone su mejor cara de inspiración. Dice esperar un signo divino para atacar. Como si Júpiter mismo fuese su director de escena, pasa en ese instante una parvada de aves negras que giran en redondo y chirrean. Cornelio las imita; gira en círculos, hace ruidos. Todo el ejército lo imita, entre el asombro y la risa. La pasión de la victoria los inspira.

Mas desde la retaguardia, un gran número de africanos avanza. No bastan los discursos, ni las inspiraciones. Los pájaros, como todos los actores, se han ido a la siguiente plaza. Cornelio desmonta, le da su caballo a un niño, le quita el escudo a un soldado, corre solitariamente al espacio abierto entre los dos ejércitos y exclama: "Romanos, ¡salven a su general en peligro!"

Movidos por la sed de gloria, el miedo, la vergüenza, acudimos a rescatar a nuestro comandante de un peligro inventado por él mismo. Ochocientos de los nuestros pierden la vida en Carmona, y quince mil cartagineses. No imaginamos siquiera la victoria si nuestro jefe no se expone, sin necesidad, por acto propio, a la muerte...

Cornelio Escipión lo tiene todo de su parte: juventud y belleza, inspiración y coraje, don teatral, virtud retórica, y la oreja de los dioses. Mas no hay héroe sin su talón de Aquiles. España, unida al continente por el cuello de los Pirineos, sería sin éstos, lo hemos observado, una isla. Mas ese cuello es vulnerable, como lo fue el de nuestro héroe Cornelio Escipión en la batalla siguiente contra Ilurgia, pueblo aliado nuestro, que se pasó a los cartagineses. Cornelio lo tomó en cuatro horas, pero fue herido en el cuello, el único lugar desnudo entre su tronco y cabeza, pues todo lo demás, el casco, el peto, la coraza y la espada corta, convertían a nuestro comandante en una bestia de metal. Pero tenía el cuello de Aquiles.

Heridos por la herida de su jefe, nuestros hombres se olvidaron de saquear el pueblo y en vez, sin órdenes, degollaron a todo sus habitantes. La sangre de Ilurgia manó por los cuellos abiertos de sus hombres, mujeres y niños.

Enfermo Escipión, lo sustituyó Marcio. Era débil y no pudo dominar a nuestros hombres. Privados de la fascinación del joven héroe, se desbordaron en la indisciplina, reprimida acaso, que no se atrevían a demostrar cuando Cornelio Escipión estaba de pie ante ellos. No hubiese querido el héroe hacer lo que entonces tuvo que hacer, abandonando su lecho de enfermo, para meter en orden a la tropa revuelta. Azotarlos primero. Luego clavar con estacas sus cuellos a la tierra y decapitarlos. Esto acabó por enfermarlo. Vivió un minuto más allá de su gloria permitida. Lo supo y se retiró. Escipión dominaba el ritmo del tiempo. Midió el suyo y cuatro años más tarde, en Zama, derrotó para siempre a Aníbal y a Cartago y recibió el título glorioso de Escipión el Africano. Tal fue el abuelo del Escipión que cercó y destruyó Numancia.

Al héroe Escipión y al débil Marcio, les sustituyó el joven Catón. Quiso emular al héroe y empezó con un gesto dramático. A la flota la despachó de regreso a Roma y a los soldados les anunció que temiesen menos al enemigo que a la falta de barcos: No había manera de regresar a Italia.

La audacia de Catón el Joven, que inspiró a sus tropas con el miedo más que con la esperanza, logró que todos los pueblos del Río Ebro demoliesen sus murallas para no ser vendidos como esclavos. Los triunfos de Cornelio Escipión y de Catón fueron demolidos, sin embargo, por la ciega infamia de Galba en la llamada "guerra lusitana". La treta de este comandante nuestro, carente de honor, consistía en hacerse simpático a los pueblos ibéricos, proponerles treguas, decirles que comprendía las razones de su rebeldía, determinada por la penuria en la que vivían, prometerles tierras fértiles si se rendían, citarlos en lugar abierto donde repartirlas y allí, matarlos a todos.

De estas emboscadas indignas se escapó un rebelde llamado Viriato. En ocho años de guerra, nos mantuvo en jaque. Instaló su campamento en un olivar recién plantado llamado el Monte de Venus. Derrotó a nuestros comandantes, empezando por Vetelio. Acostumbrados a la gallardía y belleza de los Escipiones, nadie reconoció en este hombre viejo y gordo a su sucesor. Ignorándolo, los españoles lo mataron. Plautio su sucesor huyó de España en desorden. En pleno verano, declaró: "Es invierno" y se fue a refugiar. Mas como las estaciones no estaban a sus órdenes, Viriato lo ignoró y ocupó todo el país.

Su guerra de guerrillas, ahora bien conocida, desconcertó entonces a nuestros generales. Acostumbrados al combate formal, de frente, alineado y sujetando las tretas al esquema lógico de flancos, vanguardia y retaguardia, al principio tardamos en entender la manera del guerrillero. Atacaba de día o de noche, hiciese calor o frío, lloviese o se muriese de sed la tierra. El sol o la noche le servían por igual. Sus tropas eran ligeras, sus caballos veloces, los nuestros lentos y las armaduras, pesadas. Invencible, le ofrecimos a Viriato una paz generosa. Fabio Máximo Serviliano lo declaró nuestro amigo y le prometió tierra y paz a sus seguidores. Pero Cepio, el siguiente comandante nuestro, juzgó que estos acuerdos eran indignos de Roma y su grandeza. Reanudó la guerra y una noche logró introducir espías nuestros en el campamento de Viriato. El jefe hispánico dormía armado, listo siempre para el combate. Los asesinos le clavaron un puñal en el único sitio descubierto: el cuello. Al hallarlo en la mañana, su gente creyó que el jefe

seguía dormido. Pero esta vez Viriato era sólo un
muerto armado.

Así sometimos a la España rebelde, matamos
a sus jefes y nos dispusimos a vencer un solo re-
ducto de resistencia: la tenaz, testaruda y al cabo
terrible capital de Celtiberia; la orgullosa ciudad
de Numancia.

ÉL sabe bien lo que está ocurriendo en España. Pero sobre todo, sabe lo que está ocurriendo
en Roma. No sé si se han tomado ustedes el trabajo de contar el número de tropas enviadas a lo
largo de un siglo a combatir a España. Suman,
entre infanterías y caballerías, entre el mando de
los dos Escipiones y el de Fabio Máximo Serviliano, noventa y tres mil soldados. Mil por año. Pocos regresaron. Él lo sabe. Él lo siente. Siente y
sabe la inquietud de Roma ante la interminable
guerra de España: un siglo ya, basta ya... Y siguen
saliendo las tropas. Lo terrible es que ahora combaten a una sola ciudad, y esa ciudad devora a
tantos miles de soldados como antes la península
entera.

Él conoce el nombre de esa ciudad.

El origen de la nueva guerra fue un conflicto
reiterado. Segueda, ciudad de los celtíberos, per-
suadió a numerosos pueblos a entrar dentro de su
perímetro urbano, ampliándolo. El Senado en
Roma le negó a los españoles el derecho de fundar
nuevas ciudades; ellos contestaron que no funda-
ban nada nuevo: simplemente, fortificaban lo ya
existente. El Senado, soberbio, contestó que las

ciudades españolas nada podían hacer, ni siquiera lo pactado, si ello no complacía a Roma.

Los españoles se empecinaron en colonizar nuevas tierras. Nobilior se presentó ante Segueda con treinta mil hombres para impedir los nuevos asentamientos. Como los españoles no habían terminado de erigir sus fortificaciones, fueron a refugiarse a Numancia.

Allí acampó Nobilior, a unos veinticuatro estadios de la ciudad. Masinisa, el rey africano, se congració con Roma enviando diez elefantes y trescientos caballos cimarrones a las puertas de Numancia. Los celtíberos los vieron avanzar pesadamente hacia la ciudad y se espantaron, viendo cómo las patas de los paquidermos lo aplastaban todo. Pero al acercarse la manada invencible a los muros de Numancia, una piedra de gran tamaño le cayó en la testuz a uno de los elefantes. El animal se volvió salvaje, es decir, dejó de distinguir entre amigo y enemigo. Girando como un pesado derviche, la bestia ganó ligereza con la locura, agitó y luego endureció los enormes pabellones de sus orejas, como si no fuesen de elefante, sino de murciélago; como si quisiese oír mejor su propia desesperación adolorida.

Los otros nueve elefantes, excitados por el agudo gemir de su compañero herido, levantaron juntos las trompas y las dejaron caer como azotes contra la infantería romana, pisoteando enseguida a nuestros soldados caídos. Éramos hormigas bajo esas patas de uñas viejas, quebradas, amarillas como la veta más honda de una montaña y el pálpito más profundo de una selva. Con las trompas enroscadas y latigueantes hicieron volar por los aires a nuestros soldados. Todos éramos sus enemigos. Transformaron el campo frente a Numancia en terreno ancestral de su miedo y su libertad. Él supo entonces que las dos cosas pueden ser una misma. Lo enteraron del desastre de los elefantes y él decidió separar para siempre el miedo de la libertad. La disciplina de la ley sería el árbitro entre ambos.

Huyeron en desorden los romanos, perseguidos por la estampida de los paquidermos. Ganó confianza la ciudad numantina. Nobilior se retiró al consabido campamento de invierno. Le cayeron encima las peores nevadas de la historia arévaca. Se congelaron los árboles y la nieve descendió desde las cimas de las sierras hasta el corral más bajo, matando a los animales. No podían los soldados salir a cortar troncos para hacer leña: ambos estaban helados. Confinados, tiritando, los soldados de Roma acabaron por pedir la paz.

Llegó Marcelo, jefe de una gran familia, con ocho mil soldados a pie y quinientos jinetes ante Numancia y allí encontró lo que el Senado no deseaba: la disposición a la paz. Los elefantes y el frío habían convencido a las dos partes que peores enemigos tenía el hombre que el hombre mismo. No, dijo entonces el Senado, sustituyendo a Marcelo con el despiadado Lúculo, el hombre debe ser el lobo del hombre, su elefante enloquecido, su invierno inmisericorde, su murciélago de incisivos afilados, sediento de la sangre que palpita en el cuello de la humanidad.

Lúculo lo llevó a él, el joven Cornelio Escipión Emiliano, nieto del vencedor de Aníbal, a la guerra contra Numancia. Ambicioso, inquieto, colérico, miedoso, Lúculo era el peor comandante para someter a Iberia. El joven Escipión —Él— se dio cuenta de la oportunidad perdida. Numancia quería la paz. Roma quería la paz. Las legiones romanas se morían de disentería y de frío. El oro que buscaba Lúculo no existía: ni se producía en España ni los celtíberos lo apreciaban. La crueldad y el engaño de Lúculo desprestigian a Roma. Viola todos los tratados. Promete tregua y pasa por las armas a los pueblos. Desobedece al Senado, cosa fácil dados la incertidumbre y los vaivenes de ese augusto cuerpo, cada vez más influido, ora por una arrogante idea de la dignidad de Roma, ora por la impaciencia y el dolor crecientes del pueblo de Roma: ¿Cuándo terminará la sangría española?

ÉL aprovecha para fijarse en el terreno de Numancia. Quinto Pompeyo Aulo, sucesor del deshonrado Lúculo, quiere desviar el curso del río Duero por donde van y vienen las provisiones y los hombres de Numancia. Pompeyo quisiera matar de hambre a la ciudad. Pero los numantinos salen en multitudes imprevistas, asaltan a los zapadores romanos y acaban por encerrar al ejército de Roma en su propio cuartel. El frío, la diarrea y la vergüenza arrojan a Pompeyo de España. Tampoco logra nada su sucesor, Mario Pompilio Lena. Mancino, en fin, llega a un fuerte romano rodeado de numantinos que se atreven a amenazar de muerte al nuevo comandante si no concede la paz. Mancino la otorga en términos de igualdad. Roma se indigna. El comandante es llamado a juicio. Pero son los numantinos quienes capturan al general romano y lo devuelven a Roma en son de burla. Lo envían totalmente desnudo. Roma se niega a recibir a su propio general. Trepado en un barco, es condenado a errar sin echar ancla, hasta desaparecer en el agua. El humillado comandante rehúsa, a su vez, volver a vestirse. Morirá como nació. Maldita sea Roma, que se desangra en España...

Al desnudo Mancino le sigue Emilio Lépido, capturado entre las vacilaciones del Senado: Un día ataca; otro, pide paz; al siguiente, basta de desastres, el pueblo ya no los tolera; y un día más tarde, adelante hasta la muerte.

—¡Ignorantes! —le contesta Lépido a los senadores—. Ni siquiera saben dónde está Numancia.

Roma se cansa de España. Lépido es rodeado en Palencia por los celtíberos. No tiene provisiones. Los animales se mueren de hambre. Los tribunos y los centuriones aprovechan la noche para huir, dejando atrás a los heridos y enfermos. La tropa abandonada se cuelga a las colas de los caballos en fuga, implorando, ¡no nos abandonen! De noche, girando en redondo, los romanos se tiran abrazados al suelo, dondequiera que se hallen. ¡No nos abandonen! Pero Roma ya no los escucha. El ruido de su máquina de guerra ensordece a todos; no se oye el clamor adolorido del pueblo, ni el grito de los soldados abandonados mientras sus jefes huyen.

Cinco mil con Marcelo. Veinte mil con Lúculo. Treinta mil con Cecilio Metelo. Treinta y cinco mil con Pompeyo. Miles y miles más con Mario Pompilio Leno, con Mancino, con Emilio Lépido: los muertos de España llenan los cementerios de Roma. Los barcos salen cargados de vida y regresan con el único fruto seguro de España: la muerte. Es la armada de Caronte. Las madres gritan en las azoteas. Las hermanas marchan por las calles, rasgándose las vestiduras. Los senadores son insultados por donde pasan. Roma está fatigada de España: España amenaza la vida, el orden, el futuro de Roma.

Y España es Numancia.

Él, Cornelio Escipión Emiliano, es elegido para someter a Numancia.

TÚ eres un hombre con debilidades e inseguridades. Te miras en los espejos y no ves lo que los demás dicen ver en ti. Vas a morir este mismo año, pero tus espejos reflejan a un joven de dieciocho años, perfectamente peinado y rizado, depilado y perfumado, que todas las mañanas se acaricia el cuello para no hallar, ni siquiera al despertar, la más mínima cerda allí. Te has propuesto ser perfecto las veinticuatro horas del día. Tu cuerpo, sin embargo, no es sino una metáfora de tu espíritu. Desde niño te ha inquietado, a veces hasta el límite de la pesadilla, la separación del alma y el cuerpo. Vives con esa división, no la concilias cabalmente, te adormeces a ti mismo para creer que ambos son uno solo; mas te basta mirarte en un espejo, a sabiendas de que refleja una mentira, para saber que no es cierto. Ese reflejo es otro. Y ese otro también está dividido, si no entre carne y espíritu, sí entre pasado y presente, apariencia y realidad. Vas a cumplir cincuenta y siete años. En el espejo ves a un muchacho de dieciocho.

Conoces tus propias inseguridades. ¿Cómo? ¿Hay seguridad mayor que ser nieto de Escipión el Africano, el héroe victorioso de la Segunda Guerra Púnica, el vencedor de Aníbal? Lo eres sólo por adopción, y el espejo lo confirma. Eres otro. No heredaste nada. Más bien dicho, no puedes confiar en que por herencia te lleguen, natural, biológicamente, tus dones. Tu abuelo Escipión el Africano te lo dice todos los días desde el cielo: Tienes que conquistar por ti mismo la herencia de nuestra línea. El nombre "Escipión" aún no es tuyo por derecho propio. Debes ganarlo. Tienes que emular nuestras virtudes, ser digno de ellas. Y ser digno de los Escipiones significa, además, ser digno de Roma. En todo caso, como simple ciudadano de la capital del mundo, tendrías esa obligación.

Ves tu imagen de los dieciocho años en el espejo que sostiene tu mano de los cincuenta y siete y admites que todo, no sólo la mácula de la adopción, conspira contra tu obligación de ser grande. Eres apático. Te cuesta aprender. Es cierto que tu familia adoptiva te ha sometido a los rigores de la mejor educación patricia, que es la griega. Has estudiado retórica, escultura, pintura. Has aprendido a cazar, montar y cuidar tus perros. Pero tu inclinación no es hacia aquellas disciplinas, sino hacia estos placeres. A caballo, en un bosque, persiguiendo al jabalí, seguido de los perros, eres un muchacho feliz. Añades a tu cuerpo el placer de los demás cuerpos. El del animal capturado, cuyo cadáver revives, abrazándolo. La fría nariz, la saliva tibia, el ojo melancólico de un lebrel son tu cuerpo reflejado en otro cuerpo que jamás piensa en el alma. ¿Tiene memoria un perro?, ¿se desvela pensando en el divorcio entre su cuerpo y su alma? Acaricias el cuello de tu can maestro. Palpita en paz consigo mismo. Es una sola cosa. Tú eres dos. Tocas tu cuello. No tienes cerdas que lo afeen, ni al amanecer ni cuando cae la noche. Lo que sí tienes es un temor de incertidumbre. ¿Dónde empieza tu alma, dónde termina tu cuerpo? ¿En el temblor de tu cuello, unión de tu mente y tus vísceras? Exilias la vida de tu carne hacia el sur de tu cuello. Pero tu cabeza se queda vacía, divorciada.

Hijo de cónsules y censores, tu padre verdadero, Lucio Emilio Paulo, se divorció de tu madre Papiria a los dos meses de tu nacimiento, como si tú fueses la causa del divorcio. Abandonados tú y tu hermano, fueron adoptados por distintas familias. Qué suerte la tuya: ingresar al clan de los Escipiones, heredar la fama de los conquistadores de Aníbal y de Perseo. Secretamente infausta, tu herencia dividió aún más tu alma de tu cuerpo. ¿Sabrás algún día a quién le debes tu espíritu y a quién tu carne? Entregas ésta al juego, la caza, la cabalgata, el amor sexual indiscriminado, la compañía de los perros que no sufren como tú...

Llega a tu casa un prisionero griego, Polibio de Megalópolis, que fue cabecilla de la Liga Aquea, último esfuerzo por la independencia de su patria. Deportado sin juicio a Roma, llegó sin más equipaje que sus libros. Tu familia lo escogió como esclavo porque quiso leer sus libros. Así ganó Polibio la protección de los Escipiones. Al principio, evitaste su compañía. Él se la pasaba en la biblioteca, tú en las caballerizas. La tensión entre los dos empezó a crecer. Él era quince años mayor que tú, pero todavía joven e impulsado por el recuerdo de su lucha militar en Grecia. Te reíste de él: rata de biblioteca, afeminado, dueño sólo de la cabeza, no del cuerpo. No lo necesitabas. Querías en esos días domar a un caballo negro salvaje, llegado de África con otros regalos del príncipe Yugurta, sobrino de Masinisa el aliado de Roma y de tu familia desde las guerras contra Aníbal. Sucedió lo previsible. El caballo te arrojó. Polibio lo montó y lo domó. En el pecho desnudo del bibliotecario viste las cicatrices de las lanzas romanas. El pecho de Polibio era el mapa de su patria.

—Te enseñaré a hablar y actuar de modo que seas digno de tus antecesores.

Eso te dijo ese hombre al cual todo le debes. En él se unían la materia y el pensamiento, Roma y Grecia. No fue tu amante, sólo tu maestro, tu mentor, tu padre. Él calmó en ti la angustia del mundo dividido, que había sido el legado de tu infancia y el súcubo de tus noches. Concilió, armonizó, le dio pensamientos y razones —le dio palabras— al sentimiento que traducía ya tu fuerza animal, el poder de tu cuerpo: Honrar a Roma. Servirla. Obtener para tu patria la gloria, la fama y el triunfo militar.

No tenía Roma, sin embargo, libros sino sentimientos. Su literatura no existía; era, antes que nada, sólo retórica. Las urnas del triunfo debían ser llenadas, como el odre del cuerpo, por el vino del pensamiento y la poesía. Polibio te enseñó a pensar y hablar como griego para actuar como romano. Fuiste de su mano a visitar el Jardín de Epicuro, el Pórtico de Zenón, la Arcada de Aristóteles y la Academia de Platón. En el jardín aprendiste a pensar y decir el placer; en la Arcada, a moderarlo; en el Pórtico, te supiste imperfecto, aunque perfectible por la virtud; y en la Academia aprendiste a cuestionarlo todo. Por ejemplo, aunque Polibio creía que la razón de la historia era la unidad del mundo a través de Roma gracias al apoyo que la fortuna daba a tu patria, acto seguido ponía en duda su propio aserto. La historia, decía, tiene no sólo razón sino sentido y éste consiste en enseñarnos a soportar con entereza las vicisitudes de la fortuna, recordando los desastres de los otros. Guardarás esta enseñanza para tus propias campañas. El orgullo de lo que aprendes y en quien te lo enseña te lleva a preguntarle un día a Polibio:

—¿Cómo llamaremos a nuestra escuela?

Te contesta que no será ninguna escuela, sino un círculo; el círculo de Escipión Emiliano. Harán cosas importantes, sobre todo la conversión a fórmula latina del pensamiento griego y el propósito de llegar a la poesía por la palabra pública. La oratoria sería la escuela romana de virtud y acción inseparables. Hablaban Polibio y tú, además, de las cosas del día. El crecimiento de la ciudad de Roma. La llegada de esclavos de las provincias conquistadas a trabajar el campo, y la subsiguiente emigración de los campesinos a la ciudad, congestionándola. El crecimiento del lujo y de las operaciones financieras. De Grecia llegó el saber, pero también el afán de vivir lujosamente. Muchos hombres jóvenes, decía Polibio, creían que ser como los griegos consistía en disipar sus energías en amoríos con otros mancebos, con cortesanas o en música y banquetes. Un solo ejemplo bastaba para demostrar el grado de degeneración de la juventud romana: costaba más pagar los favores de un puto que comprarse un terreno labrantío, y si el jornal de un campesino era de treinta dracmas, costaba trescientas un jarro de pescado marinado.

Conversaban de escándalos, separación de parejas, amores ilícitos, pero también de la continuidad de la institución familiar y de la admiración hacia la matrona Cornelia, hija de Escipión el Africano tu abuelo y madre de los hermanos Graco, tus primos. "¿Podemos ver sus joyas, señora?" "Mis joyas son mis hijos, señor". ¿No eran un tanto extraños, impacientes, rebeldes, estos jóvenes hermanos? ¿No hablaban de igualdad? ¿Puede haber igualdad si no hay inmortalidad? ¿Sólo la muerte nos iguala? No, la inmortalidad misma puede ser selectiva: sólo los espíritus selectos ascienden hasta el dominio celeste. ¿Te repugna esta idea? ¿No crees por lo menos que la inmortalidad la da la fama y ésta es siempre algo mal distribuido? ¿Aceptas la fama pero exiges también la igualdad? Polibio te propone una ruta intermedia: sirve bien a tu patria, emplea bien el verbo que es el don de los dioses a los hombres, y habrás servido por igual a la fraternidad y a la gloria.

Hablan del feliz desplazamiento de la grotesquería arquitectónica etrusca a la sencillez de la línea helenística. Se han construido varias nuevas basílicas para dar curso a la creciente materia legal de la república. En cambio, hay una ausencia total de teatros, problema evocado a menudo por el joven autor Terencio, que es miembro de tu círculo. Terencio habla de su pavor de enfrentar sus dramas a un público vulgar y ruidoso. Polibio sonríe e insiste que la fama es lo peor distribuido en el mundo. Te acusa amablemente de ser demasiado modesto. Tú y él, y el propio Terencio saben que tú escribiste algunas de las más famosas obras del joven dramaturgo, muerto a los treinta y seis años... *Las mujeres de Andros*, por ejemplo, o *Los hermanos*... Comedias de la cortesía cuya moralidad permisiva y juego de urbanidades pudo ofender a los espíritus más rigurosos. ¿Por esto preferiste que las firmara Terencio? ¿Quién es en estos casos el deudor, quién el acreedor? Tú puedes soñar que tus ideas dramáticas —una escuela para educar a los maridos; un pícaro que se burla de su amo pero lo salva de sí mismo— tendrán tiempo y fortuna...

Pero Polibio te dice que sólo un muchacho como él que el griego encontró al llegar, cautivo, a Roma, podía combinar la frivolidad de la comedia de salón y alcoba, natural a su ambiente, con la perfección formal y retórica que supo destilar de las enseñanzas griegas. ¿Podía un hombre como tú —sensual primero, intelectual enseguida— ser finalmente un gran hombre de guerra? El mundo te conocerá como militar. Pero el mundo te separa, te divide de ti mismo. ¿Querías ser sólo una cosa? ¿Joven privilegiado primero, guerrero glorioso enseguida, pero una misma cosa, la una consecuencia de la otra?

Todas estas preguntas surgieron de tu compañía en el patio de tu rica mansión en Roma: el círculo de Escipión Emiliano, donde el culto por la palabra será definitivo para crear una tradición literaria latina. No había, propiamente, una literatura romana hasta que tú te rodeaste de gente como Terencio y Polibio, el satírico Lucilio y el estoico griego Panecio. La literatura, hasta entonces, era asunto menor, obra de esclavos y libertos. Contigo y tu círculo, se convirtió en preocupación de estadistas, guerreros, aristócratas...

—¿Cómo llamaremos a nuestra escuela?

Polibio de Megalópolis, por toda respuesta, te entrega unas semillas y te pide que juntos las planten en el centro del patio. ¿Qué son? Semillas de un árbol lejano, oriental, extraño, denominado por una palabra árabe, *naranj*. Me las trajo un amigo desde Siria. ¿Cómo es este árbol? Puede ser alto y sus hojas anchas, perennes, lustrosas. ¿Da flor? Fragante como pocas. ¿Y frutos? Deliciosos: una cáscara de color llamativo, rugosa y suave como un aceite, pero de pulpa interna dulce y jugosa. Entonces podemos llamar así, este patio de nuestras conversaciones, este círculo, que no esta escuela: ¿El Naranjo? Espera, Escipión el joven, que este árbol tarda seis años en dar fruto.

Tiempo para que tú llegues a ser cuestor, voluntario en España (a donde nadie quería ir con el

desafortunado general Lúculo) y por fin, a los
treinta y nueve años, vencedor y destructor de la
némesis de Roma, la una vez soberbia Cartago,
como si cumplieras el destino de tu abuelo Escipión el Africano, vencedor de Aníbal en Zama 56
años antes. Tú avasallaste la ciudad, la arrasaste y
la incendiaste. Dicen que lloraste al ver la antigua
capital de Aníbal, reducida a emporio de comer-
cio pero sin poder político, desaparecer del mapa.

   ¿Qué cosa más natural que encargarte a ti, el
más virtuoso y sabio, el más valiente de los romanos, la victoria sobre Numancia?

   YO llego a España sabiendo algunas cosas. Esto he aprendido: Los españoles son valientes aunque salvajes. No se bañan, no saben comer, duer-
men de pie como los caballos. Pero por eso mismo
saben resistir. Hay que romper esa resistencia. Nada a medias. A su resistencia extrema, debo opo-
ner algo que sea aún más extremo.

   Sé que son valientes, pero sólo singularmente.
No se saben organizar como nosotros. Debo temer
su coraje individual y olvidarme de su peligro colectivo. Debo precaverme contra la organización
de su desorganización, el genio de su anarquía. Lo
llaman guerra de guerrillas. Con ella dan ímpetu a
su coraje e imaginación individuales. Ataques a
mansalva, de día o de noche, en calor o frío, bajo el
sol o la lluvia. Son camaleones, amos de la mime-
sis; toman el color de la tierra y del tiempo. Corren
ligeros, sin armadura, sin montura. Debo ence-
rrarlos donde no se muevan. Debo sitiarlos para

quitarles movilidad y convertir su vocación heroica en vocación de resistir desde el encierro. A ver si es cierto que les basta un rinconcito desde donde aguantar para reconquistarlo todo.

Conozco todas sus tretas. Las han empleado durante un siglo contra nosotros. ¿Cuáles poseo yo que ellos no conozcan?

Debo sorprender a los españoles. Pero no debo ofender a los romanos. Hemos gastado cien mil hombres en cien años de guerra contra España. Hemos gastado cien mil lágrimas de madres y hermanas romanas. Yo no llevaré ni un hombre más a España. Hago alarde de salir de Roma sin un solo soldado de a pie o a caballo. Todos recuerdan las salidas triunfales de veinte generales, de Marcelo a Lépido. Pero recuerdan también sus regresos humillados. Yo saldré con modestia para regresar con triunfo.

Acepto voluntarios de las ciudades a título amistoso. Creo, en efecto, una tropa de amigos para que me acompañen. Son amigos de gran distinción. Mi maestro Polibio en primer lugar: se ha convertido en el más excelente de los historiadores, prueba viva de cómo Roma abraza y asimila a los demás pueblos del Mare Nostrum, y les da la oportunidad que queremos ofrecerles, también, a España y sus empecinados independentistas. Por eso la cohorte de mis amigos la encabeza Polibio pero además vienen con nosotros otros amigos de calidad reunidos alrededor del naranjo de mi patio en Roma. Aquí están los cronistas Rutilio Rulfo y Sempronio Aselión, para que no exista una sola versión de un evento que moriría de escualidez objetiva y necesitará, desde ahora, el presagio de la memoria, el afecto fictivo y la representación que son el alma de la historia. Hay que aprender a recordar el futuro y a imaginar el pasado. Para ello está aquí el poeta Lucilio, pues la poesía es la luz que descubre la relación existente entre todas las cosas y las religa entre sí. La retórica crea la historia, pero la literatura la salva del olvido. Y, a veces, la eterniza.

Miro desde el campamento los estadios que nos separan de Numancia y no necesito que mis amigos me lo digan: Antes de disparar una sola jabalina contra la capital de los celtíberos, hay que disparar mil dardos de disciplina contra el ejército de Roma en España. Mi primera batalla tiene que ser contra mi propio ejército.

Primero expulso a las prostitutas, los proxenetas, los afeminados y los adivinos: entre todos, había más augures y viciosos que soldados. Este ejército de turbios placeres fue arrojado del campamento de Roma entre los sordos respingos de la tropa que los necesitaba para levantarse la moral. Ahora yo les daré una moral distinta, que es la de la victoria. Basta de mirarse cara a cara con los numantinos, engañándose los unos a los otros, sin pasos decisivos ni de ellos ni de nosotros.

Ordeno a los soldados vender sus carruajes y caballerías, advirtiéndoles: —Ustedes no van a ir a ninguna parte, sino hacia adelante. Y Numancia está a unos pasos de aquí. Si mueren, no necesitarán carretas, sino la benevolencia de los buitres. Si triunfan, yo mismo los cargaré en andas.

Mandé recoger veinte mil navajillas y pinzas de depilar entre la tropa. Empecé a dejarme una barba de dos o tres días para dar ejemplo de rudeza, pero renunciando a una de las distinciones más sensuales de mi vida, desde los veinte años: tener el cuello limpio. Aquí, todos nos dejaríamos la barba hasta caer Numancia. Prohibí los espejos.

Expulsé a los masajistas, que se fueron entre risillas nerviosas a buscar otros cuerpos. A los soldados les advertí que masajes para reducir obesidades ya no los necesitarían, pues de ahora en adelante aquí sólo se iba a comer carne cocida y nadie tendría derecho a más vajilla que una olla de cobre y un plato.

Prohibí el uso de las camas y yo mismo di el ejemplo durmiendo en vil paja.

Dispuse que cada cual se bañara sin ayuda de putas, masajistas u ordenanzas. —Sólo las mulas, que no tienen manos, necesitan otras manos que las bañen.

Todos los días, impuse ejercicios desde la madrugada a todos y cada uno. Los animé con azotes de sarmientos. Con ellos disciplinaé a los que eran ciudadanos romanos. A quienes no lo eran, ordené que se les azotara con varas. Pero azotados lo serían todos, lo merecieran o no, como parte del endurecimiento de esta tropa que encontré fláccida, lechosa, adormilada.

Las marchas cotidianas se hacían en perfecta formación y lo que antes cargaban las mulas, ahora lo cargaban ellos.

Pero nada los disciplinó tanto, y tanto los preparó para el largo sitio por venir, como mi decisión de fortificar cada día nuevos campamentos, mandándolos destruir al siguiente. Los rostros de asombro primero, de decepción enseguida, de abulia naciente pero aplazada por la fatigada repetición del mismo trabajo inútil, me anunciaban que lograba lo que quería: templarlos contra el repetido fracaso que nos esperaba antes de obtener la victoria.

Organicé una geometría de lo inútil; una fisiología del absurdo. Todos los días, mis hombres (empezaban a ganarse mi cariño) cavaron hondas trincheras sólo para volver a llenarlas a la hora vespertina, retirándose enseguida al campamento arrastrando los pies y murmurando contra mí primero, contra su propia inutilidad después. Un buen soldado debe ver en sí mismo al primer enemigo.

Todos los días, levantaron altos muros en medio del llano: de nada nos defendían y a nadie ofendían. Lo sabíamos todos. El desperdicio era ejemplar. Los actos gratuitos eran perfectos en su cabal desinterés. En la guerra hay que estar disponibles a toda hora. El soldado es un bien mostrenco.

Ocupé, mediante el saqueo y la destrucción, todos los territorios vecinos de donde Numancia recibía provisiones. Los valientes jóvenes de otra ciudad ibérica llamada Lutia acudieron en auxilio de sus hermanos numantinos. Su coraje contrastaba con la desidia acostumbrada de nuestras tropas. Capturé a cuatrocientos jóvenes de Lutia y a todos mandé que les cortaran las manos.

Construí siete fuertes alrededor de la ciudad. Éstos ya no los mandé destruir al día siguiente.

Cuando mis tropas se dieron cuenta, me vitorearon. Mis actos de disciplina no habían sido, al cabo, gratuitos. Lo cierto es que nada es gratuito si lo respalda el poder. Gratifiqué entonces la melancolía de mis huestes. Sus esfuerzos ya no eran inútiles. Jamás lo habían sido. Lo que parecía caprichoso era sólo un ejercicio de adaptación a la posibilidad del fracaso. No podemos actuar fuera del horizonte de la derrota. Nada le asegura a nadie el éxito constante. Más bien: el fracaso es la regla, el éxito la excepción que la confirma... Triste el país que cree merecer la felicidad del éxito. Aprendí la lección de Polibio.

Dividí al ejército en siete partes y puse un comandante a la cabeza de cada división. A todos les advertí que no se moviesen de su puesto sin órdenes previas. Castigaría el abandono con la muerte.

El primer objetivo de estos fuertes era impedir que nadie saliese nunca más de Numancia. Cualquier salida sería indicada, de día, por una bandera roja en la punta de una lanza. De noche, por fuegos. De este modo, todos estarían advertidos del peligro y cerrarían filas para impedir el paso de un solo numantino.

La primera vez que estuve en Numancia, durante la campaña del desventurado Lúculo, observé que sus habitantes usaban el río Duero para llevar y traer provisiones y hombres. Los numantinos eran hábiles para nadar debajo del agua sin ser vistos e incluso sabían emplear embarcaciones ligeras impulsadas por velas obedientes a un viento fuerte.

Era imposible construir un puente entre las dos orillas. El Duero era demasiado ancho, demasiado rápido. Renuncié al puente. En vez, mandé construir dos torres en orillas opuestas del flumen. Y en cada torre, mandé amarrar grandes troncos sobre el río, sujetos a la fortificación con cuerdas recias pero flojas. Estos troncos los sembré de navajas y puntas de lanza, convirtiéndolos en erizos de madera, intocables, pues la mano huía del contacto con ese artefacto punzocortante. Los erizados troncos estaban en movimiento continuo por la fuerza de la corriente. Era imposible pasar debajo, encima, o al lado de ellos.

Que nadie pueda salir o entrar: nadie, saber lo que ocurre adentro o afuera de Numancia. (¿Ni siquiera yo mismo?)

Coroné mi estrategia rodeando a la ciudad de fosas y empalizadas. Este cerco se ciñó estrictamente al perímetro de la ciudad, que era de veinticuatro estadios.

Tuve entonces la idea que decidió la suerte de Numancia. Alrededor de las murallas de la ciudad, dejé un espacio libre que duplicaba el área de la ciudad y su perímetro. Este segundo campo lo cerré, a su vez, de murallas de ocho pies de ancho y diez pies de alto.

Establecí de esta manera un campo de batalla posible, en el que las dos fuerzas, en caso de encontrarse, librarían una guerra sitiada, a su vez, por la segunda serie de torres y trincheras. Es decir: había ahora dos Numancias. La ciudad amurallada de los celtíberos. Y la segunda ciudad, el espacio desierto que la duplicaba, rodeado de mis propias fortificaciones.

Sólo entonces instalé las máquinas de guerra. Las catapultas, las filas de arqueros y pedreros y los montones de dardos, piedras y jabalinas en los parapetos.

Llegó Yugurta, el sobrino del rey Masinisa, a unirse a nosotros con su obsesiva aportación africana: diez elefantes. Le agradecí el gesto, pero temí una repetición del desastre de Asdrúbal en su lucha contra mi abuelo el primer Escipión. Le inventé otros lugares, también hipotéticos, adonde llevar a sus paquidermos para impresionar a la población, potencialmente rebelde, de España. Manchas, escoriales, campos alambrados, le inventé a Yugurta y sus elefantes en tierras de arévacos, cárpetos y pelendones. Creo que las siguen buscando. Dicen que los elefantes no olvidan, pero primero tienen que recordar algo. Perdidos en España, los nueve elefantes de Yugurta aún deben ambular, nómadas gigantescos en busca de fortalezas invisibles y campos de espejismo. Un solo elefante guardé para mí, para no parecer descortés, para tenerlo en reserva frente a Numancia.

(Quizá debido a esta broma fantástica, Yugurta regresó encabronado a África y se rebeló contra Roma, intentando liberar a su Numidia nativa de "la corrupción política romana". Pero ésa es otra novela.)

Por el instante, desde lo alto del parapeto, rodeado de arqueros y pedreros, con los elefantes a mis espaldas y el ejército romano desplegado entre las siete torres que rodeaban Numancia, me sentí satisfecho. Me acompañaban Polibio el historiador, los cronistas y el poeta Lucilio, los ingenieros y zapadores, más quinientos amigos y yo mismo, vestido no como guerrero y patricio romano, sino como simple comandante ibérico, con la túnica de lana, el *sagum*, un sencillo capote amarrado al hombro.

Mas para significar mi duelo por los anteriores desastres de Roma frente a Numancia, escogí un capote negro y ordené a toda la tropa cubrirse, también, con mantos negros. —Termine aquí la ignominia. Purguemos el luto de nuestras derrotas.

Súbitamente, en el momento final de los preparativos, todos estos signos se juntaron en mí, ofreciéndome una visión duplicada del mundo. ¿Qué cosa había yo hecho aquí? Sólo en el minuto anterior al inicio del sitio, en el meridiano de mi mente, caí en la cuenta. Ante mi mirada se hacinaba Numancia, la ciudad inconquistada. Alrededor de Numancia, yo había construido el doble puramente espacial de Numancia, la reproducción de su perímetro, un nuevo espacio exactamente mesurable con el de su modelo. Ahora miraba, en el terreno duplicado, el fantasma vacío, sin tiempo, de la ciudad. ¿Cuál era, en esta Numancia así dividida, el alma de la ciudad; cuál su cuerpo?

Mi vieja angustia se apoderó de mí. ¿Era el espacio vacío el ánima invisible de Numancia? ¿Era la ciudad verificable, su cuerpo material? ¿O sucedía exactamente lo contrario? ¿Un espejismo la ciudad real, y sólo real, corpóreo, el espacio inventado para dar cabida a otra ciudad idéntica?

Quise, en ese momento cumbre, aturdido por mi propio pensamiento, arrancarme la túnica negra y ofrecer mi propio cuerpo desnudo en sacrificio por Roma y Numancia, por las batallas perdidas del pasado y por las batallas virtuales, perdidas o ganadas, del porvenir...

Cerré los ojos para impedir que la duplicación de Numancia, obra mía, se convirtiese en división permanente, insoportable, mortal, del cuerpo y el alma de Cornelio Escipión Emiliano, el hijo abandonado y el hijo adoptado, el hombre de acción y el esteta, la abúlica juventud y la madurez enérgica: Escipión, yo, el materialista amante de las cosas concretas y Escipión, también yo, el patrocinador del círculo intelectual más espiritual de la república... El amante de la guerra. El marido del verbo.

—¿Por qué no fui una sola cosa, feliz o infeliz, pero indivisa; hijo querido, epicúreo y guerrero; o hijo entenado, estoico y esteta?

Las navajas plantadas en el río me cortaban fina, cruelmente, mientras me daba cuenta de que yo había venido hasta aquí, no a sitiar Numancia, sino a mí mismo; no a vencer a Numancia, sino a duplicarla. Me reproducía a mí mismo; me sitiaba.

Libro el paso al sofoco de mis pulmones, a la ceguera de mi mirada, al ahogo de mi garganta y al zumbido de aves agoreras que se estrellan en mis tímpanos como las águilas contra la sierra durante la campaña de invierno de Escipión mi abuelo. Olí, también, la peste de todos los cadáveres de todas las guerras. Imaginé en ese momento el destino de Numancia y le pregunté por qué se me obligaba, al final de este capítulo de nuestra historia, a hacer todo esto. Yo conocía todas las tretas ibéricas; ellos conocían todas las tácticas romanas. Ya no podíamos sorprendernos los unos a los otros. La política estaba exhausta. No me dejaron más armas que la disciplina primero y la muerte después.

Esto yo ya lo sabía. Simplemente, quise revestir la fatalidad de belleza. La belleza sería el asombro final de la política y la guerra exhaustas. Todo lo predispuse (ahora me di cuenta) para que sobre la sangre y la piedra, sobre el alma y el cuerpo, flotase al cabo un aura de hermosura a pesar de la muerte. La madera erizada de navajas. El ejército vestido de luto. Rojas banderas de día. Blancos incendios de noche. Las plumas oscuras de las águilas muertas tachoneando la nieve. Y Numancia duplicada. Numancia representada. Numancia convertida en épica cantada, representándose a sí misma gracias a los espacios y las cosas que yo puse un día a disposición de la historia.

¿Cómo convertir la representación en historia y la historia en representación?

Miro mi propia respuesta. La Numancia desierta representa a la Numancia habitada. Y viceversa. Mis dos mitades, cuerpo y alma, no saben entonces si separarse para siempre o unirse en un cálido abrazo de reconciliación. Busco con angustia un símbolo que me permita hermanar mis dos mitades. La ráfaga del tiempo se lleva lejos de mí el instante preciso. He tenido que luchar contra la historia que me precedió, fatal y exhausta. He querido convertir mi experiencia en destino. Los dioses no me lo perdonarán. He querido usurpar sus funciones como le usurpo a Numancia su imagen duplicada.

Doy la orden de ataque. Yo, Cornelio Escipión Emiliano, duplicado también, representándome a mí mismo gracias a los espacios y a las cosas que puse a disposición de la historia: yo doy la orden de ataque, ella sí implacable, indivisa, para disfrazar mi propia división.

ELLOS pensaron que si se iban de Numancia, si salían a pelear, nunca regresarían. Las mujeres serían violadas por los romanos, los niños esclavizados y las casas derrumbadas por manos extrañas. ¿No había incendiado este mismo general la gran Cartago? Mejor resistir. Mejor perecer. Que triunfe el sitio. Ellos mismos le darán el triunfo a Escipión. Sin ellos, sin su resistencia, el cerco sería circo: una charada contra la nada. Gracias a ellos, Escipión Emiliano encontrará su propio destino: será el vencedor de Numancia. Ninguna gloria habrá merecido la victoria romana sin la resistencia de Numancia. Ellos son los aliados de la fortuna: la dirigen con sus lágrimas, con su hambre, con su muerte. Ellos, los hombres de Numancia.

USTEDES saben cómo terminó esta historia y yo, Polibio, que estuve allí, lo cuento ahora, pues nunca lo dejé escrito por respeto al sufrimiento de mi amigo el general Cornelio Escipión Emiliano. Escribí la historia de las guerras púnicas y de la expansión romana en el Mediterráneo. Pero me abstuve de narrar lo que vi en Numancia acompañando a mi discípulo y amigo el joven Escipión. A la posteridad le hice creer que mis papeles se habían perdido. Del joven Escipión sólo doy cuenta para exaltar sus virtudes y nuestra amistad: generoso, probo, disciplinado y digno de sus antepasados.

No conté nada de Numancia porque la verdad es que, cercada la ciudad y aislados cada vez más los numantinos gracias a la severidad del sitio impuesto por Escipión, sólo pudimos saber lo que pasó dentro de sus murallas cuando todo terminó. Yo me arrogué, sin embargo, la tentativa de imaginar lo que iba ocurriendo para contárselo, a título de ficción, a mi amigo, pero también discípulo, el general Escipión. Creo que, de otra manera, él hubiera enloquecido.

Nadie salió ya de Numancia, salvo un valiente que se atrevió, un día, a pisar ese terreno creado por Escipión. Espacio doble, sí, vedado, para la batalla que jamás tuvo lugar. En noche de niebla este Retrógenes, el numantino más valiente, cruzó el espacio prohibido acompañado de doce hombres y una escala plegadiza. Mataron a nuestros guardias y salieron a pedir ayuda a las otras ciudades ibéricas. Nadie se la dio. Todos tenían miedo de Escipión. Las ochocientas manos cortadas en Lutia todavía no eran polvo. Los muñones de cuatrocientos muchachos aún no cicatrizaban. Retrógenes, pundonoroso, regresó a dar noticia de su fracaso a Numancia. Claro está: no cruzó por segunda vez el perímetro imaginario de la ciudad. Fue el único numantino muerto en el espacio de la batalla invisible.

Otra vez, un embajador numantino salió a pedir la paz.

—Nada hemos hecho de malo —le dijo a Escipión—. Sólo luchamos por la libertad de nuestra patria.

Escipión exigió la rendición incondicional y la entrega de la plaza.

—Eso no es la paz, sino la humillación —respondió el de Numancia—. No os daremos el derecho de entrar a destruirnos y tomar a nuestras mujeres.

Yo le digo al general: —Los graneros deben estar exhaustos. No hay pan, ni rebaños, ni pasto. ¿Qué comerán?

Ocho meses dura el sitio de Numancia.

Los primeros numantinos se rinden. Salen de las murallas como fantasmas. Por primera vez, el único elefante de Yugurta que queda, alza la trompa chillando horrendamente. Pero también ladran los perros, relinchan los caballos y graznan los patos. Reconocen a otros animales. Los cabellos largos, la piel devorada por las plagas, las cabelleras hasta la cintura. Muchos de ellos en cuatro patas. Escipión se niega a darles batalla a las fieras. Señala hacia el cielo: dos águilas combaten allí en marcial rodeo. Olor fétido. Uñas largas embarradas de excremento. Escipión escoge a cincuenta numantinos para llevarlos a su triunfo en Roma. A los demás los vende. Arrasa a la ciudad.

—Las grandes calamidades —le digo— son el fundamento de la gran gloria.

—Mierda —dice él.

NOSOTRAS las mujeres de Numancia siempre supimos que nuestros hombres estaban dispuestos a morir por nosotras y nuestros hijos. Pero ignorábamos hasta qué grado nosotras estábamos también, dispuestas a morir por ellos. Ocho meses duró el sitio. Pronto se agotaron el grano, la carne y el vino. Empezamos a lamer cueros hervidos, luego a comerlos. Seguimos con los cadáveres de muerte natural. Vomitamos: la carne enferma nos dio náuseas. Tememos: ¿cuándo empezaremos a comernos a los más débiles? Un viejo nos da una lección. Se suicida en la plaza pública para que lo comamos sin tener que matarlo. Pero su carne es correosa, magra, inútil. Los niños necesitan leche. Es lo único que no falta: nuestras ubres son pródigas. Pero si nosotras mismas no comemos, pronto no habrá leche para los niños. Escuchamos de noche el crujir de nuestros propios huesos, que se empiezan a quebrar por dentro, como si su lugar de entierro fuese nuestra propia carne. No hay espejos en Numancia. Pero vemos nuestras caras en las de los demás. Son caras corroídas, devoradas por el frío y el escorbuto. Como si el tiempo avanzara devorándonos, poco a poco gastando nuestras encías, nuestros dientes, nuestras cejas y nuestros párpados. Todo se nos va yendo. ¿Qué nos queda? Un árbol extraño en el centro de la plaza. Hace tiempo pasó por aquí un viajero arrepentido, genovés por más señas, e hizo alarde de plantar unas semillas en el centro de la plaza. Dijo que el tiempo era lento y las distancias grandes en el mundo en que vivíamos. Había que sembrar y esperar a que el árbol creciera y diera sus frutos dentro de cinco años. Nos dijo que no nos preocupáramos por el frío. Lo mejor que le podía pasar a este árbol era que le cayera una helada de vez en cuando. Era un árbol que dormía durante el invierno. No le daña el frío. Florece y da sus frutos en primavera. Termina su crecimiento anual en el otoño y vuelve a dormitar en el invierno. ¿Cómo son sus frutos? Idénticos al sol: color de sol, redondos como el sol... el recuerdo de estas palabras no nos consolaba. Éste era el último invierno antes de que el árbol, después de cinco; diese sus frutos. ¿Aguantaríamos hasta la primavera? No lo podíamos saber. El tiempo —decimos nosotras— se ha hecho visible en Numancia. Sus estragos son visibles en nuestra piel sarnosa, los callos y los hongos de nuestros sexos. Escarbamos nuestros anos inútilmente para saber si queda una costra de excremento para comer. Mocos, lagañas. Todo sirve. La tierra no nos abandona. Estamos plantados en ella. Nuestros ojos nos dicen que los graneros están exhaustos. Nuestras narices han dejado de oler el pan; lo han olvidado. Nuestras manos ya no tocan pasto, ni nuestros oídos oyen al ganado. Y el árbol del genovés sólo dará sus frutos redondos y dorados el verano entrante. Pero las plantas de nuestros pies nos dicen que la tierra no nos abandona. El mundo sí. Pero la tierra no. Las mujeres de Numancia distinguimos entre el mundo y la tierra. Nos estamos comiendo a los hombres que se matan por nosotras para que podamos comerlos. Los hombres que quedan vivos gritan de dolor: por la muerte de sus hermanos, por el horror de nuestra hambre. Nosotras les hablamos. Al hablarles, les recordamos que no hemos perdido la palabra. La tierra y la palabra. Esto nos sostiene. Los cuerpos que devoramos junto con nuestros hijos son tierra y palabra transformados. Ellos no lo entienden. Están dispuestos a morir por nosotras y nuestros hijos, pero creen que todos estamos muriéndonos y no quedará nada vivo. Nosotras no. Vemos desaparecer el mundo, pero la tierra no; no la palabra. Todos lloramos la desaparición de nuestra ciudad. Pero celebramos la vida perdurable de la olla de barro, la vasija de metal, la máscara fúnebre. Cabeza metálica de carnero, toro de piedra, éste es el único ganado que nos queda. Urnas vacías, odres de polvo, éste es el pan y el vino que dejamos. Nosotras lloramos la desaparición de la ciudad. Nosotras aceptamos que el mundo muera. Pero nosotras también esperamos que el tiempo triunfe sobre la muerte gracias al viento, la luz y las estaciones perdurables. No veremos los frutos de este árbol. Pero los verán la luz, las estaciones y el viento. El mundo muere. La tierra se transforma. ¿Por qué? Porque nosotras lo decimos. Porque no perdemos la palabra. Se la heredamos a la luz, el viento y las estaciones. El mundo nos reveló. La tierra nos ocultó. Volvimos a ella. Desaparecimos del mundo. Regresamos a la tierra. De allí saldremos a espantar.

ELLA vio salir de Numancia a los últimos hombres mudos, barbados, sucios; a las últimas mujeres espantadas; a los últimos niños emaciados. Se rindieron porque perdieron la palabra. Se les olvidó hablar; se rindieron. Ella, con su hijo muerto en brazos, se acercó al estéril árbol sepultado en lo hondo del invierno. En vano esperaron la promesa del fruto. Maldito árbol, fruto estéril. Ella se abre de piernas y grita con su hijo en los brazos. Ella deja caer sobre el matorral estéril la fértil sangre de su vagina, el fruto de su vientre, la masa húmeda y roja de su menstruación.

TÚ te preguntas si todo en el universo tiene un doble exacto. Es posible. Pero ahora sabes que aunque eso sea cierto, también es peligroso. Te paseaste de joven por el Pórtico y el jardín, la Academia y la Arcada. Pero siempre supiste que por un resquicio de todas estas puertas y ventanas de la *paideia* griega la mente se nos escapa cuando mejor creemos poseerla. Certera y directa como una flecha fue tu vida militar. Tortuosa e imprevisible resultó ser tu vida espiritual. ¿Hay un dios que sincronice ambas? ¿Son sólo aparentes las conexiones entre cuerpo y mente: una ilusión creada por los dioses para consolarnos? ¿La realidad es sólo una suma de eventos físicos —monto un caballo, ataco una ciudad, amo a una mujer—? ¿Son los eventos mentales sólo y siempre consecuencias de esos actos materiales? ¿Nos engañamos pensando que es al revés sólo porque, a veces, el estado mental precede por un instante al evento físico, cuando en realidad éste ya ocurrió?

Polibio te ve sufrir porque no resuelves este dilema. Te insinúa que pasarán siglos sin que nadie lo resuelva. Los hombres se atormentarán tratando de separar conciliar o suprimir los dos términos de su cruel disyuntiva: éste es mi cuerpo, éste es mi espíritu. ¿Somos puro evento físico? ¿Somos puro evento mental? ¿Ambos son una sola cosa? Ante Numancia, Escipión se presentó como un hombre íntegro, en paz consigo mismo. Un *cives* romano. Pero algo lo traicionó. Juego, perversidad, genio, imaginación: duplicó a Numancia para evitar, acaso, la duplicación de sí mismo. Ser íntegramente el general decisivo y eficaz que demostró ser.

Te das cuenta de que Polibio imagina lo que ocurre adentro de la ciudad cercada para decírtelo, perversamente, a ti. Perversa, pero también caritativamente. La versión del escritor, sobra decirlo, es la que pasó a la historia. Fue muy hábil. Estableció de una vez por todas en el alba de la historiografía romana, que los textos jamás deben citarse textualmente, sino interpretarse. La historia se inventa. Los hechos se imaginan. Sin la ficción, ni tú ni ustedes sabrán qué cosa ocurrió en Numancia. La imaginación insatisfecha es peligrosa y terrible. Conduce directamente al mal. Sólo dañamos a los demás cuando somos incapaces de imaginarlos. Por eso lloraste un día ante Cartago incendiada. Polibio quiso salvarte dándote la imaginación de tu victoria. Créelo. Esto es lo que pasó. Acabas de leerlo. Tus víctimas fueron de carne y hueso. No luchaste contra los dobles, los espectros de Numancia.

Fracasaste.

Como duplicaste a la ciudad, te duplicaste a ti mismo.

Viviste cinco años más, pero ya nunca fuiste ni el poeta que pudiste ser, ni el guerrero que fuiste. Algo te disminuyó. ¿Perdiste para siempre la unidad de tu cuerpo y de tu espíritu ante las dos Numancias? En una de ellas, espacio desolado, tiempo invisible, no ocurrió nada. En cambio, dentro de la ciudad, ocurrieron el sacrificio, la locura y la muerte. Al cabo, el segundo espacio sólo sirvió para que lo atravesaran, mudos y salvajes, los sobrevivientes de Numancia. El desfile de los defensores vencidos, transformados en animales. Debe ser terrible ver una abstención tuya convertida en degradación y muerte. Pues tu presencia ante Numancia, Cornelio Escipión Emiliano, fue en verdad una ausencia. Nunca peleaste. No hiciste nada. Y al caer Numancia, viste la atroz presencia de lo que era una ausencia.

Con razón te agotaste, vencedor de Cartago y Numancia. Con razón ya nunca viviste en paz.

YO me pregunto, recordando la hazaña de Numancia, qué cosa sería el perímetro que le inventé a la ciudad sin Numancia, su doble, en frente. ¿Un corral, un prado, un cortijo, pacíficos y ordinarios? ¿Por qué escogemos un lugar y le damos nombre en la historia? Me retiro vencido por mi triunfo. No soporto su peso. Busco nuevas sa-

lidas para mi energía. En las campañas contra
Cartago y Numancia, conocí a muchos soldados
simples que ocupaban tierras a título precario. No
eran grandes propietarios; pero la reforma agraria
radical promovida por mis primos, los turbulen-
tos hermanos Graco, despojó por igual a los lati-
fundistas y a los pequeños asentados sin título. Yo
me convertí en su defensor. Me gané muchos enemigos, más invisibles que el espectro de Numancia. Pero mi actividad externa, una vez más, no
apaciguó mi propia turbulencia interna.

Paso horas enteras sentado en mi curul frente
al naranjo de mi patio en Roma. Está a punto de
dar fruto y quiero ser el primero en verlo florecer.
Del naranjo haré mi interlocutor en estas horas del
ocaso. He dejado de afeitarme; sólo puedo pensar
si acaricio mi cuello lleno de cerdas. Me obsesiona
el problema de la dualidad. Invento una teoría de
la dualidad geométrica. Si es cierto que dos líneas
cualesquiera definen, en su intersección, un punto, y dos puntos cualesquiera determinan una línea, se sigue que cuando todos los puntos tocan
una elipse, se agotan, su unidad se concentra e inmediatamente exige la protección de un doble que
ampare y prolongue la unidad. De donde se sigue
que toda unidad, una vez obtenida, reclama una
dualidad para prolongarse, para mantenerse.

Creo haber resuelto el problema de Numancia y como la tarde cae y siento frío, me arropo en
mi negro capote español, el que usé ante la ciudad
sitiada. Entro a mi recámara. Corro las cortinas
pero apenas me recuesto en mi cama me distrae el

ruido de los ratones. ¿Cómo combatirlos? No es éste mi problema. No me distraigan e irriten con cacerías de ratones. Lo que yo me pregunto es si todo en el universo tiene un doble exacto. Es posible. Mas ahora sé que aunque esto sea cierto, también es peligroso. Dos dobles mirándose de frente uno al otro, se aniquilarían sin levantar un dedo. La liberación de dos fuerzas idénticas las destruiría a ambas. Tal es la ley elemental de la física. En Numancia, le di a los dobles inevitables, generados por el encuentro geométrico de mi fuerza y la de Numancia, la oportunidad de verse sólo por un minuto en la historia. La malicia de mi estrategia consistió en hacerle creer a la primera Numancia que al mirar afuera de sus murallas veía una segunda Numancia. La primera Numancia estaba dispuesta a perder la vida en el choque con la segunda Numancia. Mas como ésta no existía, esperó en vano y se mató a sí misma. Mi estrategia consistió en convertir a Numancia en su propia enemiga.

Me digo que mi tiempo fue el de una premura pausada. Acaso no hay regla mejor para un comandante de campo. Actué en el instante en que mi fuerza, encarnando el doble de Numancia, la destruyó a ella pero no a mí. Hallé el punto exacto de la tierra en el que una fuerza, disfrazada de Nada, destruyó la fuerza antagónica que era el doble real de una ausencia trazada por mi genio militar. Así se combinaron las dos proposiciones, la geométrica y la física, en una acción puramente bélica. La intersección *geométrica* exigía un doble para mantener la unidad. Pero la gravedad *física* niega la presencia de dos fuerzas idénticas mirándose cara a cara. Engañé a la geometría, que es cosa mental, y a la física, que es asunto material. Demostré que en toda circunstancia de la vida humana, LA NADA ES POSIBLE.

Con razón fui recibido en Triunfo a mi regreso. Pero entonces había luz. Ahora la tarde penetra difícilmente hasta mi alcoba. Gloria, gloria al vencedor de Cartago y Numancia. Dos veces gloria. Escucho el ruido. ¿Son los ratones? ¿Son los pasos de los que me recibieron en triunfo? Oigo pasos. Me acaricio el cuello. Recuerdo que, siendo muchacho, discutí con Polibio y los otros amigos del círculo escipiónico la naturaleza de la inmortalidad. Qué curioso: ese debate surgió porque los hermanos Graco hablaban de igualdad. Entonces nos preguntamos, ¿puede haber igualdad si no hay inmortalidad? ¿Sólo la muerte nos iguala? No, opinó Polibio, la inmortalidad misma puede ser selectiva. Sólo los espíritus selectos ascienden a los cielos y conocen a Dios.

—¿Te repugna esta idea? ¿No crees por lo menos que la inmortalidad la da la fama? ¿Aceptas la fama pero exiges también la igualdad?

—Sirve bien a tu patria, Escipión Emiliano. Emplea bien el verbo que es el don de los dioses a los hombres. Tú naciste para honrar a Roma, asegurar su poder mediante las armas y su moral mediante la palabra.

Igualdad, inmortalidad. Escucho los pasos. La cortina es violentamente apartada. Me acaricio las cerdas del cuello. Una sola cerda larga, fría, dura, entra por mi cuello y pienso en España al morir.

TÚ eres soñado. Muerto, has llegado hasta la mansión celestial y allí te ves otra vez de dieciocho años, cuando Polibio llegó con esclavitud y libros a la casa de tu familia adoptiva y empezó a hacerte digno de ella. Tú te sueñas a ti mismo cuando eras joven. Quieres que ésta sea tu imagen para la inmortalidad: un muchacho de dieciocho años que va a proponerse la mezcla perfecta del estadista y el filósofo. Dios te recibe y te alaba. Te dice que tu nombre, primero simple herencia, va a ser tuyo por derecho propio. Incendiarás y arrasarás a Cartago. Sitiarás y vencerás a Numancia.

—Dos destrucciones —le dices a Dios—. ¿Ése será mi monumento: la muerte?

Dios no te contesta, pero te ofrece la visión renovada de Numancia: ¿Qué ocurrió realmente en la ciudad sitiada? Numancia fue aislada. Casi nadie sobrevivió. Ves de nuevo salir a los sobrevivientes. No sólo parecían animales. Eran animales. Jamás volvieron a hablar. Quién sabe qué hicieron con sus mujeres y sus hijos. Ellos ya no querían recordar nada. Sólo se entendieron, de allí en adelante, con los buitres y las fieras del monte. Eran animales. Jamás volvieron a hablar.

Tú oyes estas palabras que te hablan del fin de la palabra y vuelves súbitamente a la vida, tu rostro se ilumina, sabes a los dieciocho años, joven, lo que no supiste viejo, a los cincuenta y siete, al morir. Te preguntas cuál será el monumento a tu gloria, Cornelio Escipión Emiliano? ¿Cartago, Numancia? ¿Dos nombres sepultados en el fuego y el hambre? ¿Dos monumentos a la muerte? Ves otra vez la ruina de Numancia: la azotan las tempestades, la quema el sol, la hiela el invierno. El tiempo, el clima, añaden a su ruina, los elementos poseen un pasaje destructivo, arruinan a la ruina. ¿Qué es, sin embargo, eso que brilla en el corazón de Numancia? Apenas lo distingues. ¿Olla de barro, máscara de bronce, toro de piedra, planta, árbol, naranjo... naranjo? ¿Otro igual al tuyo, en el centro de la ciudad que destruiste? ¿Es una ilusión, has imaginado tu propio naranjo en el centro ceniciento de Numancia?

Abres los ojos para verte soñado.

No: sólo has dicho una palabra, antigua, desconocida, árabe, *naranjo*. Los sobrevivientes salieron de los muros de Numancia y ya no pudieron hablar. Salvándose, habían muerto. Eran animales, sin palabra. Ésa fue su derrota, su muerte. Y tú, Escipión Emiliano, no sabes, ahora que has muerto, lo que ya sabías cuando eras un muchacho ilusionado por el porvenir de tu vida. ¿No ibas a ser tú quien conciliase, armonizase, dándole razones al sentimiento que traducía tu fuerza animal, el poder de tu cuerpo: Honrar a Roma? ¿Y cómo te proponías hacerlo, sino mediante la palabra? ¿No es ésta tu más profunda razón de vida, joven Escipión, viejo Escipión, difunto Escipión? Emplea bien el verbo, que es el don de los dioses y de los hombres. Llega a la poesía por la palabra pública. Convierte tu vida en épica. Canta a Numancia, devuélvele la vida con la palabra. Pues lo que destruye a la cosa material, construye a la obra de arte: la luz, el viento, las estaciones, el paso del tiempo. Salva a la piedra de la piedra y hazla palabra, Escipión, a fin de que lo mismo que corroe a la piedra —tempestad, tiempo, sol— le otorgue vida —poesía, palabra, tiempo.

Mueres, pero sabes al fin que serás siempre dueño de la palabra que es fundación de la vida y la muerte en la tierra. Quema allí la tierra, residencia de la palabra y de la muerte. Ha muerto para ti, en cambio, el mundo.

ÉL se soñó siendo soñado. Lo soñó Cicerón, el más grande creador de la palabra latina, setenta y cinco años después de la misteriosa muerte de Cornelio Escipión Emiliano, que ganó para sí el título de su abuelo, Africano, y añadió a su dinastía un nuevo título, Numantino. Cicerón lo honró soñándolo. Soñándose el día de su muerte, pero viéndose a sí mismo como un muchacho que sueña con el cielo y la vida eterna. Tal fue el monumento verbal que Cicerón le levantó al hombre que mejor reunió las cualidades del estadista y el filósofo en la Roma antigua. El monumento de la posteridad al héroe antiguo fue demostrarle desde el dominio divino la composición del universo: Dios le hizo ver las estrellas jamás vistas desde la Tierra; reconoció las cinco esferas concéntricas que mantienen unido el universo: Saturno, astro hambriento; luminoso Júpiter; rojo y terrible Marte; serviciales Venus y Mercurio; Luna de reflejos. El cielo abrazándolo todo, en el centro el Sol como una gran naranja en llamas y debajo de todo, una minúscula esfera y en ella un imperio más reducido aún, sus cicatrices invisibles desde lo alto, sus guerras y conquistas gimiendo con voz de polvo, sus fronteras borradas por olas de sangre...

—¿Qué es ese rumor, tan fuerte y tan dulce, que llena mis oídos?

La fama. No es la fama lo que escucha el héroe desde el cielo. El universo es muy grande. Hay apartadas regiones de la tierra misma donde nadie ha oído el nombre de Escipión. Los diluvios y conflagraciones de la tierra —naturales, humanos— se encargan de acabar con cualquier gloria personal. ¿A quién le importa lo que digan de nosotros quienes aún no nacen? ¿Dijeron algo de nosotros los millones que nos precedieron? ¿Crees que ese rumor es el de la fama, la gloria, la guerra?

—Si no lo es —preguntó el joven Escipión— ¿es el rumor de la reencarnación? ¿Podemos regresar a la tierra un día, transformados? ¿Tiene razón Pitágoras cuando afirma que el alma es una divinidad caída, encarcelada en el cuerpo y condenada a repetir sin fin, circularmente, un ciclo de reencarnaciones?

¡Qué ambición la de los hombres!, se rió Dios en las alturas. Si no tienen gloria ni fama, si no tienen inmortalidad, entonces quieren reencarnar. ¿Por qué no se conforman con vivir en el cielo? ¿Por qué no escuchan la música celestial? Ustedes han perdido la capacidad de escuchar. ¿Creen ustedes que los vastos movimientos de los cielos se efectúan en silencio? El oído se les ha atrofiado a los hombres. Demasiado preocupados por lo que de ellos se dice, han dejado de escuchar el movimiento de los cielos. Mira hacia arriba, Escipión Emiliano: aprende ahora a mirar y oír lejos y fuera de ti para que llegues por fin a ti mismo. Abandona la gloria, la fama y el triunfo militar. Mira hacia arriba. Eres algo más que lo mejor que creíste ser. ERES DIOS. Tienes lo que yo tengo. Vivacidad alerta, sensación y memoria, previsión también, la palabra y el poder divino de gobernar y dirigir tu cuerpo que es tu criado, de la misma manera en que Dios dirige el universo. Domina tu débil cuerpo con la fuerza de tu alma inmortal.

Y él, Cornelio Escipión Emiliano, escuchó entonces la música de las esferas.

NOSOTROS vimos la caída de Cartago y la destrucción de Numancia. Fueron visiones gloriosas. Pero sólo aplazaron nuestra propia derrota.

USTEDES recordarán esta historia. Lo demás, se lo dejo a los anticuarios.

Valdemorillo-Formentor, verano de 1992

LOS ESCIPIONES

NEO CORNELIO ESCIPIÓN
(M. 211)

PUBLIO CORNELIO ESCIPIÓN = POMPONIA
(M. 211)

PUBLIO ESCIPIÓN "EL AFRICANO" MAYOR = EMILIA
(235-183 A.C.)

PUBLIO ESCIPIÓN NÁSICA = CORNELIA I   LUCIO ESCIPIÓN   PUBLIO ESCIPIÓN   CORNELIA = TIBERIO GRACO
                                                                                            (180-110 A.C.)

PUBLIO ESCIPIÓN NÁSICA

PUBLIO CORNELIO
ESCIPIÓN EMILIANO
"EL AFRICANO" MENOR
Y EL NUMANTINO
(189-129 A.C.)

SEMPRONIA = PUBLIO CORNELIO   TIBERIO GRACO   CAYO GRACO
                                (162-133 A.C.)   (154-121 A.C.)

Notas

1) NOTA GENEALÓGICA: Los hermanos Publio Cornelio Escipión y Neo Cornelio Escipión combatieron contra Aníbal en España y allí perecieron en el año 212 A.C. Con su mujer Pomponia, Publio Cornelio había tenido un hijo, Publio Escipión, llamado El Africano por haber vencido a los cartagineses durante la Segunda Guerra Púnica (batalla de Zama, 202 A.C.) Con su mujer Emilia, Escipión el Africano tuvo cuatro hijos: Cornelia, Publio Escipión Násica (cónsul en 162 A.C.), Lucio Escipión (pretor en 174 A.C.) y Publio Escipión, cuya mala salud le impidió seguir una carrera política. En cambio, adoptó al hijo menor de Lucio Emilio Paulo y de su mujer Papiria, divorciados poco después del nacimiento del niño, nuestro protagonista, ocurrido en 185 o 184 A.C., quien ingresó a la familia de los Escipiones con el nombre de Publio Cornelio Escipión Emiliano. Su hermano mayor, Quinto Fabio Máximo Emiliano, fue adoptado por otra familia. Escipión Emiliano capturó y destruyó Cartago en 146 A.C. y venció a Numancia en 133 A.C. Estos dos triunfos le valieron los títulos "Africano" y "Numantino". De suerte que hay dos Escipiones Africanos: el Mayor, abuelo adoptivo del Menor. La hermana de su padre adoptivo, Cornelia, fue la madre de los hermanos Graco, protagonistas de las reformas sociales del año 133 A.C., a las cuales se opuso su primo Escipión Emiliano, muerto en 129 A.C. en circunstancias misteriosas. El rumor la atribuyó a un asesinato perpetrado por los seguidores de los Graco. Estuvo casado con Sempronia, prima suya, hija de Cornelia y hermana de los Graco. ¿Tuvo descendencia?

2) NOTA BIBLIOGRÁFICA: Mis principales lecturas acerca de la vida de Escipión Emiliano y el sitio de Numancia han sido:

APIANO: *Ibérica*, libro sexto de su *Historia de Roma;*

POLIBIO: *Historias;*

CICERÓN: *El sueño de Escipión en su República;*

y, naturalmente, *El cerco de Numancia,* de Miguel de Cervantes.

Apolo y las putas

A Carlos Payán
y a Federico Reyes Heroles,
compañeros de un viaje inocente

Et le temps m'engloutit minute par minute...
Baudelaire, *Le goût du néant*

But one man loved the pilgrim in you,
And loved the sorrows of your changing face...
W. B. Yeats, *When You Are Old*

17,45

Cuando el DC9 de Delta inicia el descenso al aeropuerto de Acapulco, las instrucciones son anunciadas con una voz tan serena y amable que resulta hipócrita. ¿Por qué no nos dicen: ésta es la parte más peligrosa del viaje: aterrizar? Arriba nunca hay accidentes. A menos que la creciente congestión acabe por multiplicar las colisiones. Soy californiano y sé que el gobernador Ronald Reagan acabó con la ayuda para los enfermos mentales, que terminaron en las cárceles, igual que en la Edad Media. También devastó al sindicato de reguladores del aire. Quizá volvamos a viajar en carabela, mientras los aviones chocan entre sí en las alturas.

Lo peligroso es despegar y aterrizar. Pero por una vez, yo quisiera que el avión descendiera en picada, desmintiendo a la voz meliflua que nos solicita, acariciándonos como un guante, no fumen, abrochen los cinturones, enderecen sus asientos, mientras yo deseo un drama que por un instante me devuelva a la celebridad y grite desde las ocho columnas de todos los diarios: *Famosa estrella de Hollywood muere en accidente fatal sobre la bahía de Acapulco.*

En vez, la bahía misma, como si me tuviera compasión y ni siquiera pudiera reírse de mí, me devuelve la imagen de tarjeta postal de su atardecer. Lo malo es que esta gloria de oros desparramados, este licuado de naranja, limón y uva, es idéntico al crepúsculo inmutable que se encuentra listo en un foro de la Universal, para siempre dispuesto a ser crepúsculo y servir de telón de fondo a un duelo, una serenata o un beso final. Prefiero dormitar, sabiendo que regresará a mí el sueño insistente de los últimos meses: Alguien pone una máscara sobre mi rostro inmóvil y una voz femenina me susurra al oído: Éste es el rostro de tu belleza ideal.

18,30

Todos los aviones huelen igual. Plástico, desinfectante, metal, aire enrarecido, cocina recalentada, microbios reciclados. Aire entubado. Debe haber una fábrica invisible pero multimillonaria que se dedica a fabricar aire de avión y lo vende enlatado a todas las compañías. Pero ahora yo soy el primero en detenerse ante la puerta cerrada del aparato inmóvil, esperando escapar como un conejo de un molinillo de laboratorio, con todo mi equipaje en la mano —un maletín tamaño cabina con las pocas camisas, calzoncillos, alpargatas y equipo higiénico que necesito; un maletín cómodo que siempre llevo conmigo, con dos bolsillos exteriores para clavar descuidadamente en ellos el ejemplar de *Los Angeles Times*, los billetes de avión y el pasaporte, el libro de poemas de Yeats. El primero anuncia, para alivio del mundo, la derrota del mequetrefe Bush en la elección presidencial; los billetes, un ida y vuelta en primera clase LAX-ACA-LAX; el pasaporte, un nombre, Vincente Valera, nacido en Dublín, Irlanda, el 11 de septiembre de 1937, naturalizado norteamericano a los siete años de edad, pelo negro, cejas pobladas, 5,10 pies de estatura, 150 libras de peso, señas particulares ninguna. En caso de muerte notifíquese a Cindy Valera, 1321 Pico Boulevard, Los Ángeles, Ca. Y el poema subrayado dice: "Sueña la suave mirada que un día tuvieron tus ojos, sueña con sus profundas sombras..."

Se abre la puerta y soy el primero en recibir la bocanada de aire ardiente, el contraste con el aire frío pero estancado del aparato. El aire apesadumbrado de la cabina, un aire que parece estar de duelo. El golpe de un fogón en el rostro me recibe en Acapulco al bajar por la escalerilla, un aire ardiente pero vivo, que huele a manglar, a plátano descompuesto, a alquitrán derretido. Todo lo que el interior de la nave niega, aísla, vuelve aséptico. Pero este contraste de temperaturas, cuando tomo instintivamente la pasarela de metal de la escalerilla para no tropezar, me trae otro recuerdo que quisiera evitar. Mi mano ardiente cuando recibí el Óscar como el mejor actor del año. Mi mano ardiente y el muñequito helado, como si me entregaran una estatuilla de hielo inderretible.

Desde esa noche de los óscares, mi mano tiene miedo del frío, busca el calor, el tacto, el escondrijo húmedo y ardiente. Es natural que esta tarde esté aquí, en el trópico, ansioso de contacto con todo lo que quema.

19,40

Al registrarme en el hotel, pido para mañana un queche para salir a pescar. El recepcionista me pregunta si lo manejaré solo y le contesto que sí. ¿A qué hora? No sé, a partir de las seis de la mañana está bien, lo importante es que tengan un queche, y si no un balandro, o un yol. El recepcionista es un hombrecillo moreno, de corta estatura y facciones casi orientales. Parece polveado con café pero los pómulos le brillan altos y en sus ojillos achinados hay una punta de incertidumbre acerca de su propia máscara. ¿Deberá ser vilmente obsequioso, o abyectamente burlón? El bigotillo fino como patas de mosca lo delata. La guayabera blanca, almidonada, esconde, sin embargo, un torso que adivino fuerte, musculoso, acostumbrado a nadar. Quizás es un ex clavadista de La Quebrada. Uno no acostumbra asociar a un hombre atado a una mesa de recepción con aventuras en alta mar. Lo vence una parte escondida de su naturaleza. Sí, hay un queche, me dice melifluo, pero se llama "Las Dos Américas".

—¿Y a mí qué?

—Es que muchos norteamericanos se molestan.

—Me da igual cómo se nombre.

—Se irritan de saber que hay más de una América.

—Con tal de que no se hunda —traté de sonreír, amable.

—No son ustedes los únicos americanos, ¿sabe? Todos en este continente somos americanos.

—Mire, deme mi llave. Tiene razón.

—Los Estados Unidos de América. Eso es una burla. Ni son los únicos estados unidos, ni son los únicos americanos...

—Si me da la llave, por favor...

—"Los Estados Unidos de América" no es un nombre, es una descripción, y una falsa descripción... Una burla.

—La llave —le dije, tomándolo con violencia de los hombros.

—Hay dos Américas, la de ustedes y la nuestra —balbuceó—. ¿Le cargamos sus maletas?

Mostré mi petaquilla de cabina y sonreí.

—Perdone. No me vaya usted a acusar —es lo último que dijo.

"Es más fuerte que yo", le escuché decir, como un estribillo suspendido en el calor del vestíbulo, mientras me alejé con la llave en una mano y el maletín en la otra.

20,00

Estoy metido hasta el cuello en una piscina iluminada y más cuajada de gardenias que una funeraria. Estuve tentado de pedirle a la recepción, sáquenme las gardenias de la piscina, pero la idea de tener otro contacto con el hombrecillo de la guayabera me hizo desistir. Además, qué demonios, la recamarera que me tendió la cama (regándola, naturalmente, de pétalos de gardenia) se quedó mirando un buen rato la piscina iluminada y las flores. Tenía las toallas abrazadas contra su delantal color de rosa y su mirada era tan melancólica, tan ensimismada, que me pareció una traición personal pedir que me quitaran lo que a ella, seguramente, le encantaba.

—¿No tienes flores en tu casa? —le pregunté.

Era una muchachita india, lacia, un poco perdida en el laberinto del hotel. Me contestó en un idioma indígena, excusándose. Me dio la espalda y se fue apresuradamente al baño a colocar las toallas. Luego escuché cómo cerraba suavemente la puerta de la habitación. Para entonces yo ya estaba metido en el agua, con la barbilla apoyada en el borde de la alberca y el libro de poemas mojándose en las orillas por el movimiento inevitable de mi cuerpo dentro de la piscina iluminada. Me turbó leer la continuación del poema de Yeats. "*¿Cuántos amaron tus momentos de alegre gracia, y amaron tu belleza con amor cierto o falaz?...*" Preferí mirar las luces nocturnas de Acapulco, que tan hábilmente disfrazan la doble fealdad de este sitio. El frente de rascacielos en la playa oculta la pobreza de los barrios populares. La noche oculta a ambos, regresándolo todo al firmamento, las estrellas y el principio del mundo. ¿Quién soy yo para hablar?, soñando todas las noches que me ponen una máscara en el rostro y me dicen: Ésta es tu belleza ideal. Nunca serás más guapo que esta noche. ¿Nunca más?

20,30

Salí desnudo de la piscina y me arrojé sobre la cama de sábanas color de rosa. Allí me quedé dormido pero esta vez no soñé que una mujer se acercaba a ponerme una máscara. Mi sueño, por desgracia, fue mucho más realista, más biográfico. Subía una y otra vez a un estrado. Como un conejillo de Indias en su molinillo de laboratorio. Un sueño puede ser una escalera sin fin, nada más. En el estrado me esperaban Dos Sonrisas. No eran Rostros. Eran Dientes. Me sonreían y felicitaban. Me entregaban la estatuilla dorada. El Óscar. No sé qué dije. Lo de siempre. Le di las gracias a todo el mundo, desde mi primera novia hasta mi perro. Se me olvidaron el farmacista, el gerente de mi banco y el tipo que me vendió un Porsche usado y no me estafó. La vieja máquina alemana sigue dominando las autopistas de California y si no estuviera esta noche en Acapulco, es posible que ustedes me encontrarían buscando respuestas imposibles a ciento veinte millas por hora rumbo al Valle de San Fernando y un accidente, físico o sexual. Es decir, un encuentro que valga la pena. En vez, vine a Acapulco huyendo de un sueño y le doy órdenes telefónicas a la gerencia para que mañana me tengan listo un queche que pueda manejar yo solo. El recepcionista no me inspiró mucha confianza. ¿Quiero equipo para pescar? Les digo que sí, aunque no sea cierto, para que todo parezca normal. Claro, equipo de pesca. Mañana a las seis de la mañana salgo a pescar. A eso vine. Mi queche estará listo en el embarcadero del Club de Yates. Se llama "Las Dos Américas". Todo debe parecer normal.

22,05

Voy manejando el jeep color de rosa por la carretera de la montaña. No se puede usted perder, me dijo el parqueador del hotel, no hay nada hasta llegar a las luces de la discoteca, *you can't miss it*. Ese hombre no sabe que la noche está más poblada que el día, es más visual que el sol, porque la noche es como una gigantesca pantalla cinemascope en la que uno puede proyectar lo que se le ocurra.

Yo combato la poderosa respiración del trópico, que de noche se vuelve más borracha y más loca a medida que el resto del mundo se apacigua. Apolo y su carroza de luces se han hundido en el mar. El motor del jeep no alcanza a silenciar a las cigarras, las ranas, las luciérnagas, los mosquitos. Distingo otras luces en la montaña, que no son eléctricas, sino ojos con color de esmeralda, plata y sangre. Tigrillos, coyotes, animales solitarios como yo, añorando un poco de compañía, como yo.

Acelero y proyecto sobre la pantalla de mi noche mental, gracias al auxilio intermediario de mi retrovisor, la película que me valió el Óscar, el primer premio de la Academia dado a un actor norteamericano en una película extranjera. Venzo la oscuridad con las imágenes inolvidables de la última obra de Leonello Padovani, que yo tuve el honor de protagonizar. Y lo extraordinario es que la imágenes de la película que yo convoco como algo luminoso son imágenes de la noche y de la niebla.

Todo ocurre de noche o en días nublados en el norte de Italia. Un hombre pobre no aguanta más a su mujer hacendosa y buena. No sabe qué hacer, pero está convencido de que debe cortar con su vida rutinaria y exponerse al azar. Abandona a su mujer una noche de invierno. Pero se lleva lo único que realmente quiere en su casa: su hijita de nueve años. No se lleva ropa, ni dinero. Sólo se lleva a la niña. Pero con ella, sin quererlo, se lleva un pasado y una costumbre. La niña lo sigue naturalmente, como si cualquier decisión que la afectara no fuera ni buena ni mala, sino natural. Sobre todo si quien la toma es el padre. Él quisiera que ella entendiera que él se la ha llevado porque la quiere. Él no entiende que se puede querer naturalmente, con obediencia. Para él, el amor es cuestión de voluntad. Confunde el querer del corazón con el querer de la cabeza. La niña no. Ella quiere y obedece a su padre sin forzarse.

Los dos vagan durante varios días por ese paisaje de bruma y frío, sin rumbo, atenidos a la caridad pero sometidos a la incapacidad del padre para darle a la niña las razones de su fuga y también de su amor. ¿Qué piensa ella? ¿Abandonará a su padre? ¿O seguirá con él hasta el final? ¿Qué es la soledad? ¿La ausencia de compañía, o un abandono compartido? Padovani no da respuesta. El espectador debe darla.

Yo sentí que por única vez en mi vida mi actuación estaba en manos de un artista. Sentí que la película se iba descubriendo a sí misma a medida que él, debilitado, doliente y al cabo, moribundo, la filmaba. La diferencia entre el teatro y el cine es que éste se hace de una manera quebrada y sin continuidad. Padovani logró convertir este procedimiento técnico en creación artística. La obligada manera técnica de filmar —el final al principio, el principio al final— él la convirtió en una manera de buscar la película. Además, en cada pausa entre escena y escena, en cada repetición de toma, en cada protección y hasta en cada pausa para tomar café, me obligó a buscarme a mí. No se trataba de memorizar líneas y decir mañana me toca de tal a tal página. Se trataba de buscarme como actor y como hombre y descubrí que esto era un personaje: alguien que *es* y que *representa* al mismo tiempo.

Tengo en mi mano la mano cálida de la niña que era mi público, libre para decidir si me abandonaba o seguía conmigo.

Luego tuve en mi mano la estatuilla del Óscar y ésta era helada.

Un poco más tarde

Estoy bailando solo en medio de mil personas que atascan la pista de la discoteca fantástica, suspendida sobre la bahía de Acapulco como un jardín de Babilonia en una de esas extravagancias que hicieron famoso a Cecil B. De Mille. No he visto nada igual, porque las discotecas europeas y americanas por lo común están encerradas, rodeadas de cemento y gasolina. Aíslan totalmente; pero pueden convertirse en trampas mortales. Aquí, en cambio, la discoteca se vuela sobre el mar, es una burbuja de cristal con un techo de estrellas que se continúan en el firmamento real del Pacífico.

No estoy bailando con nadie y a nadie le importa mi soledad. La mayoría tiene entre los diecisiete y los veinticinco años. Yo ya cumplí los cincuenta y cinco. Ya no tengo complejos. Bailo solo, sin una conciencia activa, con los ojos cerrados, sonriente, descontento de no tener hijos quinceañeros que me hagan el favor de identificar la música que escucho y bailo. En cambio, me siento ruborosamente satisfecho cuando una musiquilla de mi propia juventud, *Michelle* de los Beatles, o *Satisfaction* de los Stones, o *Monday, Monday* de

The Mamas and the Papas, logra colarse en la ina-
gotable cinta de rock, cuya energía va creciendo
desde la pieza que puede bailarse abrazado con alguien, hasta el ritmo ácido que exige el desenfreno
individual, salvaje; el regreso a la tribu, al clan, a
los vínculos más viejos y olvidados de la sangre.

Una imagen de Irlanda, la tierra de mis padres, cruza mis ojos negros. Un valle inundado de
rocío. Una bahía que en realidad es un valle ane-
gado por las catástrofes del tiempo. Y en el centro
una isla blanca a donde se acercan los patos salvajes. Blanco bosque de avellanos, blanco, blanco,
todo ahogado en su propia blancura.

Cierro los ojos para sentir todo esto y cuando
los abro, repentinamente, ya no estoy solo. Mi esposa está bailando conmigo, creada por mi mirada (mi mirada: mi deseo), mirando mi atuendo,
mis zapatillas Gucci, criticándome por no usar
calcetines, yo diciéndole que en Italia nadie usa
calcetines con mocasines en verano, ella que si parezco pobre, ¿cómo?, mis pantalones beige, mi camisa color de rosa que parece (apenas ahora me
doy cuenta) un anuncio del hotel donde estoy alo-
jado y ella diciéndome,

—"Todo lo que sabes lo aprendiste en Italia,
¿verdad?"

—"No, me lo enseñaste tú..."

Lo digo tratando de ser amable, sabiendo que
es una ilusión más de mi parte.

—"Tienes razón. Conmigo hiciste tu carrera
en Hollywood. Era una buena carrera. Me entiendes: quiero decir *buena*. Tenías una personalidad,

un lugar seguro, el público te identificaba. Me entiendes: *Te identificaba.*"

"Hice puras películas de serie B, no me engañes ni te engañes. Fui clasificado como padrote, gángster, el que siempre pierde a la muchacha."

"No te quejes. Besaste a Susan Hayward, a Janet Leigh, a Lizabeth Scott... De repente hasta te acostaste con ellas..."

"Cindy, Italia me sacó de la rutina..."

"¿Me entiendes? El público te identificaba. Eso es lo que cuenta en esta industria."

"Estaba estereotipado, quieres decir."

"¿Te acostaste con Lizabeth Scott?"

"No hice más que ofrecerles el brazo para bajar por una de esas escaleras de mármol. La Universal tenía sus propias ideas fijas sobre las mansiones de los norteamericanos ricos. Escaleras de mármol."

"Siempre te gustaron las rubias".

"Como tú."

"No, las rubias roncas como Lizabeth Scott."

"Les ofrecía el brazo. Podían resbalar."

"Roncas, rubias y con unas cejotas negras muy gruesas, como tú y Lizabeth."

"Usaban tacones muy altos para no parecer enanitas a mi lado. O caminaban un escalón arriba de mí. Las escaleras son indispensables para crear ilusión en el cine. Puros trucos, querida. Igual que los besos. Uno está pensando en el impuesto sobre la renta mientras besa a Lizabeth Scott, tú lo sabes. No te pongas celosa."

"El público quiere saber a qué atenerse, estúpido. El público no quiere verte en dramas realistas, doblado al italiano, sin rasurar, caminando por el lodo a oscuras con una niña de nueve años. El público quiere verte con Susan Hayward, besándola, o golpeándola, o lo que sea, ¡pero con Susan Hayward!"

"Gané el Óscar, Cindy..."

"Perdiste el Óscar, dirás. Nunca volvieron a darte una buena parte. Te volviste demasiado importante para hacer papeles de gángster en películas de la serie B. Nadie te volvió a llamar para una gran película. Pero tienes tu Óscar encima de la chimenea. Guárdatelo. No tendrás más compañía que un muñequito bañado en oro. Yo no nací para vivir con un hombre que fue. Quiero un hombre que *será*."

Yo sospecho que Cindy conocía mejor que yo los diálogos de mis películas, pues los repetía de memoria cuando yo ya los había olvidado. Los introducía sorpresivamente en nuestras conversaciones de la vida real. Yo sabía que un papel cumplido es exactamente igual a un papel de excusado. Se tira y se jala. Y no se mira al fondo de la taza. Ella no. Para ella, esas palabras despreciables y estúpidas ("yo no nací para vivir con un hombre que fue": ¡esa película ni siquiera se filmó, el guión se quedó en el fondo de un cajón, y ella, la muy imbécil, se lo sabe de memoria, lo repite como si fuera algo así como "No duermas más, Macbeth ha asesinado el sueño"!) son parte de su ridículo, desregulado inconsciente. El inconsciente de Cindy es como su menstruación: una sucia sangría incontrolable (salvo por el embarazo y eso, líbreme Dios, nunca lo quise con ella). Pero en algo tiene razón la muy canalla. El Óscar podía ser una maldición, una mascota perversa, un augurio de la mala suerte. Igual que el *Macbeth*, que se supone es una obra lagarta, jettatúrica. En vez, del Óscar, ¿por qué no lo llaman el Macbeth? Me uní a Luise Rainer y a Louise Fletcher, condenadas por el Óscar. Pero yo no me llamo Luis. Luis Nada. Yo me llamo Vince Valera.

Eres un irlandés negro, me dijo Cindy cuando me enamoré de ella. Era platinada e idéntica a todo lo que he visto hoy desde los cielos. Como si yo fuera Apolo y ella el firmamento iluminado y recorrido por mi luz. Cindy igualita al atardecer tropical. Cindy idéntica a la piscina llena de flores. Mi mujer igual a una loma rutilante de luces. Mi amor como una discoteca de cristal. Mi Cindy querida del cielo estrellado. Me amaba tanto que no me dejaba verla. Te llamas Vince Valera. Eres un irlandés negro, es decir, un náufrago. Un descendiente de marineros españoles arrojados a la costa de Irlanda por el desastre de la Armada Invencible. Un hijo de la borrasca y la espuma, un vástago del viento y la roca. Un latino del norte, Vince, moreno con las cejas más negras y pobladas del mundo (dicen que era mi principal característica), tu pelo negro, lustroso, y la perfección de tu cuerpo, Vince, liso como un Apolo, sin vello en el pecho o la piernas, lustroso como un mármol negro o un gladiador antiguo, fuerte como el pectoral de un legionario romano, musculoso como un guerrillero español, pero con más pelo en

las axilas y el pubis que cualquier hombre que yo
haya conocido antes, nunca, las mujeres nos fija-
mos en esas cosas, Vince, el vello te desciende de
los sobacos y te asciende de la verga y nuestros
pelos se confunden al hacer el amor, negro tú y
rubia yo, no seas más que mi amante, Vince, no
beses a nadie más, no te cojas a nadie más, sé sólo
de tu Cindy, cinderella, hazme sentirme de cuento de hadas...

Luego me dijo esto:

"Sólo puedes ser pistolero, padrote, cuando
mucho detective privado, eres parte del cine negro, no dejes de ser el villano oscuro, Vince mi
amor, sé siempre el Apolo maldito de la serie B..."

No la toleré más, abrí los ojos y la tomé de los
brazos, igual que al minúsculo recepcionista de la
guayabera, allí en medio del baile y las luces de colores di rienda suelta a mi violencia viendo cómo,
por más que yo cerrase los ojos, las luces le daban
a Cindy un rostro fluido, ora verde, ora rojo, como si sus celos y su furia no fueran más que descripciones del juego de luces en una discoteca, y le
di varias cachetadas mientras la mujer gritaba y yo
le decía ¡esa película fue mi salvación, me entiendes, esa película me dio un pasado, ya no tengo
más pasado que no sea mi película italiana!, ¡no
me quites la única película que realmente es mía!,
¿no te das cuenta de que sólo una vez fui un sueño de mirada suave, y profundas sombras, y millones de espectadores me amaron, amaron mis
momentos de gracia feliz y amaron mi belleza,
cierta o falaz...?

La mujer gritaba y los capitanes de blazer azul, pantalón y cabelleras blancas, me separaban de la mujer gorda, cincuentona, envuelta en un sarong, choqueada, que juró: Yo estaba bailando sola, yo no tengo complejos, yo vine a divertirme, no es mi culpa ser divorciada, este hombre me ha golpeado, ¡yo sólo me acerqué porque lo vi tan solo como yo! y cuando los capitanes acapulqueños sosegaban al público y abrían botellas de Dom Perignon y organizaban una lambada y la música y las luces cambiaban rápidamente, yo era conducido con firmeza fuera del lugar, a la noche, a mi jeep y mis excusas murmuradas, primero para estos pobres diablos que no las merecían, enseguida para mí mismo, perdonen, perdónate, cualquier pregunta me vuelve loco: no ven que yo no sé nada sobre mí mismo, si alguien me pregunta por qué soy esto o hago aquello, por qué ya no soy ni hago, me enfurezco, les pego a los periodistas, les rompo las cámaras. No saben que tengo un pasado y que me lo dio una sola película. Insisten en darme un futuro y reclamarme porque no lo busco. No tengo derecho a ser lo que fui. Eso es en Hollywood el peor pecado, haber sido, *a has been*, como Gertrudis la Dinosauria o el Pájaro Dodó o el Ford Edsel, una figura de risa, un maniquí de cera. Sólo les importa lo que será, la promesa, el siguiente proyecto, el negocio necesario para que la siguiente película se haga.

¿Dónde está mi película italiana?

Ellos tienen razón. Está en las cinetecas. Si bien le va, está en una videocassette de escasa ven-

ta. Película europea clásica en blanco y negro.
Ganga: $5,45. Menos que la entrada a un cine le-
gítimo. Cindy tiene razón.

—Este lugar es un estuchito de joyas, un jodido estuchito de jodidas joyas.

Después de la media noche

El *Maggie's*, junto a la playa de la Condesa, es
un pedacito de Inglaterra fuera de Inglaterra. La
bandera británica, el *Union Jack*, lo decora todo,
desde la entrada que anuncia:

¡BRITÁNICOS!

¡ÉSTE ES SU HOGAR LEJOS DEL HOGAR!

Hasta los manteles, las servilletas y los tarros
de cerveza, aunque éstos, además, tienen las efi-
gies pintadas de Carlos y Diana. Estoy sentado en
la barra y el cantinero me explica que con tanto
dinero en Europa, hasta los empleados bancarios
pueden tomar un *charter* y venirse a pasar una se-
mana a Acapulco.

Se les nota. Tienen la palidez de la crema de
Devon derritiéndose sobre un bizcocho. Yo recuerdo cuando filmé en Londres que apenas aso-
ma el primer rayo de sol en mayo, los empleados
salen de los bancos arremangándose los pantalones para que el sol les queme las pantorrillas flacas
y pálidas que durante los pasados meses no han
conocido la luz. Londres es un lago de sombras;
oscuridad de las calles, los apartamentos, las oficinas, las estaciones de tren, los túneles del metro,

las arcadas comerciales... El sol de Acapulco debe parecerles un milagro, una blasfemia y una tentación. Algunas muchachas que beben en el *Maggie's* ni siquiera han tenido tiempo de cambiarse la ropa oscura con la que despachan diariamente en el banco *Barclays* o en *Marks & Spencer*.

El barman me mira sin saber de dónde soy y como me ve moreno se muestra sospechosamente animado.

—¿Cuántos mexicanos habemos aquí? Uno, dos... con usted ya somos cinco.

Dice que ojalá se junten siete mexicanos en el Bar *Maggie's*, sus siete enanos, dice. Me sirve una margarita desanimada, luego un bellini agrio y me confiesa (yo bebo, pero él se emborracha) que el sueño erótico de su niñez fue la película *Blanca Nieves y los siete enanos* de Walt Disney. Bueno, me guiña, más que erótico, fue una fantasía sadoerótica. Dice que él se imaginaba como Blanca Nieves —se ríe insinuante— esperando que los enanitos la maltrataran. Todos esos cinturones de cuero, esas botas, esos clavos y martillos, ¡qué ganas de pedirle a toda esa gente menuda, crucifíquenme chaparros, o vamos jugando al San Sebastián, zas!

Sonreí y le dije que lo bueno de *Blanca Nieves* es que podemos hablar de esa película sin revelar nuestra edad, porque la vuelven a exhibir cada dos o tres años. El cantinero no entendió lo que le dije pero se molestó porque se lo dije en inglés y le eché a perder su aritmética nacional.

Salí a caminar por la Costera invadida de bares, restaurantes polinesios, expendios de ham-

burguesa, Kentucky Frieds y Tastee-Freeze. En el
tercer mundo, deben creer que el coronel San-
ders es un héroe de la guerra civil norteamericana: su cara redonda, blanca y barbada, sus bené-
volos espejuelos, son más visibles en estos parajes
que el Divino Rostro de Jesucristo. ¡Más Coronel que Salvador!, me digo un poco borracho ya
por la mescolanza que me sirvió el cantinero sa-
domasochovinista del *Maggie's*. Entro un minuto
al *Carlos'n Charlies*. Está decorado con carteles
de películas viejas y en una de ellas encuentro mi
nombre, chiquitito, muy abajo en el orden de los
créditos. Éste sí que no es ningún cuento de hadas. Esto sí que te envejece, cantinero. Tengo
cincuenta y cinco años y me hace mucha falta un
cuento de hadas. En cambio, recibo un vaso de
tequila tibio y pienso en un Óscar helado.

1,22

El niño sentado a mi lado en el jeep me
guió hasta la huerta iluminada por faroles chinos y me tendió la mano cuando bajamos. Sólo
entonces me di cuenta de que mi pequeño guía
se parecía a mí, era cejudo y lampiño, con facciones muy marcadas a pesar de sus diez o doce
años de edad (es difícil adivinar edades en el trópico; hay madres de doce años y abuelas de
treinta, ancianos sin canas y muchachos sin
dientes). En el caso de mi compañerito, los restos de su blandura infantil habían sido rebana-

dos hace rato por un calendario con hojas de navaja. En los ojos de ese chiquilín acapulqueño, el tiempo pasaba sin respetar la niñez ni la vejez ni edad alguna.

Vi en esos ojos negros un tiempo sin consideraciones para la individualidad. Es un miedo que siento a veces, cuando escapo de mi propia singularidad más o menos protegida, construida, creo yo, con esmero y paciencia, y me enfrento a una humanidad sin amparo, en la que las circunstancias ni distinguen ni respetan a nadie. Por eso disfruté tanto ser dirigido por Leonello Padovani. En mi papel, encontré el justo equilibrio, la calidad exacta entre este desamparo mexicano que tanto temo y la excesiva protección norteamericana que tanto desprecio. Era posible ser uno con los demás, un yo con sus nos-otros. Eso supe entonces y no quiero perderlo. Cindy no lo entiende. Asocia el éxito con la protección; los latinoamericanos lo asocian con la desgracia. En Europa, era posible ser otra cosa, algo así como un sujeto colectivo, una intimidad compartida.

El niño me guía hasta la casa de putas donde le pedí que me trajera; este niño, ¿cuántas toneladas de desodorante, refrigeradores repletos de comida congelada, cereales con fibra, jacuzzis, Porsches y sistemas VHS necesitará para protegerse del destino desamparado, sin agarraderas individuales, que ya está en su mirada? Si pudiera raptarlo, viviendo en la vida real mi personaje de la pantalla, llevarlo de la mano a los caminos del puro azar, la libertad, el encuentro... Como están las cosas, va a necesitar mucho más que los diez dólares que le regalé a la entrada del congal llamado *El Cuento de Hadas*.

Enseguida

La palapa es como la catedral gótica del trópico. Todo puede organizarse bajo la gran sombrilla protectora de palmeras secas y empolvadas: amparo contra el sol, refugio de la noche, espacio subvertible, la palapa del *Cuento de Hadas* es un círculo perfecto de humanidad desbordada (hombres solamente) alrededor de una pista donde las muchachas de quince a veinte años bailan, con los pechos al aire y a veces sólo una tanga cubriéndoles el sexo. A veces menos: lo que los cariocas llaman un *filo dental*. A veces nada. Y a veces, cuando mucho, un coqueto mantoncito de Manila amarrado a las caderas cuando sirven las bebidas al gentío de hombres jóvenes.

Pocos turistas. Casi todos los clientes parecen acapulqueños. Los he visto desde que llegué al aeropuerto. Ya casi son como viejos amigos. Los vi manejando camiones y taxis, cargando maletas, asomados a las puertas de las farmacias o a los balcones de los consultorios de enfermedades venéreas. Los vi en los despachos de bancos y hoteles. Debo hacer el esfuerzo de diferenciación del hombre occidental frente a las masas tercermundistas. Chinos, negros, mexicanos, iraníes, son todos igualitos para el gringo, difíciles de diferenciar. Y me digo que igual debemos ser nosotros para ellos. Pero yo no. Yo soy el irlandés negro, ¿se acuerdan?, el Apolo de las películas serie B. A los cincuenta y cinco años, doy el gatazo y parezco de cuarenta y cinco. Un verdadero comeaños. Todos me lo dicen y yo he acabado por creerlo. Además, en el cine, mi juventud está conservada para siempre. No la debo desmentir, aunque me cueste una temprana muerte.

Río, me arreglo un poco el copete, me arremango un poquitín las mangas, anhelo poderosamente un bigotillo, aunque sea tan ridículo como el del recepcionista del hotel, trato de mimetizar una mirada de lujuria aceitosa para confundirme, perderme, entre la asamblea machista que grita ropa, ropa, y culo, culo, y alarga en broma las manos para tocar a las chicas que bailan salsa, pero una voz lo domina todo, los gritos, la música, el baile de las muchachas desnudas en la pista: —Aquí se mira, se oye y hasta se huele, pero aquí no se toca.

Distingo a una mujer sentada bajo una luz draculesca frente a la consola de sonido, protegida por un escudo de plástico y plexiglas. Usa un collar de perlas y un corpiño de terciopelo con un cuello blanco y levantado como una nube o un paracaídas detrás del cogote. Es igual a Blanca Nieves. Protege su frente con el escudo de plástico y su retaguardia con el cuello tieso y alto. Lo cierto es que domina la situación como domina su cabeza llena de horquillas, semejante al cuerpo de un puercoespín. Debe temer que cada pelo no esté en su sitio.

Bienvenido a una noche más caliente que la de ayer, declama. Aquí se mira, aquí se oye y hasta se huele, pero aquí no se toca.

Una carcajada borracha y un panzón que se arroja a la pista, precisamente para tocar a la bailarina. Todos gritan en son de protesta: se están violando los códigos del lugar, el acuerdo de caballeros. A Blanca Nieves le basta decir serenamente al micrófono: Seguridad, seguridad, para que una falange de enmascarados con mallas de luchador y el torso desnudo, disponga en dos o tres movimientos rápidos del borrachín, que sale disparado en medio de las risas y las pambas de los jóvenes asistentes.

Blanca Nieves invita a un hombre a que pase a la pista y se siente en una sillita de paja; el proyector de luz cae sobre mí, Blanca Nieves grita aguas, aguas con el de rosa, el de rosa, gritan todos, empujándome hasta la pista, la silla demasiado baja donde tomo asiento y recibo instrucciones: usted nomás mire, oiga y hasta huela, pero por favorcito no vaya a tocar.

No se toca a la muchacha esbelta y sinuosa como una cobra, dueña de los rasgos de todas las razas, china y negra e india y quizás hasta danesa, que con cada movimiento de su baile ondulante alrededor de mí, mi silla, mis manos nerviosas, mis brazos abiertos, mis piernas vencidas (todos ellos movimientos que yo no sé controlar) me invita a hacer lo prohibido: tocarla; lo prohibido: darle un rostro a esta mujer precisa, distinguirla de sus razas sin rostro, china, negra, india, todas igualitas entre sí pero ella no; ella sí que acerca sus manos de dedos largos, extensión diabólica de su pequeño cuerpo de esclava, a mi cara, como si me dibujara con ellos mis nuevas facciones, mi rostro inesperado, mi máscara ideal...

La tomo de la muñeca, acerco su boca a la mía, la música se corta, el silencio se impone, nadie dice nada, nadie protesta como antes, los verdugos no me caen encima y me arrojan a empellones, Blanca Nieves se acerca despacito, abandona su estrado y nos separa lentamente, con suavidad, casi como una madre tierna que descubre el primer beso que se dan dos hermanos inocentes.

(Su atuendo es grotesco; es barrigona y la minifalda le descubre unas rodillas gordas y zapatillas de celuloide transparentes. Le cuesta ajustarse la falda a la barriga y el corpiño de terciopelo contra las tetas aplastadas. Sólo el cuello blanco, como una nube, le resta su apego a la tierra y la hace, ilusoriamente, levitar.)

A punto de amanecer

Estoy sentado al lado de Blanca Nieves. Trato de convencerla. Vengan conmigo. Ella agita la cabeza y yo temo que me clave las horquillas en la cara, como las flechas en el rostro de San Sebastián evocado por el cantinero gay del *Maggie's*. No, mis bailarinas no se venden. Si te dijeron que ésta era casa de putas, te engañaron. ¿No me digas que tus niñas no cogen? ¿Qué es esto, el Colegio del Sagrado Corazón de Jesús? ¿Qué sabes tú de colegios de monjas si eres gringo y hereje? Soy irlandés: ¿cogen o no cogen? No, reciben coca de sus cariñosos, ya muy tarde, cuando se acaba la fiesta y sale el sol. ¿Hasta cuándo les dura el gusto?

Blanca Nieves aumenta el volumen de la música y los que quedan todavía (bastantes) les pagan a las muchachas para que les bailen encima de sus mesas; van subiendo las posturas, como en una subasta de *Christie's*, para ver un poco más pero lo más que dan las chicas es su propia postura máxima: de pie, pero inclinadas, dándole las nalgas al cliente, dejan ver por entre los glúteos la rajada pero enseguida agitan otra vez los cachetes del culo, atrayendo hacia su lisura perfecta la verdadera atención, la tentación, el placer prometido.

Después de bailar, las muchachas se dan duchazos en cuatro cabinas de baño transparentes estratégicamente colocadas para que el público pueda verlas con comodidad, me explica Blanca Nieves con su lenguaje más esmerado. Cuatro cabinas de vidrio, cuatro muchachas esbeltas, chaparras, perfectas, enjabonándose, enjuagándose; la espuma brota como Venus del mar y se concentra en el mono; el agua corre entre los pechos, el jabón se detiene burbujeando en los pezones y se derrama hacia el ombligo antes de reunirse, capturado y feliz, en el pubis; y un gordo duerme apoyado contra la partición de vidrio, perdiéndose lo mejor del show. Todos ríen y Blanca Nieves proclama desde su estrado de plástico y plexiglas, No a la prostitución, No al sexo por dinero. El SIDA sí da.

Acabo de leer el bestseller de García Márquez en Los Ángeles y pienso en el amor en tiempos del sida. No importa. No vine aquí a ser cauto.

6,47

Les dije que no quería nada con ellas, nada más les ofrecía un paseíto en lancha. Que se asolearan, les dijo Blanca Nieves, que les dé un poco de luz allí donde nunca les pega el sol, ojetes. De dinero no se habló. Yo sólo pedí que fueran siete, incluyendo a Blanca Nieves. Pero ella no estaba dormida. Yo soy la Madrastra, dijo con una sonrisa inefable, yo soy la que ofrece la manzana envenenada. Pero yo, generoso que soy, insisto en darle el papel de la heroína.

El día apuntaba glorioso y las siete que escogí (Blanca Nieves se empeñó en ser la Madrastra y no salirse de su papel, yo me empeñé en llamarla *Snow White*) estaban encantadas de salir a pasear, sin exigencias, para tostarse un poco, vacilar tantito, siestear, en un ambiente distinto... Esto les dijo Blanca Nieves para convencerlas y yo sólo pedí un minuto para recoger mis cosas en el hotel. No desalojé la habitación. Reuní en la petaquilla lo poco que traía conmigo, asegurándome de que allí venían las cosas de afeitar, la pasta y el cepillo de dientes, los desodorantes. Ellas se iban a ver divinas bajo el rayo del sol, a pesar de la noche desvelada y el baile. Yo ya me veía gris, sin rasurar, con los ojos enrojecidos y la piel reseca. Las mezclas de alcohol se habían juntado como un puño dentro de mi cabeza, martilleándola. Ellas me vieron y seguramente se dijeron, "Con este ruco no arriesgamos nada". Apenas tuve tiempo de verme en el espejo. Con repulsión, pensé en el recepcionista cafecito con su guayabera. No estaba allí. Con razón, sólo lo sacaban de noche; la luz del sol lo desbarataría.

8,00

Quizás empezaron a verme distinto cuando les demostré mi conocimiento del manejo de un hermoso queche de orza fija, dos palos, vela cangreja y dos foques. Con eslora de doce metros, manga de tres y puntal de diez, cortaba una bonita figura al salir del embarcadero rumbo a la bahía, con el motor auxiliar en marcha y mi mano firme en la caña para sacarlo de Acapulco y luego, soltando el gobierno del timón, se lo pasé a Blanca Nieves, que por poco se desmaya del susto, entre las carcajadas de las pupilas, para que yo izara la vela del palo mayor y enseguida la mesana con movimientos exactos, amarrando cables, ensartando bitas para encampillarlos, asegurando la cangreja con un ballestrinque y los foques con un par de vueltas mordidas.

Aseguré con una margarita un cable que me pareció inseguro.

Trinqué y finalmente azoqué todo.

El velero estaba listo para cualquier aventura. Una embarcación sensitiva, fiel, corresponsable con todo movimiento de quien la quiere y gobierna con sabiduría, era el adorno más bello de un día espléndido, como sólo los regala el Pacífico mexicano. Sol de febrero, invariable pero serenado por la brisa constante y la temperatura seca. Como un poema que aprendí de niño, quien ha visto un mar así y desea contraer matrimonio, sólo podrá hacerlo con un compañero comparable al mismo mar.

Irlanda bulle en mis venas. Y más la Irlanda negra de un descendiente de España, náufrago por más señas, Vincente Valera es mi nombre, pero mis ambiciones son mucho más modestas que las de ese poema de mi infancia. Vincente Valera es mi nombre y el de mi queche, para grosera satisfacción del recepcionista del hotel, *Las Dos Américas*.

Blanca Nieves y sus siete enanas me miran con admiración y si no me caso con el mar, me contentaría con acostarme con ellas. ¿Con las siete? ¿Dos Américas, un Apolo y siete putas? ¡Vaya cóctel!

9,16

Volví a tomar el gobierno. Yo creo que ellas nunca habían visto a uno de sus clientes efectuar con tanta precisión tareas que sólo habían observado en los lancheros del puerto. La mañana estaba fresca y ardiente a la vez: el brillante calor seco lo redime todo en Acapulco, la fealdad de los edificios, la mugre de las calles, la miseria de la gente en medio del auge turístico, la pretensión ciega de los ricos de que aquí no hay pobres, todo inexplicable, todo injusto, todo irredimible al cabo, quizá.

Vi en los ojos de las siete enanas una como admiración inmediata, que no requería, de parte del macho, más que una serie de actos fuertes, definidos, para imponerse a la admiración femenina. Sin duda me esforcé demasiado; la cabeza me dolía, sentí que necesitaba un baño, una aspirina y una cama, más que estos esfuerzos, pero al salir al océano, lejos de la uña corrupta de la bahía, el Sol y el Pacífico, matrimonio glorioso que vence todas las tormentas infieles y los más huracanados divorcios, nos abrazó a todos, a las ocho mujeres y a mí, de una manera irresistible. Creo que todos pensamos lo mismo: si no nos entregamos al mar y al sol esta mañana, no merecemos estar vivos.

El minibar de *Las Dos Américas* estaba bien surtido, y había también botanitas de queso manchego, aceitunas y jamón serrano, así como jícamas rebanadas y salpicadas de chile en polvo, que las chicas descubrieron enseguida y empezaron a engullir, alimentándose las unas a las otras, mientras Blanca Nieves se encogía de hombros y escanciaba las cubas. Se acercó a mí ofreciéndome un vaso; debí decir que no; pero ella insistió en dibujarme un rostro en el aire, encima del mío, como si adivinara mi sueño, como queriendo hipnotizarme. Luego la dejé a ella con el timón otra vez y otra vez se me puso nerviosa. Derechito, derechito, que no hay árboles en la carretera, le dije riendo, riendo los dos, creando un extraño vínculo entre los dos.

Tenía una idea. A las muchachas quería enseñarles una cosa. Di gracias de que en el hotel mandaron poner caña y anzuelos a bordo. Les anuncié que les iba a enseñar a pescar. Todas se rieron mucho y empezaron a burlarse. Alburearon de lo lindo, como es la costumbre en México y en Los Ángeles, ciudades hermanas en las que el lenguaje sirve más para la defensa que para la comunicación, más para disfrazar que para revelar. El juego del albur aleja, disfraza, esconde; se trata de sacar de una palabra inocente otra palabra soez, hacer que todo tenga doble sentido y que éste, con suerte, se vuelva triple.

Digo que se rieron mucho y sus voces colectivas eran como un rumor de pajarillos. Pero sus chistes eran burdos y fisiológicos, más de buitres que de ruiseñores. La caña de pescar fue objeto de todas las metáforas fálicas, y el anzuelo se clitorizó, la carnada se prepuició, las algas se volvieron nalgas y cada pulpo, mantarraya, ostión o huachinango del vasto mar se convirtió en todos los objetos y palabras sexuales imaginables. Después de una noche de entregarse a la energía del cuerpo, era como si las muchachas hubiesen sudado todos los jugos corpóreos y ahora tuvieran bien lubricadas las cabezas para dedicarse al arte del lenguaje. Pero era un lenguaje grosero, que les provocaba hilaridades en cadena y que sin embargo parecía afirmarlas como seres de algún modo superiores, dueñas de la lengua en contra de los dueños del dinero, castradoras del idioma "decente" del señor, el jefe, el millonario, el turista, el cliente.

Debo confesar que mis pobres símiles anglo-sajones, brutales en extremo, no podían competir con los alardes metafóricos del grupo de las siete chicas, desatadas en su carcajada colectiva. Su camaradería y su entrega a la burla era contagiosa, pero yo dejé de oírlas, ay qué pena, ay qué pene, pena penita pene penetra, ándale dame una fría cuidado con lo que das, ¿me das a medias? no des lo que no tienes, ni lo que no tientes, Dallas, Texas, ni dalas ni toques, mejor nomás lava que agua sobra, oyes oyeras a mi novio el mecánico, no deja pasar un albur, ¿se lo lavo, señorita, o nomás se lo reviso?, a ver, ¿quién se lo lava a la señorita?, digo el volkswagen, ¿se lo lavo, se lo reviso, me lo da, a quién le toca tocar, bueyes?...

Mientras ellas chanceaban, yo me aproveché para abrazarlas. El pretexto, ya lo dije, era enseñarles a pescar, usar la caña y el anzuelo, y para ello me puse detrás de cada una por turno y la enseñé a arrojar el sedal al mar, con cuidado, para que nadie se lastimara. Iba abrazando a cada una, sentada cada una sucesivamente en mi regazo y yo enseñándola a pescar, mis manos, sucesivamente también, alrededor del talle, sobre los muslos y sobre el sexo de cada muchacha, sintiendo al cabo la excitación del mío cuando me atrevía a rozar los pezones y luego a meter mi mano debajo del sostén, o entre el bikini para luego meter mi dedo lleno de sus jugos en la boca de...

Las empecé a identificar, mis siete enanas, a

medida que se excitaban e iban pidiendo que les
enseñara a pescar, ahora me toca a mí, no a mí,
avorazada, cabrona.

No. Ésta sería la Gruñona, porque se resistía a
mis avances diciendo no, no soy de ésas, ya me en-
cabronaste, suéltame. Otra sería la Tontita, porque sólo se reía nerviosamente cuando yo le metía
mano y ella se hacía la disimulada, sin poder controlar el movimiento cómico de sus orejas. La tercera sería la Dormilona, porque fingió que yo no
la tocaba y se hacía la turista mientras le metía el
dedo por la vagina mojada, excitada, como si me
diera la temperatura de las otras seis, anunciando
la cachondería colectiva que se aproximaba.

Ya había identificado a la Doctora, que nomás miraba muy seria, en tanto que la Tímida no
se acercaba como si me temiera, como si ya me
hubiera conocido antes.

A mí empezó a enloquecerme la que estornu-
daba, la primera que hundió las narices en los pelos de mi sexo y empezó a estornudar como si mi
vello le diera la fiebre del heno. Y la séptima que
sería la industriosa y precisa, me desabotonó la camisa y me tendió desnudo sobre la cubierta del
queche que Blanca Nieves manejaba sin ciencia
alguna, sin atreverse a decirme,

—¿Qué hago, ahora qué hago?

Sin atreverse siquiera a amonestara sus pupilas.

—Aquí se mira, aquí se oye y hasta se huele,
pero aquí no se toca.

Ellas me lo tocaban todo, las siete endemo-
niadas enanas de Acapulco. Las siete putas del

Apolo maravilloso, excedido, totalmente realiza-
do que era yo en ese momento en que perdí la noción, apenas conquistada, de la individualidad de
cada una de ellas. Eran sólo lo que yo había dicho
que eran, boba, soñadora, estornudo, precisión y
sabiduría, industria y sensualidad. Eran turbios
enojos y deseos palpitantes, todo junto. No tenían
cara y yo me imaginaba la mía bajo el sol, entre las
sombras que me revestían, desnudo en un queche
que iba derecho al centro del mar, cada vez más lejos (Blanca Nieves no varía el rumbo, no protesta,
no dice nada, es una argonauta o una putanauta,
o una argohuila, paralizada por el mar, la brisa, el
sol, la aventura, el peligro, la creciente lejanía de
tierra firme) y yo sólo sé que siete hembras de dieciocho años (promedio) me hacen el amor.

Yo veo siete pares de nalgas que se van sen-
tando en mi cara y se ofrecen a mi tacto y a mi
boca. Yo quiero ser honrado y distinguir, indivi-
dualizar. Quiero glorificarlas en ese momento
cumbre. No quiero que se sientan compradas.
No quiero que se sientan del montón. Quiero
que se sientan como me sentí yo al recibir el Óscar, yo el rey del mundo y ellas, mis siete enanas,
mis reinas. Nalgas duras como níspero y suaves
como durazno. Nalgas vibrantes como anguilas y
pacientes como calamar. Nalgas protectoras de la
esencia oscura, el vello suave y escaso de la india.
Imposible protección de las caderas anchas, los
talles inverosímilmente esbeltos, los muslos de
agua y aceite que rodean, defienden, protegen el
lugar sagrado, el amparo de la vagina, los siete

culos míos esta mañana, que huelo y toco y deseo
y distingo.

Siete culos siete. Culo interior de papaya recién abierta, color de rosa, intocada como una
perla carnívora y perfumada. Culo palpitante de
cachorra herida, recién separada de su madre,
atravesada por la flecha maldita de un cazador intruso. Culo de manantial puro, agua que fluye,
sin obstáculos, sin remordimientos, sin importarle su destino en el mar que lo va a ahogar con
una horca de sal. Culo de la noche agazapada en
pleno sol, guardada como reserva para las flaquezas del día, noche vaginal en reserva para el día en
que el sol ya no salga y el sexo de la mujer deba
ocupar el centro del universo. Cuarto culo de las
chicas de Acapulco, cuarto cuarto, culo como recámara amueblada, cálida, acogedora, en espera de
su huésped perfecto. Culo quinto, no hay quinto
malo dicen aquí, culo metálico de vetas que se resisten a ser minadas y entregar su oro, pidiéndole
al minero que primero muera sofocado en el corazón del túnel. Culo glorioso de libaciones eucarísticas, sexto sixto, culo religioso, irlandés, negro,
que diría Cindy mi mujer avispa, WASP blancanglosajonaprotestante que trata de pasarme sus rollos ancestrales, no sabes gozar, Vince, si no crees
que pecas, miserable Apolo de celuloide, inflamable, perecedero, tómame como mujer, como ser
humano, como tu igual, no como símbolo de tu
odisea espiritual, hijo de puta, yo no soy ni tu comunión ni tu confesión, soy tu hembra, soy otro
ser humano, ¡cómo me fui a casar con un irlandés

católico que cree en la libertad del pecado y no en la predestinación de la carne!

Huyo de eso: quiero gozar del culo final, el séptimo sello, el culo sin atributos, el purgatorio sexual sin cielo ni infierno, pero con mi nombre tatuado a la entrada de la vagina, Vince Valera, Apolo vencido: las siete sobre mi verga, las siete mamándome, una tras otra, una mama, la segunda me mete el dedo por el ano, la tercera me besa los huevos, la cuarta me pone el mono en la boca, la quinta me chupa las tetillas, la sexta me lame los dedos de los pies; la séptima, la séptima me pelotea los senos inmensos por todo el cuerpo, gobierna a las demás, me rebota los senos en los ojos, me los unta sobre los testículos, me pasea un pezón por la cabeza del pene, y luego cada una me va mamando, y no sólo ellas, me maman la verga el sol, el mar, el motor de *Las Dos Américas*.

Me la mama la mirada impasible de Blanca Nieves, que sigue inútilmente posada con las manos sobre el timón. Inútilmente, pues se están violando todas las reglas de su reino y ella nada puede hacer sino mirarnos con una ausencia indiferente que debe ser la de Dios mismo cuando nos ve revertir a la condenada, pero indispensable, condición de bestias.

Inútilmente, pues *Las Dos Américas* ya alcanzó su inercia, avanza solo mar adentro, como mi sexo se adentra en una sola, uno solo de los siete hoyos ofrecidos esta mañana a mi entrega absoluta, la exigencia de darme todo entero, de no reservarme nada ya, de no encontrar un solo pretexto para estar o huir, casarme o divorciarme, firmar un contrato o aspirar a un premio, quedar bien con un jefe de estudio, sonreírle a un banquero, seducir a un periodista mientras cenamos en *Spago's*, nada, nada más que esto: el ascenso simultáneo al infierno y al cielo, la palpitación desenfrenada de mi pecho, la conciencia de que bebí demasiado, me desvelé como un cretino, mi corazón galopa y mi estómago se tuerce, no me he rasurado, mis mejillas raspan las divinas nalgas de la Bobita como las espinas del rostro de Cristo, el sol cae a plomo, la brisa se detiene, mi dolor se vuelve ubicuo, el motor ya no se oye, el sol se apaga, el cuerpo se me va como agua, las risas de las siete enanas se disipan, ya no hay siete hoyos, hay un solo hoyo dentro del cual voy cayendo sin peso, no hay siete noches, hay una sola noche y en ella entro suavemente, sin vacilaciones, predestinado como quería Cindy mi mujer, sin corazón ni cabeza ya, pura verga parada, puro falo de Apolo en boca de una musa prostibularia que me acaricia el rostro y me dice a la oreja: —Éste es tu rostro ideal. Nunca tendrás otro mejor. Éste es el rostro para tu muerte, papacito.

12,01

Acabo de morir, recién pasado el Sol por su cenit. Acabo de morir cogiendo. Me acaba de matar, a bordo de *Las Dos Américas*, la mamada más grande de la historia del sexo.

12,05

Qué hacemos, pregunta Blanca Nieves, con las manos apretadas a la caña del timón, como si de ello dependiese verdaderamente que no zozobremos, sin atreverse a sudar, sus manos más rígidas que mi sexo que se niega a morirse conmigo.

Mi pito sigue rígido, esperando la siguiente venida, pero en realidad, me doy cuenta, sólo pronostica, con su dureza excedente, la tiesura total, el *rigor mortis* que muy pronto va a apoderarse de mi cuerpo aún flojo, bronceado, blando y sin rasurar. ¿Es sueño secreto de cada hombre tener una erección permanente, eso que los médicos llaman priapismo? Pues Dios me la acaba de dar, con tanta merced como le da genio militar a un conquistador, astro poético a un escritor, oído a un músico, lengua a un traductor...

El sueño en el que me hundo me dice muchas cosas y una de ellas es ésta: Vince Valera, ya no tienes que probar tu masculinidad en la pantalla. La has probado en la vida. Y ahora, en la muerte, vas a ser el fiambre más duro e indoblegable que jamás ha descendido de madre irlandesa. ¡Sólo los gusanos del Condado Tyrone pueden acabar contigo!

Carajo, me digo, hablo de mi cuerpo por fuera. La voz del Señor tiene razón. Por dentro, ¿qué cosa me va a ocurrir? Todo lo que me sucede es pasivo, consecuencia final, último suspiro. Me siguen creciendo las uñas y el pelo. Esto es lo primero que sé de verdad: lo escucho. Los jugos gástricos fluyen pero la sangre se va apaciguando, encuentra sus caletas y estanques eternos. Son los charcos de la eternidad. Temo una flatulencia *post mortem*. La temo y por supuesto, en el acto la convoco. No hay como pensar en un pedo para soltarse un pedo. Mi cuerpo muerto se tira un pedo. Las siete enanas se ríen, unas abiertamente, otras con pena, con la mano sobre la boca, otras apretándose la nariz, fuchi, quién sabe qué le pasa al garañón este, bien parada la reata y bien pedorro el silabario, ¿qué le pasa? y la que ustedes ya saben nomás estornuda y la dormilona se acuesta junto a mí y me arrulla un rato y me pregunta si tengo sueño, y otra empieza a alburear, canción de cuna es canción de coño, alamemelolo o a lamerme el hoyo, ¿quiere su niño mi biberón de carne?, no te hagas lechestosa, oye mana a éste se le para dormido, ¿qué tiene de raro?, quién dice que está dormido, mírale los ojotes bien abiertos como lechuza, pues yo sólo le veo un ojito y bien parado, ¿no hay lugar parados?, hay sitio para siete, siete leguas el caballo, siete yeguas el garañón, móntalo, Doris, le gritan todas a una a la que yo he llamado la Doctora, ándale chava dale montura de nácar, reata, reata, atacamatraca, reatatododarodeo y yo creo que cuando la Divina Doris la Doctora se me sentó encima yo me vine después de muerto.

Todas se rieron cuando la Doris me desmontó y sus albures corearon la contracción de mi verga, el desinfle, esa mecha ya no prende dinamita, ese globo ya no se infla ni con bomba yucateca, frente a mi casa pasó/ corriendo el señor Angulo/ ¿qué te pasa, por qué corres?/ es que traigo suelto el zapato, ¡bomba!, improvisó Doris y la corearon con risa todas, menos la mera mera, Blanca Nieves muy seria me miraba, las miraba.

¿Qué hacemos?, repitió con una mirada de pavor controlado.

Déjalo que se duerma su siestecita, se rió compasiva Doris la Doctora.

Está cansadito, hoy trabajó horas extras, dijo la Bostezos.

A ver si lo hago estornudar, dijo la Achú, barriéndome el pubis por las narices.

Mejor mis cosquillas, que a los muertos resucitan, dijo la Bobita orejona, rascándome las plantas de los pies.

Todas rieron y se lanzaron a rascarme las costillas, las corvas, la entrepierna y debajo del mentón.

No reí. Les juro que no. No me estremecí. Las risas y juegos se fueron apagando.

Ellas tenían las manos cada vez más calientes. Pero tocaban un cuerpo cada vez más frío, a pesar del sol del mediodía que me entraba por los ojos abiertos.

¿Qué le pasa?, preguntó Doris.

No, ¿qué hacemos?, repitió, igual que al principio, Blanca Nieves.

12,20

Que no me echen al agua. Es lo único que les pido. Que no me avienten a los tiburones.

12,39

¿Qué nunca han visto a un muerto antes?, les gritó Blanca Nieves y como si sus palabras convocaran todas las fuerzas del mundo sólo para suplir mi repentina ausencia de la vida, el Sol redobló la energía de sus carburadores, derramándose sobre nuestras cabezas como oro derretido, el viento se calmó hasta desaparecer, obligando a las mujeres a tragarse tres respiros en vez de uno solo a medida que se hacían cargo, con dificultad y torpeza, de la situación.

Pero si a ellas les costaba respirar porque el aire se había apagado, yo di gracias de que los vientos no amenazaran al queche, aunque, ya lo he dicho, la naturaleza entera dio un cambio brusco en el momento de mi muerte por éxtasis, y si el aire cercano se murió conmigo, muy a lo lejos se acumulaban nubarrones y el océano, cuando Blanca Nieves, en una reacción de puro miedo, apagó el motor con un movimiento nervioso, se agitó súbitamente. Me dije que esto era el resultado natural de una rápida suspensión del movimiento. El velero comenzó a rebotar con cada ola del mar cuya agitación parecía ascender de lo más hondo del Pacífico donde nos hallábamos, cuatro horas después de salir del Club de Yates, rodeados de soledad pero anclados con una agitación que parecía dedicada sólo a nosotros, a *Las Dos Américas* y sus tripulantes.

¿Qué nunca han visto a un muerto?, repitió Blanca Nieves con un temblorcillo exasperado, ¿qué se creen que nunca nos vamos a morir, que siempre vamos a vivir felices, que nosotras sólo por ser nosotras, somos las únicas que nunca nos vamos a morir?

Capturadas en un silencio y una calma más temibles que cualquier borrasca, las siete mujeres no dijeron nada, se quedaron pensativas y yo, tendido en la cubierta, empecé a distinguirlas de verdad. ¿Tuve que morirme para individualizarlas, desmexicanizarlas, destercermundializarlas?

Yo las miré fijamente y casi resucito de la sorpresa: en la muerte, yo podía ver exactamente las imágenes que pasaban por las mentes de los vivos. Lo entendí así, directa y simplemente; éste era mi nuevo, mi verdadero poder. Éste era el regalo de la muerte. ¿Se llamaba la inmortalidad? Blanca Nieves hizo la pregunta —¿qué nunca han visto a un muerto?— y la Dormilona se convirtió en lo que fue llamada al despertar a la vida, María de la Gracia, y yo, dotado de mis nuevos poderes, vi en su mirada a un niño muerto en una cajita pintada de blanco en un bohío donde las velas estaban ensartadas en botellas de Coca-Cola.

La Tímida se llamaba en realidad Soledad y la muerte que pasó por su mirada era la de un viejo con los ojos abiertos que le daba las gracias por haberlo acompañado hasta el final porque una muerte sin compañía era la cosa más terrible del mundo.

La Doctora, ya lo sabemos, se llamaba en realidad Doris y reconocí su muerte porque sucedía en el barrio mexicano de Los Ángeles y Doris caminaba con una mochila sobre la espalda acompañada por una niña más bonita que un dibujo de Diego Rivera a la que ella conducía de la mano entre dos bardas. Súbitamente dos pandillas de barrio, armadas de pistolas, iniciaron un tiroteo entre las bardas donde caminaban Doris y su hermanita. La mochila y los libros salvaron a Doris. La hermanita —Lupe, Lupita, mi niña chiquita— murió enseguida. Doris se hincó llorando y la última bala, gracias a eso, no le partió la cabeza.

¿Qué nunca han visto a un muerto? La Achú se llamaba Nicha (Dionisia) y creció al lado de su madre en una casa de putas del puerto de Acapulco. Había una gran palapa central, lucecitas pinches y anuncios de cerveza dibujados en luz neón. Todo eso pasa por su mirada cuando Blanca Nieves les pregunta a todas si nunca han visto a un muerto. Nicha aplaza la de la muerte con una visión de manglares tupidos y luces muertas. Vuelve a vivir una larga espera en uno de los cuartos que rodean la palapa. Hay tres olores. El olor natural del trópico que se está pudriendo eternamente y el del desinfectante volátil para limpiar los pisos, la cama y el water. Pero el tercer aroma es el de un naranjo que, milagrosamente, crece afuera de la ventana del cuartucho y trata de meter una rama un perfume una flor a veces un fruto adentro, venciendo los olores de putrefacción y desinfectante. Ella ya sabe que debe meterse debajo del catre cuando su mamá entra con un galán. Lo oye todo. Ésa es su imagen de la muerte. La salva el recuerdo del naranjo.

En cambio, la Bobita orejona recuerda una y otra vez a una niña llamada Dulces Nombres de Cristo que es ella a los diez años y que camina entre perros desvelados y baches de agua lodosa, entre centenares de camiones parados como elefantes frente a un río de cemento, entre centenares de taxis que parecen sitiar el centro de Acapulco, duplicando la ciudad con una escuadra de motores. Los choferes lavan los taxis de noche para el trabajo del día siguiente mientras la madre de Dulces, borracha y con las patas abiertas, ríe, canta, grita y se abanica el coño a la salida del cabaret.

¿Qué nunca han visto? No, la Gruñona tiene la mente en blanco. Sólo pasan por ella muertes en tecnicolor, que yo reconozco. Muertos en el cine, gángsters, vaqueros, muertos con salsa ketchup. Ella se llama Otilia y no admite un solo muerto real en su cabeza. Pero la última, la Obrera, que se llama Dolores, me ofrece una larga visión de rivalidades, siempre dos hombres matándose por ella, matándose por ella con pistolas, puñales, garrotes... Estos rivales por el favor de Dolores están enterrados hasta las rodillas en la tierra dura y prisionera, como en un famoso cuadro de Goya. ¿Dónde lo habrá visto Dolores? Me parece inconcebible que tenga un cuadro de Goya metido en la cabeza; ¿será infiel mi visión, me estoy engañando en todo lo que miro? Como si obedeciera a un impulso desde la muerte (la mía) la muchacha enciende un cigarrillo con un fósforo extraído de una caja de cerillos marca *Clásicos*. Protege el fuego con la cajita para encender el cigarrillo. Allí está el terrible cuadro negro de Goya, en una caja de fósforos. Es el retrato de la fatalidad más amarga.

Al atardecer

Estos recuerdos tomaron más tiempo del que ustedes se imaginan. La cronología de la memoria en la muerte es distinta a la de la vida y la comunicación entre ambas consume horas y quizás (aún no lo sé) días. Añoraré, estoy seguro, esta pausa de la memoria. Porque ahora los problemas prácticos lo suplantan todo.

Yo estoy muerto.

Ellas lo admiten.

El primer asunto es: qué hacer conmigo.

Dulces Nombres de Cristo demuestra su tontería pidiendo que me echen al agua y me coman los tiburones. Así, dice la muy bruta, no habrá trazas de lo que pasó. La odio y le echo la sal: que te encierren en un asilo inglés a comer avena hasta que te pudras, cabrona.

Otilia la secunda con energía. ¿Qué tal si nos agarran con el muertito? Todas al tambo, chavas. Nadie nos va a preguntar cómo sucedió la cosa.

Nosotras somos culpables. Nacimos culpables, no se hagan pendejas.

Crece un temible murmullo de aprobación. Dulces y Otilia me toman de los brazos y Nicha acude a ayudarlas, tomándome de los tobillos. Se les une Soledad, para apresurar la operación. Siento la espuma de las olas acariciándome los tobillos.

Doris me salva. Si serán de a tiro mensas. Al rato nos recoge otro barco. Nos preguntan que qué andamos haciendo solas en un yate. Enseguida nos preguntan si una de nosotras sabe manejarlo. Resulta que no, ¿verdad? Entonces nos regresan a Acapulco. Averiguan que el gringo alquiló la trajinera esta y de paso nos alquiló a nosotras. Siete putas y su madrota y un gringo desaparecido, asesinado o quién sabe. Entonces sí que nos meten al refrigerador, Otis.

No me dejan caer, ni al mar ni a la dura cubierta, dicho sea en su honor. Me acomodan, con respeto, en la bañera.

Blanca Nieves dice que Doris tiene razón. ¿Alguien sabe manejar un barco de éstos? Dolores pregunta si es lo mismo que manejar un coche.

Más adelante

No, no es lo mismo. Tendido en la cubierta, mirando al cielo miro también el trapecio de la vela cangreja agrupada entre los cuchillos de los foques, bien izados, pero que desprovistos de atención y sobre todo de *intención marina*, pronto se cansarán y caerán, prematuramente envejecidos, arrugados. Porque la buena vela conoce la intención del navegante. El buen casco está listo a obedecer la menor voluntad de un marinero sabio. La ausencia de esto como que desanima a las velas, que se lo comunican al mástil que a su vez tiembla hasta la raíz donde se reúne con la quilla.

En otras palabras: no saben qué hacer. La gasolina se acabará. La cangreja y los foques serán empujados por una suave brisa tropical. Cada estornudo del motor las estremece. Finalmente, al desaparecer el sol, las siete se abrazarán entre sí, formarán una especie de gallarda medieval (hice un *peplum* en Italia sobre la peste en el siglo XIII) que culminará abrazando las piernas gordas de Blanca Nieves. Con la mirada puesta en el horizonte oscurecido, la dueña del *Cuento de Hadas* no soltará la caña del timón de *Las Dos Américas*. Entonces el sol se hundirá y las siete gemirán juntas, un gemido hondo, casi religioso.

Me lo apropio. Es mi reposo, mi *requiem*.

Cayó la noche

Ahora que se hizo de noche pienso que apenas veinticuatro horas antes estaba nadando en una piscina llena de flores en un hotel de lujo y pensando dónde irme a divertir, mientras con la barbilla apoyada en el borde de la alberca leía y trataba de memorizar un poema de William Butler Yeats que evoca la suavidad pasada y las hondas sombras de mis ojos; si el gran poeta moderno de mi patria me viese ahora, ¿Lloraría? Más bien creo que él previó mi destino (según Leonello Padovani un gran poema adivina y nos comunica lo que vamos a ser) cuando se preguntó por aquellos que amaron mis instantes de gracia feliz y mi belleza, cierta o falaz y añadió: ¿cuántos fueron, cuántos? ¿Cuántas miradas, cuántos amantes platónicos le depara a uno aparecer en la pantalla, sustituir a Apolo en la mitología moderna propuesta por el cine? ¿Contesta el poeta? ¿Dice algo más? Trato de recordar el fin del poema, pero mi memoria en la muerte no responde, es tercamente muda. Me animo. ¿Ello quiere decir que, inacabado el poema, me queda aún un destino por vivir, una margen inacabada de mi propia vida en la muerte?

He fornicado. He muerto. He descubierto que morir es leer la mente a los vivos.

Pero mi apetito profesional (para no decir artístico) no se sacia tan fácilmente. ¿Es éste mi rol estelar? Mis productoras van a decidirlo por mí. La noche las ha asustado. Están a la deriva. Esto lo sabemos ellas y yo. Temen que encender el motor las arroje a una carrera incontrolable, catastrófica. Podrían, como lo sugirió Doris, prenderlo y lanzarse a las cuatro direcciones del compás. A ver cuál de ellas —el Norte, el Sur, el Este, el Oeste— las acerca antes a la Tierra.

Creo que no es ése su problema. Si yo paso la noche flotando y mirando las estrellas, ellas quisieran desaparecer de la noche: las mujeres, los astros. La soledad a la deriva les da una noche absoluta, sin techo, que no es la de ellas, su costumbre. Esta noche las devuelve a un desamparo del que han huido, engañándose; durante todas sus cortas vidas. Jóvenes y pendejas. Con inteligencia suficiente para no tirarme a los pescados. Pero sin la inteligencia suficiente para dejarse guiar, ya no por los instrumentos que las aterran y los términos que desconocen (las miro y creo que gracias a ellas la tecnología vuelve a ser mágica) sino por las estrellas que ignoran desde siempre. Quizás en la inmovilidad encuentren su única seguridad.

Como si me escuchase, Dolores dice en voz alta:

—De plano no tenemos buena estrella.

Quisiera entender a qué especie pertenecen. La técnica y la naturaleza les son igualmente ajenos. ¿Para qué, para quién, han sido creadas entonces? Pensándolas desde la muerte, las reconozco y las reconcilio. Son las criaturas del artificio, ni naturaleza ni técnica. ¿Encantan de vuelta al mundo? Acaso sólo son la energía de lo artificial. Qué poco, qué intenso, qué inútil es todo lo que nos pasa.

Amanece

Menos mal que el mar se ha comportado como un espejo. El queche tiene el viento en popa y se adentra en el océano. El motor sigue apagado. No hay aves en el cielo. Las mujeres despiertan. Se desperezan con movimientos sensuales que reconozco y agradezco. Cachondo hasta la muerte. Tienen hambre. Se les ve en las caras. Quedan restos de aceitunas, quesos, rebanadas de jícama. Dulces Nombres toma el platón como si fuese sólo de ella y empieza a comer. La brisa matutina despierta los apetitos. Otilia le arrebata la bandeja. Ruedan por la cubierta las aceitunas perfectamente perforadas para introducir el relleno de anchoa. Una de ellas me cae, ridículamente, entre los labios. Las dos muchachas se arrebatan los pedacitos de antipasto pero sus manos ávidas se detienen, confusas y repelidas, encima de mis labios y la aceituna que desde ahora los adorna.

Cruje el pie del palo mayor en el hoyo de la fogonadura. Doris interviene rápidamente y dispone que la botana se distribuya equitativamente. ¿Hay otra cosa que comer? Sí, se ríe Nicha la acatarrada; la aceituna en la trompita del galán. Nadie le hace coro. No, no hay más que pura botana. Pero de beber sí, hay varias botellas, Campari, Beefeater, Johnny Walker, Bacardi, hielo y tehuacanes. No se van a morir de sed. Además, las enseñé a pescar. Ya sé que sólo fue un pretexto. Ojalá que se les ocurra. Hay bonito en este mar y merluza también.

No piensan en nada de esto. Suceden dos cosas. El amanecer aviva los sentidos, pero sobre todo el olfato. La noche parece atesorar los olores del mundo para liberarlos al abrirse el día, cargados de rocío o de salvia, de neblina y tierra húmeda, de piel de cachorro y dulzura de colmena, de grano de café y humo de tabaco, de comino y alhelí. Todo esto evoca al amanecer, asociándolo con lugares distintos, de la tierra. El Pacífico, el mar de Balboa y de Cortés, debería entregar sus propios, fuertes, maravillosos aromas, arrancados al fondo del océano y a la nostalgia de la tierra. Pero a la gruñona Otilia sólo se le ocurre evocar la naranja, dice que desde niña ha bebido jugo de naranja al despertar, era el único lujo de su hogar, en todas las películas americanas tomaban jugo de naranja antes de salir al trabajo y a la escuela, pero en esta pinche lancha no hay jugo de naranja, ni el olor de la naranja, empieza a llorar.

La verdad es que en *Las Dos Américas* se impone un solo olor. Es el olor de mi cuerpo. Dieciocho horas de muerto. Empiezo a apestar. Ocho mujeres con mi cadáver pudriéndose. Leo sus miradas. ¿Qué van a hacer conmigo? Las olas comienzan a agitarse. Ellas no saben qué hacer. Blanca Nieves me salva la vida. Perdón, me salva la muerte. Nota lo mismo que yo. Las miradas de las siete enanas tienen hambre más que asco. Blanca Nieves se la juega. Rápidamente prende el motor. Todas voltean a mirar a la nueva capitana. El motor tose, estornuda, escupe, pero ya no arranca. Nicha se deja contagiar por los estornudos. Todos miramos hacia arriba, a las perchas, a ver si el mástil, la botavara y el pico mantienen bien tensas e hinchadas la cangreja y los foques.

Mediodía

No aguanto el calor. Les ruego que hagan algo, que me cubran con una lona, por piedad, que me lleven a la cabina y me tiendan allí. Estoy bien tieso. Pronto no me podrán mover. Apesto y tengo calor. Casi deseo que me arrojen al mar. Anhelo la frescura de un baño, el jugo de naranja deseado por Otilia. Pero las mujeres sólo tienen cabeza para el hambre, que ya apunta en las miradas que se dirigen entre sí y a veces contra mí. Tratan de matar el hambre con ron y whisky. Empiezan a enfermarse. Borrachas y mareadas, Soledad y Nicha acaban vomitando. Doris las agarra de los pelos, las zarandea y las regaña. La vergonzosa y la estornudos lloran, desesperadas, qué vamos a hacer ahora, tan chido que estaba todo, el calorcito, el paseo en lancha, la cachondería suave, ahora ve nomás, todo jodido. Como siempre, dice Dolores. Como siempre. Maldita vida.

Deben ser las tres de la tarde

El calor es insoportable. El mar está poseído de una calma que presagia algo malo. No saben qué hacer conmigo. No quieren tocarme, es verdad. Les doy terror, asco, compasión. Ni siquiera se atreven a cerrarme los ojos. No han reconocido mi muerte. Yo he descubierto que morir es adquirir, de un golpe, la facultad de ver las imágenes que pasan por las cabezas de los vivos. Por las de estas mujeres, como en una película de función continua, pasan las mismas imágenes de una niña balaceada en Los Ángeles o de una puta muerta a la salida de un cabaret con un abanico entre las piernas. Un viejo agradecido por la cercanía de una muchacha al expirar. O una niña agradecida de que una rama de naranjo en flor le aplace la certidumbre de la muerte. ¿Debo contentarme yo con el responso inconsciente, espontáneo, que anoche provocó, más que mi muerte, el final del día? Una cajita blanca y cuatro velas ensartadas en una botella de Coca-Cola. ¿A quién puedo encomendarme? Ahora no me miran. No me tocan. María de la Gracia duerme fácilmente. Se metió a la cabina previniendo, chamacas, si no nos salimos del rayo del Sol, se nos va a pelar la piel, a ver quién nos contrata si parecemos tiñosas, qué rayado. No hay sombreros. Algunas se han puesto los sostenes del bikini en las cabezas. Otras, más ofensivas, se han retacado los hoyos nasales de *kleenex*. Sólo Blanca Nieves no abandona, inútilmente, su puesto. Como yo, ha vivido bastante para saber que esta calma no es natural. Mira hacia las velas. Sin verdadero mando, comienzan a aflojarse, a chasquear contra el viento, a rendirse...

Otro ocaso

Todo está pasando mal. Sin gobierno, *Las Dos Américas* se atraviesa al oleaje creciente de proa y empieza a dar grandes bandazos. Las mu-

chachas gritan y se acurrucan en el fondo de la
bañera y de la cabina. El viento aumenta y decre-
ce; el racheo a intervalos cede a un contraste re-
pentino; el viento empieza a soplar desde la popa,
esta vez constantemente. La tendencia inmediata
del queche a acompasarse con la velocidad de las
olas obliga a la hélice y al timón a salirse del
agua en la cresta de la ola. Yo les grito desde la
orilla de la muerte, pongan las velas a orejas de
burro, el foque tiene que ir a la banda contraria
de la cangreja, se va a tapar la cangreja, aguán-
tenla con el tangón, ¿por qué no están bien
amolladas las velas, por qué no están tiesas las
contras?

Le hablo al viento. Le hablo al anuncio de la
noche. Naturalmente, el barco empieza a orzar, el
ángulo de la proa cae hacia el viento. Ellas gritan.
La vela mayor empieza a flanear, paralela a la dirección del viento. Da fortísimos gualdrapazos
que casi me arrojan de la cubierta donde me estoy
pudriendo lenta pero seguramente, mudo y hambriento de la noche que refresque mi piel y, pronto, mis entrañas. Suelto la aceituna posada entre
mis labios morados. El barco ha perdido todo gobierno. Hace su gusto. Cada vez orza más. La proa
se levanta y la botavara se extiende por el costado.
Pero viene una recalma súbita, el viento cesa y con
él el peligro.

Oigo sollozos. Leo agua, sed, imágenes de
agua inundando las previas imágenes de la muerte. Todo se va calmando. Unas uñas largas comienzan a arañarme en la oscuridad.

Otro amanecer

Me pega el sol en los ojos pero algo me hace falta. Algo que extraño porque era parte de mi cuerpo. No quiero imaginarlo. Busco las miradas de las mujeres. Primero veo sus caras cada vez más peladas por el sol. Trato de penetrar sus mentes. Éste es el privilegio de mi mortalidad. Doris piensa en un hombre que yo no conozco. María de la Gracia es un vacío; sigue dormida. Soledad tiene una piscina de agua dulce, azul y limpia, en la cabeza. Nicha sólo piensa en tarros y más tarros de crema protectora contra el sol. Otilia tiene una gran naranja, escurriendo jugos dulces, en la mente. Otro hombre que no soy yo se ha metido en la cabeza de Blanca Nieves. Otilia imagina un espejo. Y en la cabeza de Dolores, encuentro mis testículos.

¿Mediodía?

Se miran entre sí. El sol las aturde. No pueden pensar. No pueden actuar. Hay que esperar la caída de la tarde. Quisiera tocarme el sitio donde antes estuvieron mis cojones. Blanca Nieves toma la caña y arroja el anzuelo al mar.

16,33

Se han puesto de acuerdo sin hablar. María de la Gracia sigue refugiada en el sueño. Allí, no tiene sed ni hambre. Sueña para siempre con un niño muerto de difteria a los tres años y piensa que de haber vivido, su hijito la hubiera salvado de esta vida que no quiere. ¿Por qué?, se pregunta a sí misma. ¿No hubiera sido el chamaco, nomás, una carga más, una boca más, obligándome a algo peor que lo que hago inocentemente, que es bailar desnuda, protegida por la señora que no deja que nos toquen? No está mal. El asunto es que no tengo a quién regresar. Nadie me espera cuando regreso. Entonces duermo, duermo mucho para no recordar que podía estar preparándole su comida o mandándolo a la escuela, regañándolo si saca malas notas, preparando la tarea con él, aprendiendo con mi niño lo que nunca supe yo solita. Esto es lo que me hace falta. Regresar y encontrar algo. ¿Dónde quedó enterrado mi hijo? ¿Cómo se llamaba el pueblo de donde salí muerta de dolor y bella como un tigrillo herido, a los quince años, ya sin amenaza para nadie? Ay Diosito, yo nomás duermo y quiero soñar con mi hijito y no puedo porque siento que algo malo me va a pasar, que todas mis cuatitas del alma se me acercan diciendo ésa nomás duerme todo el tiempo, ni cuenta se va a dar...

—¿Quién la toca primero?

Blanca Nieves gritó, un pescadito mordió el anzuelo, una buena merluza, ¿no hay fuego a bordo, no hay cocina? Entonces saca tu cajetilla de *Clásicos*, pinche Otilia más enfurruñada, quítense las pantaletas si hace falta, préndanles lumbre y cuidado con quemar la jodida trajinera, que entonces sí nos lleva la puritita chingada.

Noche tibia y callada

Desde la orilla de la muerte se ven mejor las estrellas. Son el mapa del cielo y sus líneas me indican que somos arrastrados hacia el Norte, después de bogar sin gobierno hacia el Poniente. Quizá nos acercamos a la tierra, pero esto ellas no lo saben. Si continuamos en esta dirección, iremos a dar a la punta de Baja California, el Cabo San Lucas, adentrándonos por el Mar de Cortés entre las costas de Sonora y de esa península, más larga que Italia, donde el desierto y el mar se encuentran: los cactos inmensos y el mar transparente, el sol redondo como una naranja. Lo que el conquistador le contó a sus hijos, si tuvo tiempo de hablar con ellos, no lo sé.

Ni Colón supo que había descubierto América, ni Cortés supo que Baja California era una península. Creyó que era una isla que conducía a la tierra pródiga de El Dorado. Nosotros, si ellas no se mueren de sed y hambre, entraremos por el Mar de Cortés como expedicionarios desvalidos, pero al cabo toparemos con la axila de México, la desembocadura salada del río Colorado; Tierra Firme...

Qué lejos estamos. En cambio, en esta noche tibia y callada pasa lejos de nosotros un barco empavesado, lleno de luces y rumores, desde el cual llegan insistentes ritmos de mambo y guaracha. Sus luces brillan, más que en la noche, en las miradas de Blanca Nieves y sus siete enanitas. Todas ellas agitan los brazos, saludan, gritan, mientras el blanco barco de turistas se aleja sin vernos y Dulces Nombres canta sin desgano la tonada que la noche emite,

pero qué bonito y sabroso
bailan el mambo las mexicanas

y las demás se le unen, ligadas por la esperanza, el miedo y la alegría frívola, todo al mismo tiempo,

mueven la cintura y los hombros
ay, igualito que las cubanas

Distinto amanecer

Han comido. Despertaron a María de la Gracia para ofrecerle su rebanada de merluza medio cruda, qué le vamos a hacer. Dolores está a punto de hacer un chiste sobre un plato de criadillas pero se muerde la lengua. Ríe; ya es morder algo. Sigue riendo como tonta y empieza a contagiarles la risa a las demás, igualito que anoche cuando todas cantaron juntas el mambo, así, nomás porque sí, como a veces ocurre, tú te ríes, yo me río, todos nos reímos, sin saber por qué. Será por aquello de barriga llena, corazón contento. Ríen con los buches llenos de pescado a medio masticar. Pero la costa no se ve. Miran a Blanca Nieves que otea inútilmente el horizonte y la alegría decae. El barco del mambo fue una ilusión, sus luces un espejismo.

Pero como hay energía renovada, deciden emplearla. Es como si la mañana que cada una de ellas vive, y yo muero, necesitaran vivirla, debido a mi presencia, con más furia, más intensidad, más desafío que nunca. Empiezan a echarse albures para aligerar la situación, luego se echan en cara traiciones, hombres que una le quitó a otra, ropa que se robaron entre sí, por qué me imitaste mi peinado a ver cagarruta, y quién estrenó primero esa falda colorada a ver, y a quién le meten más dinero en el zapato cuando baila, y quién tiene más ahorrado en el banco, y cuál de todas se va a salir antes de la vida, quién va a tener casa propia, a quién le van a salir las cosas como a Julia Roberts en *Pretty Woman*, véngase mi Richard Gere, *here*, Dick, quién se va a casar y con qué clase de macho, de macho, de macho...

Súbitamente, me repelen todas ellas, trato de cerrar la pantalla de mi muerte a su película vulgar, su vil churro, para entrar de nuevo a mi única película, la que me dieron Italia y Leonello Padovani, lejos de mis propios churros hechos en California, cerca del Mar de Cortés... Padovani no escondía, sino que exageraba su condición de aristócrata y homosexual. Era un espléndido desafío a la herencia pero también a la moda. Miembro del Partido Comunista, desafiaba a nadie a decir que el origen social determina la participación política; ni todos los ricos son reaccionarios, ni todos los obreros son progresistas; a veces, la revolución la hacen los burgueses y el fascismo los pobres... Conocedor como nadie del corazón femenino en la pantalla —Alida Valli, Silvana Mangano, Anna Magnani, brillaron más que nunca vistas por él— desafiaba toda convención comprendiendo el alma de la mujer sin jamás tocar su cuerpo. Decían que en sus heroínas transponía y sublimaba sórdidas historias con amantes masculinos de baja condición, en los que encontraba sobradamente las características del celo y la ingratitud, el interés mezquino y la pasión bestial. A mí me trató con el máximo respeto. Fue el primero en verme y tratarme como ser humano. Con él, me atreví a hablar de lo que estaba vedado en Hollywood... ¿Cómo podía yo recordar una Irlanda que abandoné en la infancia pero que regresaba, violenta y bella, perfumada y salvaje, a mis sueños? ¿Por qué, en mi memoria inconsciente, aparecían tantas cañas lacustres, altas, tantos bosques de avellana, tanta trucha plateada y mariposas blancas que sin embargo sólo revolotean de noche? ¿Por qué tanto rocío ahogado en el rocío? ¿Sabía todo esto, lo recordaba y lo vivía sólo por haber leído a Yeats?

No, sonrió Padovani, quizá lo sabes porque antes de leer a un poeta tú mismo lo fuiste.

Apenas fui el Apolo de la serie B, como me llama mi mujer, le dije.

Apolo es la luz, me dijo Padovani, sentados él y yo en el Lido de Venecia, solitario una tarde de noviembre. Está asociado con la profecía, la arquería, la medicina y los rebaños. Su hermana es la Luna. Gracias a ella triunfa sobre las deidades de la noche oscura. Amo el poema de Yeats donde un hombre se hace viejo y sueña con la suave mirada que algún día tuvieron sus ojos. Se pregunta cuántos amaron sus momentos de grácil alegría, cuántos amaron su belleza con amor falaz o cierto...

La mirada de Padovani abandonó la mía para buscar un indicio de vida en el crepúsculo de Venecia. Admitió que a veces se sentía solo y añoraba una compañía que todo el capricho y toda la gloria del mundo no le podían procurar. Si yo leía a Yeats, él conocía bien a Rilke y recordaba las líneas sobre un Apolo de mirada sin sombra, la boca muda porque no había aún servido para nada, pero insinuando apenas la primera sonrisa.

Alguien, concluyó Padovani, le está trasmitiendo su propio canto.

Entonces la luz revela la mancha de sangre seca alrededor de mi bragueta abierta. Todas las mujeres se miran entre sí. Súbitamente se quieren, ay mana, si estamos juntas en todo, igual que en este barco, ¿cómo nos vamos a separar, cuatitas? Hermanas hasta la muerte, se abrazan, lloran, recuerdan, el hombre, el hijo, los padres, comparten un pasado que se inventan para ser hermanas, ahora se inventan un porvenir en que cada una ayuda a las demás, a todas les va a ir bien porque la primera que triunfe va a desparramar su oro y compartir su éxito con todas las demás, nomás faltaba, nomás faltaba...

Sólo dos personas mantenemos la distancia mientras crecen las lágrimas, las manos unidas, los abrazos, los temblores, los sudores.

Blanca Nieves, porque las conoce de sobra y sólo dice, bola de pendejas.

Y yo, que las envidio porque no recuerdo en mi profesión o en mi vida un encuentro comparable de fraternidades.

¿Qué horas son?

La embarcación decide que va a hacer su gusto, está sin gobierno y responde al mar grueso que hemos encontrado. La corriente nos arrastra como un imán hacia el Mar de Cortés, que ellas desconocen hasta por nombre pero que yo imagino transparente y sembrado de joyas: ¿no fue regando el pobre conquistador todas sus riquezas por el fondo de los lagos y lo mares, el oro de Moctezuma en las ciénagas de la noche triste, las esmeraldas de la Conquista en una batalla naval en Argelia? ¿Qué tesoro hereda un aventurero así, el conquistador de un imperio igual al Sol? La Luna mi hermana me contesta esta noche, este amanecer, esta tarde de luna aparecida a deshora, ya no sé, pero la Luna me contesta que acaso no hereda más que el nombre de un mar, testamento de agua, fama de sal y viento. Yo estoy muerto y sólo veo en el fondo del mar una gigantesca telaraña temblorosa.

El queche vuelve a orzar, la proa se levanta y la botavara queda acostado a un lado, se hunde y empieza a arrastrar al velero. El timón está sin gobierno; la superficie de vela arrastrada por la botavara vence al timón. Estamos al garete y en ese instante todos los apetitos y recuerdos y temores se funden en uno solo, que soy yo, objeto temible, lo que queda de mí lo entiende y tiembla al saberlo, yo soy el culpable de la situación, culpable de haber abusado de ellas, culpable de ser norteamericano, de ser rico, de ser famoso, de serlo todo menos lo que ellas ignoran, porque ya lo dije, ignoran a las estrellas y no saben leer en los cielos, pero tampoco en las brújulas; soy un actor, con mil carajos, soy un actor frustrado, condenado igualmente por su mediocridad habitual y por su éxito excepcional, sí, soy culpable de muchas cosas, de mi profesión, de mi esposa, de mis socios, de mis compañeros de trabajo, que son las gentes que recuerdo, y súbitamente, muerto aquí y pudriéndome bajo el sol del Pacífico, perdiendo mis facciones poco a poco pero instantáneamente, pienso en las estatuas de Apolo que sólo cuentan la vejez por siglos y la muerte nunca, trato de salvar mi responsabilidad asimilándome como las estatuas, reuniéndome con los poetas y los artistas, abrazando a mi hermana desvanecida la Luna, colgando sobre mis sienes los laureles de los nombres que son los príncipes del lenguaje y de la visión, Yeats, Rilke, Padovani, Turner y el Mar, Gé-

ricault y la balsa de Medusa, todo lo que aprendí
en mi vida infantil y no volví a encontrar hasta
una tarde en el Lido de Venecia; pero todo lo
quiebra mi culpa hacia una recamarera india que
se detuvo a mirarme en la piscina de gardenias
con las botellas en la mano; soy culpable de un niño parecido a mí que me guió hasta la huerta iluminada por faroles chinos donde encontré a estas
mujeres; culpable de otro niño desconocido por
mí que se salvó de la muerte porque un naranjo
en flor perfumaba la recámara donde su madre
cogía con los desconocidos; culpable, en fin, de
una pobre gringa cincuentona a la que ofendí
confundiéndola con Cindy mi esposa y cache-
teándola en público...

En los ojos de todos ellos vi un tiempo sin
consideraciones para mi individualidad. Sobre todo vi a esos niños mexicanos y sentí miedo de escapar de mi propia individualidad más o menos
protegida, construida con un cierto esmero y con
mucha paciencia para enfrentarme a una humanidad sin amparo, en la que las circunstancias ni respetan ni distinguen a nadie.

Me di cuenta. En la muerte, me volví mexicano.

Al mediodía

El guardacostas nos abordó en medio del alborozo y el temor confundidos de Blanca Nieves
y sus siete enanas. Estábamos a la altura de Barra
de Navidad, bien lejos del Mar de Cortés. Bueno,

la muerte desorienta, perdón. El puerto más cercano era Manzanillo. Los marineros se taparon las narices con pañuelos al abordar. El capitán inspeccionó rápidamente y rápidamente las interrogó. Se murió del corazón, dijo Blanca Nieves. Las muchachas no abrieron la boca. Entonces quién lo castró, preguntó el capitán señalando a mi bragueta. Todas, gritó María de la Gracia. Dolores iba a gritar, tenía hambre. Blanca Nieves se adelantó. Era un pervertido. Era un gringo. Quiso abusar de mis muchachas. Los del guardacostas se rieron de ella. Está bien, dijo entonces Blanca Nieves. Fui yo. Tenía hambre. ¿A poco ustedes no les gusta comer criadillas? Por ahí se empieza. Pero de todos modos, somos católicas y mexicanas.

Al día siguiente, todos los días

Remolcaron el queche de regreso a Acapulco. Nadie pudo identificarme. De mis facciones más o menos famosas no quedaba nada. En el Club de Yates dijeron que pagué al contado y por adelantado, sin dejar mi nombre. Esto era falso. Los servicios los contrató el hotel. Pero nadie quería comprometerse en un caso tan extraño, ni el hotel al club, ni el club al hotel. Mientras averiguaban, María de la Gracia confesó que yo era su novio y el padre de su hijo y reclamó el cadáver. Con tal de deshacerse de él (quiero decir de mí) se lo entregaron. Es decir, me entregaron.

Ella me metió en un cajón y me hablo muy quedo, dándome las gracias porque gracias a mí, dijo, había recordado el nombre de su pueblo y la tumba de su hijo.

Me llevó en un camión de pasajeros hasta un pueblo sin nombre por el rumbo de la Costa Chica de Guerrero. Mi presencia fue festejada por los demás pasajeros.

Al llegar al pueblo de la costa el carpintero reconoció a María de la Gracia y le regaló un ataúd.

Ella lo agradeció y me enterró al lado de su hijo, en un cementerio de cruces pintadas de añil y de bermejo, de amarillo y negro como los pájaros, como los peces. La tumba está al lado de un alto naranjo de seis o siete metros, que aquí parece haber alcanzado su pleno desarrollo. ¿Quién lo habrá plantado; hace cuánto tiempo? Quisiera saber cuánta historia me protege de ahora en adelante. ¿Yazco a la sombra de la historia?

Cuando el recepcionista del hotel, el hombrecito polveado de café con bigotillo de mosca, dijo ser el único que me había visto, mintió. La recamarera india me miró flotando en la piscina y leyendo un libro de poemas mojado. Sólo ahora regresa a mí la línea que dice: *Pero un hombre amó tu alma peregrina y amó las sombras de tu mutante rostro*. Ahora recuerdo esa línea cuando pienso en una joven indígena iletrada que ni siquiera hablaba español. El hombrecito de la guayabera quiso salvar su piel pero seguirle la corriente a la conspiración. Dijo que en efecto me había registrado, me había visto, pero luego yo me había ido sin dejar señas. La cuenta había sido puesta a mi nombre a cargo de mi tarjeta de *American Express*.

La investigación se centró en mí y si bien algunos dedujeron que yo era el cadáver encontrado a la deriva con siete putas y una madrota acapulqueñas en el Pacífico a la altura de la Barra de Navidad en un queche llamado *Las Dos Américas*, nadie fue capaz de seguir a un pobre ser tan humilde como María de la Gracia hasta su pequeño pueblo de la Costa Chica y además Blanca Nieves estaba bien entambada por haberme cortado los cojones pero bien orgullosa, también, de haber salvado a sus muchachas. Todo se olvida. Las pistas se pierden. La posibilidad de mi extraña muerte apenas mereció un breve obituario en el *Los Angeles Times*. La revista *Time* ni siquiera lo registró. En la columna de transiciones de *Newsweek* sólo se leyó:

MUERTE PRESUMIDA. Vince Valera, 55, cejijunto galán de películas de serie B, dotado de un cierto atractivo irlandés, ganador del único Óscar dado a un actor americano por una película europea (*La larga noche* de Leonello Padovani, 1972). Desaparecido en Acapulco.

Cindy lo heredó todo y ya no quiso averiguar nada.

Muerto, quisiera añadir algo, mucho más a esa escueta biografía. Sueño destinos ajenos que pudieron ser míos. Me imagino en México, conquistando la Gran Tenochtitlan, amando a una princesa india. Me imagino encarcelado, soñando con mi madre muerta y abandonada. Me imagino en otro siglo, divertido, organizando brindis y serenatas en una ciudad barroca que no conozco. Frente a otra ciudad desconocida, pero antigua, me imagino vestido de negro al frente de un ejército enlutado, decidido a vencer en un combate contra el puro espacio invisible. En una larga noche de bruma y lodo, me veo caminando a lo largo de un río con una niña de la mano. La he salvado de la prostitución, la enfermedad, la muerte...

Sueño con el naranjo y trato de imaginar quién lo plantó, árbol mediterráneo, oriental, árabe y chino, en esta costa lejana de las Américas por primera vez.

Como mi rostro desapareció por efecto del agua de mar, el sol y la muerte, María de la Gracia tomó una máscara de cartón comprada en el mercado de su pueblo y me la puso sobre la cara antes de enterrarme.

—Ésta es tu cara. Tu rostro para la muerte.

Esto dijo la muchacha como si entonara un rito antiguo.

Nunca he podido ver esa máscara. No sé qué cosa o a quién representa. Vean ustedes: he cerrado los ojos para siempre.

Acapulco-Londres,
mayo 1991-septiembre 1992

Las dos Américas

A Bárbara y Juan Tomás de Salas

Fragmentos del diario de un marinero genovés

Hoy desembarqué en la playa encantada. Hacía calor y amaneció temprano, pero la luz del agua era más brillante que la del cielo. No hay mar más translúcido, verde como el jugo de limón que tanto ansiaron mis marineros muertos de escorbuto en la larga travesía desde el Puerto de Palos. Se logra ver hasta el fondo, como si la superficie del agua fuese meramente un vidrio. Y el fondo es de arenas blancas y lo cursan peces de todos los colores.

Mis velas están desgarradas por las tormentas. El 3 de agosto salimos de la Barra de Saltes y el 6 de septiembre vimos por última vez tierra al zarpar del Puerto de la Gomera en Canarias. De las tres carabelas, hoy sólo queda el batel que logré rescatar de la sublevación y la muerte. De los tripulantes, sólo yo sobrevivo.

Sólo mis ojos ven esta playa, sólo mis pies la pisan. Hago lo que la costumbre me ordena hacer.

Me pongo de rodillas y doy gracias a un Dios que seguramente está demasiado ocupado en cosas más importantes para fijarse en mí. Cruzo dos palos viejos e invoco el sacrificio y la bendición. Reclamo la tierra en nombre de los Reyes Católicos que jamás pondrán pie en ella. He llegado desnudo y pobre a estas playas. Pero, ¿qué vamos a poseer, ellos o yo? ¿Qué es esta tierra? ¿Dónde carajos estoy?

Mi mamá me lo decía allá en Génova, mientras la ayudaba a tender las inmensas sábanas a orear y me imaginaba, desde chiquito, impulsado por grandes velámenes hasta los confines del universo:

—Niño, deja de soñar. Por qué no te contentas con lo que puedes ver y tocar. Por qué siempre me hablas de lo que no existe.

Tenía razón. Debía satisfacerme el goce de lo que estoy mirando. La blanca playa. El abrupto silencio, tan lejos de los aturdidos rumores de Génova y Lisboa. Las suaves brisas y el tiempo como abril en Andalucía. La pureza del aire, sin uno solo de los malos olores que son la plaga de los atestados puertos del Mar Tirreno. Aquí, sólo las bandadas de papagayos oscurecen el cielo. Y en las arenas de la playa no encuentro la mierda, la basura, los paños sangrantes, las moscas y las ratas de todas las ciudades europeas, sino albos confines de pureza, perlas tan numerosas como las arenas mismas, tortugas parturientas, y detrás de la playa, en formaciones sucesivas, la selva tupida de palmeras junto al mar y luego, en ascenso hacia las montañas, macizos conjuntos de pinares, robles y madroños, que es una gloria mirarlos. Y en la cima del mundo, una altísima montaña coronada de nieve, dominando al universo y salvada, me atrevo a decirlo, de las furias del diluvio universal. He llegado, qué duda cabe, al Paraíso.

¿Es esto lo que quería encontrar? Ya sé que mi propósito era llegar a China y Japón. Siempre dije que, al fin y al cabo, sólo se descubre lo que primero se imagina. De manera que llegar a Asia era sólo una metáfora de mi voluntad o, si ustedes lo prefieren, de mi sensualidad. Desde la cuna, tuve una impresión carnal de la redondez de la tierra. Mi madre poseía dos gloriosas tetas que me acostumbré a mamar con una fruición tal que pronto la agoté. Ella dijo que prefería lavar y tender sábanas a alimentar a un niño tan voraz. Se sucedieron así mis pilmamas italianas, a cual más de lechosas, redondas, godibles y terminadas sus tetas en deliciosas puntas que para mí llegaron a conformar, claro está, la visión misma del mundo. Teta tras teta, leche tras leche, mi mirada y mis labios se inundaron con la visión y el sabor del globo.

Consecuencia primera: Para siempre vi al mundo como una pera que fuese toda muy redonda, salvo allí donde tiene el pezón, que allí tiene más alto, o como quien tiene una pelota muy redonda, y en lugar de ella fuese como una teta de mujer, y que esta parte del pezón sea la más alta y la más propinca al cielo.

Consecuencia segunda: Que si alguien venía a decirme que estaba loco y que un huevo no se sostiene de pie, yo, para ganar el debate, aplastaba un extremo del huevo y así lo asentaba. Pero mi mente, en realidad, pensaba en morder un pezón hasta vaciarlo de leche y hasta que la nodriza gritara. ¿De placer, de dolor?

Jamás lo sabré.

Aquella infancia mía tiene una consecuencia tercera que debo admitir cuanto antes. A los genoveses no se nos toma muy en serio. En Italia hay grados diversos de la seriedad. Los florentinos consideran que los genoveses no somos dignos de crédito. Ellos, en cambio, se ven a sí mismos como nación de gente sobria, calculadora y con buena cabeza para los negocios. Pero los ciudadanos de Ferrara ven a los florentinos como gente sórdida, siniestra, avara, llena de engaño y treta para obtener sus fines y justificarlos con cualquier medio. Los ferrarenses prefieren ser fijos y aristocráticos como un medallón clásico, inmutable y refinado. De tan superiores que son (o se sienten) no hacen nada para no desmentir la efigie de su nobleza, y pronto caen en la desesperación y el suicidio.

De manera que si los de Ferrara desdeñan a los de Florencia y éstos a los de Génova, a nosotros no nos queda más recurso que despreciar a los napolitanos gritones, mugrosos, frívolos, y los napolitanos no tienen otro remedio que echarles basura a los sicilianos, torvos, asesinos, deshonestos.

Quiero que el lector de este diario que pronto voy a arrojar al mar entienda lo anterior para que comprenda, también, mi dramática decisión. Un hombre de mi tierra y de mi tiempo ha debido sufrir tantas humillaciones como ha impuesto. Genovés, fui tratado como quimerista y fabulador en todas las cortes de Europa a donde llevé mis conocimientos de navegación y mis teorías sobre la circunferencia tetona del planeta. Hombre hablador y glorioso, más fantástico que cierto: así fui tratado, lo mismo en París que en Roma, en Londres que en los puertos de la Hansa. Así se refirieron a mí —lo supe por los chismosos que nunca faltan— Fernando e Isabel después de mi primera visita. Por eso me trasladé a Lisboa, pues en la capital portuguesa se congregaban todos los aventureros, soñadores, comerciantes, prestamistas, alquimistas e inventores de mundos nuevos. Allí, podía ser uno entre muchos y serlo todo mientras aprendía lo que, sin duda, me faltaba aprender para abrazar al mundo redondo, agarrar al universo de las tetas y chuparle los pezones hasta dejarlo sin gota de leche. Tuve un caro aprendizaje.

Ayer se acercaron a mí los primeros hombres de estas nuevas tierras. Yo dormía sobre la arena, agotado por los últimos días de mi viaje en batel, solo y orientado sólo por mi excelente conocimiento de *las estrellas*. Pasaban por mi sueño, que era en verdad pesadilla, las escenas terribles de las tormentas en alta mar, la desesperación de los marineros, el escorbuto y la muerte, el motín y al cabo, la muy cabrona decisión de los muy cabrones hermanos Pinzón de regresarse a España y abandonarme en un batel con tres odres de agua, dos botellas de alcohol, un costal de semillas y mi baúl lleno de curiosidades: baratijas, bonetes colorados y un compartimiento secreto con papel, plumas y tinta. En malahora me abandonaron: ayer soñé el paso de sus cadáveres sin dientes sobre una balsa de culebras.

Despierto con los labios llenos de arena, como una segunda piel otorgada por la profundidad del sueño, y veo primero el cielo y el paso fugitivo de grajos y ánades, pronto cegado por el círculo de rostros color de canario que hablan como pájaro, en lengua cantarina y tiplada y que, al alzarse para tomarme de las axilas e incorporarme, se revelan totalmente desnudos ante mí.

Me dieron de beber y me condujeron a unos como alfaneques donde me sirvieron comida desconocida y me dejaron reposar.

En los días próximos, cuidado y protegido por este pueblo, recuperé las fuerzas y me admiré de ellos. Eran hombres y mujeres sin mal de la guerra, desnudos, muy mansos y sin armas. Sus tierras eran fertilísimas y con grandes riberas de agua. Hacían una vida regular y contenta. Dormían en camas que se mecen como redes de algodón. Atravesaban los pueblos con un tizón humeante en la mano, del cual chupaban con evidente satisfacción como yo de las tetas. Fabricaban almadías de noventa y cinco palmos de longura de un solo madero, muy hermosas, y en ella cabían y navegaban hasta ciento cincuenta personas, comunicándose entre las diversas islas y la tierra firme que pronto me llevaron a conocer.

Sí, había llegado al Paraíso y mi dilema era uno solo: Comunicar o no este hallazgo a mis ilustres patronos europeos. Quedarme callado o anunciar mi hazaña.

Escribí las cartas apropiadas para que el mundo me honrase, asombrado, y los monarcas de Europa se rindiesen ante mi hazaña. ¿Qué mentiras no conté? Conocía la ambición mercantil y la desmedida avaricia de mi continente y del mundo, de manera que describí tierras llenas de oro y especiería y almáciga y ruibarbo. Después de todo, estas empresas de descubrimiento, fuesen inglesas, holandesas, españolas o portuguesas, eran pagadas para poner sal y pimienta en las mesas de los europeos. Los pedazos de oro, escribí en consecuencia, se recogen como granos de trigo. Aquí se hallan, a salvo de las aguas del diluvio, erguidos y resplandecientes, como si fuesen las tetas de la creación, los montes de oro de Salomón.

No desconocía, sin embargo, la necesidad fabuladora de mis contemporáneos, la envoltura mítica que disfrazara e hiciese paladeable el afán de lucro. Oro, sí, pero guardado en minas profundas por caníbales y fieras bestias. Perlas también, pero reveladas por el canto de sirenas con tres tetas tres. Mares transparentes, pero surcados por tiburones con dos vergas y, además, plegadizas. Islas pródigas, pero defendidas por amazonas que sólo reciben una vez al año la visita de hombres, se dejan preñar y cada nueve meses regresan a los niños machos con sus padres y se guardan sólo a las niñas hembras. Son implacables con los intrusos: los castran. Son implacables con sí mismas: se cortan un seno para disparar mejor sus flechas.

Ahora debo admitir que tanto mis extravagarios míticos como mi muy sensible aprecio de la nobleza de estos salvajes, enmascaraban la experiencia más dolorosa de mi vida. Hace veinte años, me uní a una expedición portuguesa al África que resultó ser un infame negocio para capturar negros y luego traficar con ellos. Cinismo mayor no conocieron los hombres. Los reyes negros de las costas del marfil cazaban y capturaban a sus propios súbditos, acusándolos de rebelión y cimarronería. Ellos mismos los entregaban a los clérigos cristianos para evangelizarlos y salvar sus almas. Los clérigos, a su vez, los confiaban al buen cuidado de los esclavistas portugueses, con el fin de darles ocupación y llevarlos a Europa.

Los vi partir de los puertos del Golfo de Guinea, donde los mercaderes portugueses llegaban con barcos cargados de mercancía para los reyes negros, a cambio de su población esclavizada, aunque redimida por la religión. Se vaciaban los barcos de sedas, percales, sillas curules, vajillas, espejos, paisajes de la Isla de Francia, misales y bacinicas; se llenaban de hombres separados de sus mujeres, enviadas éstas a un destino, aquéllos a otro, los niños divididos y todos arrojados dentro de galeras apretadas, sin espacio para moverse, obligados a cagar y orinar unos encima de otros, a tocar sólo lo próximo y a hablar en su propia lengua a quienes, abrazados mortalmente a ellos, no les entendían. ¿Ha habido raza más humillada, despreciada, sujeto al puro capricho de la crueldad, que ésta?

Vi partir los barcos del Golfo de Guinea y ahora, en mi Nuevo Mundo, me juré que esto jamás ocurriría.

Pues ésta era como la Edad de Oro que evocan los antiguos y así se lo recité a mis nuevos amigos de Antilia, que así dijeron se llamara su isla, y me escuchaban sin comprender, pues los describía a sí mismos y a su tiempo: Primero fue la Edad de Oro, cuando el hombre se gobernaba con la razón incorrupta y en busca constante del bien. Ni obligado por el castigo, ni acicateado por el miedo, su palabra era simple, y su alma sincera. No hacía falta ley allí donde nadie oprimía, ni juez ni tribunal. Ni muros, ni trompetas, ni espadas se forjaban, pues todos desconocían estas palabras: lo Tuyo y lo Mío.

¿Era inevitable que llegara la Edad del Fierro? ¿Podía yo aplazarla? ¿Por cuánto tiempo?

Había llegado a la Edad de Oro. Abracé al buen salvaje. ¿Iba a revelar su existencia a los europeos? ¿Iba a librar a estos pueblos dulces, desnudos, sin malicia, a la esclavitud y la muerte?

Tomé la decisión de callar y permanecer entre ellos por varios motivos y con diversas estrategias. No crea el lector que tiene que habérselas con un simple, pues los genoveses seremos mentirosos, pero no ingenuos.

Abrí mi baúl y encontré los sombreros y los abalorios. Con gusto se los entregué a mis anfitriones y ellos se gozaron mucho con estas baratijas. Mas yo me pregunté a mí mismo: Si mi propósito era llegar a la corte del Gran Khan en Pekín y al fabuloso imperio de Cipango, ¿a quién iban a impresionar estos chunches adquiridos en el mercado del Puerto de Santa María? Los chinos y los nipones se hubiesen reído de mí. Entonces, en mi zona inconsciente, mamaria, yo sabía la verdad: no llegaría a Catay porque no quería llegar a Catay; quería llegar al Paraíso, y en el Edén no hay más riqueza que la desnudez y la inconsciencia. Acaso era éste mi verdadero sueño. Lo cumplí. Ahora debía protegerlo.

Me amparaba la ley más férrea de la navegación portuguesa, que era la ley del secreto. Los navegantes salidos de Lisboa y la Punta de Sagres habían impuesto una política de sigilo a todo precio, ordenada por sus monarcas sebastianistas y utópicos. Los capitanes portugueses que revelasen las rutas o sitios de sus descubrimientos (para no hablar de los viles marineros) eran perseguidos hasta el fin del mundo y al ser encontrados (que lo serían, no lo dudéis) eran descuartizados. Cabezas y extremidades de traidores habían sido halladas a lo largo de las rutas lusitanas, de Cabo Verde a la Buena Esperanza y de Mozambique a Macao. Eran implacables: Si hallaban navíos intrusos en sus rutas, los portugueses tenían órdenes de hundirlos inmediatamente.

A este silencio absoluto me acojo. Le doy la

vuelta, como un guante, y lo aprovecho para mí. Silencio absoluto. Sigilo eterno. ¿Qué fue del hablador y quimérico marino genovés? ¿De dónde era en realidad? ¿Por qué, si era italiano, sólo escribía en español? ¿Por qué, sin embargo, creen que era italiano cuando él mismo (es decir, yo mismo) escribió/escribí: Extranjero soy? Pero ¿qué significaba en aquellas épocas ser extranjero? Lo era un genovés para un napolitano, o un andaluz para un catalán.

Como si adivinase mi destino, sembré confusiones minuciosas. En Pontevedra dejé un falso archivo para enloquecer a los gallegos, que son por partes iguales duros realistas y enamorados de la quimera. A los extremeños, que nunca sueñan, en cambio, les hice creer que crecí en Plascencia cuando en verdad lo hice en Piacenza. A Mallorca y Cataluña, les di la mano y la uña: mi apellido, que es el del Espíritu Santo, abunda en esas costas. Córcega, que aún no tiene a ningún prohombre, podrá reclamarme por una mentira que le conté a dos abates ebrios al pasar por Bastiá.

Y sin embargo, a nadie engañé. Lo único que dejé escrito en claro es lo siguiente: "De muy pequeña edad entré en la mar navegando, e lo he continuado fasta hoy... Ya pasan de cuarenta años que yo voy en este uso. Todo lo que fasta hoy se navega, todo lo que he andado. Trato y conversación he tenido con gente sabia, eclesiásticos y seglares, latinos y griegos, judíos y moros, e con otros muchos de otras sectas".

Mi patria es el mar.

Al mar arrojé la botella con las páginas fabulosas, todas las mentiras sobre sirenas y amazonas, oro y perlas, leviatanes y tiburones. Pero también conté la verdad sobre ríos y costas, montañas y bosques, tierras labrantías, frutos y peces, la belleza noble de la gente, la existencia del Paraíso.

Todo lo disfracé, sin embargo, con un nombre que escuché aquí y la naturaleza que le atribuí. El nombre era Antilia. La naturaleza, intermitente. La isla de Antilia aparecía y desaparecía de la vista. Un día el sol la revelaba; al siguiente, la bruma la esfumaba. Flotaba un día, se hundía al siguiente. Tangible espejismo, fugaz realidad, entre el sueño y la vigilia esta tierra de Antilia sólo era visible, al cabo, para quien primero fuese capaz, como yo de niño, de imaginarla.

Arrojé al mar la botella de la fábula, seguro de que nadie la encontraría jamás y, de hallarla, en ella leerían el delirio de un loco. Pero yo conducido por mis dulces amigos al sitio de mi residencia permanente, me dije una verdad que sólo ahora consigno.

El lugar era éste: Un golfo de agua dulce en el que desembocaban siete ríos, venciendo las salinas del mar con su ímpetu fresco. Un río es una natividad eterna, renovación, limpieza y brío perpetuamente renovados, y los ríos de Antilia desembocaban en el golfo con un rumor deleitoso, constante, que disipaba por igual el estruendo de los callejones mediterráneos y su gritería de vendedores, niños, porteras, pícaros, cirujanos, carniceros, azabacheros, cuchilleros, fundidores, horneros, pellejeros, barberos, aceiteros, y el silencio de la noche y el miedo, o de la muerte inminente.

Aquí me asignaron un bohío y una hamaca (era el nombre que le daban a la cama de hilos). Una mujer tierna y solícita. Una almadía para mis paseos, y dos remeros jóvenes para acompañarme. Comida abundante, dorada del mar y trucha del río, ciervo y guajolote, papaya y guanábana. De mi costal saqué las semillas que eran del naranjo y juntos sembramos en los valles y colinas del Golfo del Paraíso. Mejor que en Andalucía creció en Antilia el árbol con hojas lustrosas y flores aromáticas. Jamás vi mejores naranjas, más parecidas al sol, que al sol le daban envidia. Tenía al fin un jardín de tetas perfectas, mamables, comestibles, renovables. Yo había conquistado mi propia vida. Era dueño eterno de mi juventud recobrada. Era un niño sin la vergüenza o la nostalgia de serlo. Podía mamar naranja hasta morirme.

El Paraíso, sí. Pues en él permanecía, liberado sobre todo de la horrible necesidad de explicarles a los europeos una realidad diferente, una historia inexplicable para ellos. ¿Cómo va a entender Europa que hay una historia distinta de la que ella hizo o aprendió? ¿Una segunda historia? ¿Cómo van a aceptar los europeos que el presente es no sólo el heredero del pasado sino el origen del futuro? Qué responsabilidad tan atroz. Nadie la toleraría. Menos que nadie, yo.

Bastante problema tendría, personalmente, en acabar con todas las mentiras sobre mi persona y admitir: No soy catalán ni gallego, ni mallorquí ni genovés. Soy judío sefardí, cuya familia huyó de España después de las persecuciones de siempre: una más, una de tantas, ni la primera ni la última...

El lector de estas notas dedicadas al azar comprenderá sin duda, al leerlas, los motivos de mi silencio, de mi abstención, de mi permanencia en Antilia. Quise atribuir el cariño con que fui tratado a mi personal simpatía, y aun a mi empatía con quienes me recibieron. No hice caso de los rumores que me convertían en protagonista de una leyenda divina. ¿Yo, Dios blanco y barbado? ¿Yo, puntualmente de regreso para ver si los hombres habían cuidado la tierra que les di? Recordé las tetas de mis nodrizas y le di un gran mordisco a la naranja que siempre está a mi lado, perennemente renovada, casi mi cetro.

Desde el mirador de mi alto belvedere enjalbegado, miro la extensión de las tierras y la unión de los ríos, el golfo y el mar. Siete ríos descienden, unos mansos y otros torrentosos (incluyendo una catarata), a llenar el golfo que a su vez se abre dócil sobre un mar defendido de su propia cólera por los arrecifes de coral. Mi blanca casa, refrescada por los vientos alisios, domina las huertas de naranjos y es protegida por docenas de laureles. A mis espaldas, los montes murmullan sus nombres de pino y ciprés, de roble y madroño. Águilas reales se posan en las cimas blancas; las mariposas descienden como una catarata más, mitad oro, mitad lluvia; todas las aves del mundo se dan cita

en este aire inmaculado, desde la grulla, la guaca-
maya y la lechuza de negras antiparras, pasando
por aquellas que distingo por su aspecto más
que por su nombre: aves que son como hechiceras
de orejas negras, aves que se despliegan como inmensas sombrillas, otras tocadas de rojo cardenali-
cio, otras con gargantas de plata, aves carpinteras y
aves ardillas, aves con picos rojos y palomas de pico breve, unas que suenan como trompetas y otras
con sonido de relox, jacamares y pájaros hormi-
gueros que se nutren de la abundancia de lo que
consumen. Todo lo preside el grito permanente
del pájaro caracara, mi halcón terrestre que jamás
ha volado pero que, arrastrándose por la tierra, devora el desperdicio y con ello redime la vida.

Pues más allá de la vida visible de mi paraíso
terreno está lo que lo sostiene, y esto es la minucia
de la vida invisible. La riqueza de la vida animal es
patente, y el cuervo, el ocelote, el tapir y la onza,
marcan claramente sus caminos en la selva y el
monte; se perderían en ellos sin la guía de los olores vivos que son las rutas del silencio y de la noche. El mono araguato y el armadillo, el jaguar y
la iguana, son guiados todos por millones de organismos invisibles que limpian el agua y el aire de
sus venenos cotidianos, como lo hace, a ojos vistas, el ruidoso halcón caracara. El aroma de la selva lo despiden millones de cuerpecillos ocultos
que son como la luz invisible de la espesura.

Ellos esperan la noche para moverse y saber.
Nosotros, aguardamos el amanecer. Yo miro las
enormes orejas felpudas del lobo pardo que todas

las noches se acerca a mi puerta. En ellas se agolpa la sangre y huye el calor. Es el símbolo de la vida en el trópico, donde todo está preparado para vivir bien si se quiere prolongar la vida y respetar su flujo natural. Todo se vuelve contra uno, en cambio, apenas nos mostramos hostiles y queremos dominar, dañándola, a la naturaleza. Los hombres y mujeres de mi nuevo mundo saben cuidar la tierra. Se los digo a cada rato, y por ello me veneran y protegen, aunque no sea Dios.

Comparo esta vida con la que dejé atrás en Europa y me estremezco. Ciudades sepultadas en basura, redimidas a veces por el fuego pero ahogadas enseguida por el hollín. Ciudades de intestinos visibles, coronadas de feces, por cuyas alcantarillas corren el pus y la orina, la sangre menstrual y el vómito, el inútil semen y los cadáveres de los gatos. Ciudades sin luz, estrechas, hacinadas, por donde todo deambula cual fantasma o dormita cual súcubo. Mendigos, asaltantes, locos, multitudes que hablan solas, ratas escurridas, perros cimarrones que regresan en manadas, migrañas, fiebres, mareos, temblores, duros volcanes de sangre entre las piernas y en los sobacos, una urdimbre negra en la piel: cuarenta días de abstinencia no evitaron cuarenta millones de muertos en Europa. Las ciudades se despoblaron. Los saqueadores entraron a tomar nuestras posesiones y los animales se instalaron en nuestros lechos. Nuestros ojos estallaron. Nuestro pueblo fue acusado de envenenar los pozos. Fuimos expulsados de España.

Ahora yo vivo en el Paraíso.

¿Por cuánto tiempo? A veces pienso en mi familia, en mi pueblo disperso. ¿Tengo familia también, mujer, descendencia, en este nuevo mundo? Es posible. Vivir en el Paraíso es vivir sin consecuencias. Los afectos pasan por mi piel y mi memoria como agua por un filtro. Queda una sensación, más que un recuerdo. Es como si el tiempo no hubiese transcurrido entre mi llegada a estas tierras y mi pacífico estar en la blanca mansión de los naranjos.

Cultivo mi propio jardín. En el naranjo, se reúnen mis más inmediatos placeres sensuales —miro, toco, pelo, muerdo, trago— pero también la sensación más antigua: mi madre, las nodrizas, las tetas, la esfera, el mundo, el huevo...

Mas si deseo que mi historia personal tenga resonancia colectiva, debo ir más allá de la tetanaranja a los dos objetos de la memoria que celosamente traigo conmigo desde siempre. La llave de la casa ancestral de mis padres en la judería de Toledo es uno. Arrojados de España por la persecución, jamás perdimos la lengua castellana ni la llave del hogar. Ha pasado de mano en mano. Nunca ha sido una llave fría, pese al metal de su factura. Demasiadas palmas, yemas, dedos, uñas judías la han mimado.

La otra cosa es una plegaria. Todos lo sefardíes españoles viajamos con ella y la clavamos a la puerta de nuestro armario. Yo hago lo mismo en Antilia. He improvisado un ropero donde quedan, cual memento, mis antiguas cotaras, el jubón y las calzas, pues mis amigos del Mundo Nuevo me han enseñado a usar ropa de hilo, suave y floja, blanca y aireada: camisa y pantalón, sandalias. Allí he clavado la oración de los judíos emigrados y dice así: Madre España, has sido cruel con tus hijos israelitas. Nos has perseguido y expulsado. Hemos dejado atrás nuestras casas, nuestras tierras, no nuestros recuerdos. Mas a pesar de tu crueldad, te amamos, España, y a ti anhelamos regresar. Un día tú recibirás a tus hijos errantes, les abrirás los brazos, pedirás perdón, reconocerás nuestra fidelidad a tu tierra. Regresaremos a nuestras casas. Ésta es la llave. Ésta es la oración.

La pronuncio y casi como un deseo cumplido, hasta mí regresa un recuerdo de mi arribo, urgido y chillón como el pájaro caracara.

Estoy sentado en mi balcón haciendo, a la hora primera, lo que mejor hago, que es contemplar. Soplan aires tempranísimos. Sólo falta oír ruiseñores. He rezado la oración del regreso sefardita a España. No sé por qué, pero pienso en algo que nunca me preocupa, de tan habituado que estoy a ello. Antilia es una tierra que aparece y desaparece periódicamente. No he descubierto las reglas de esas mutaciones y prefiero desconocerlas. Temo que conocer el calendario del aparecer y desaparecer sea algo así como conocer, con anticipación, la fecha de nuestra muerte.

Prefiero hacer lo que la naturaleza y el tiempo real de la vida me ordenan. Contemplar, gozar. Pero esta mañana, sorpresivamente, pasa volando un ave blanca con rabo de junco, de ésas que el marinero ve pasar gozoso, porque es ave que no duerme en el mar; indica vecindad de la tierra. Soplan los alisios y la mar está llana como un río. Grajos y ánades y un alcatraz atraviesan huyendo al sudeste. Su prisa me alarma. Insólitamente, me incorporo con un sobresalto al mirar en la altura el paso de un bifurcado, ave que hace vomitar a los alcatraces lo que comen las aves de presa para comérselo ella. Es ave de mar, pero no posa en él, ni se aparta veinte leguas de la tierra.

Me doy cuenta de que estoy mirando una ocurrencia del pasado. Esto es lo que ya vi al llegar aquí. Hago un esfuerzo para disipar este espejismo y mirar lo que ocurre hoy. No sé distinguir, sin embargo, las dos ocurrencias. Otro pájaro se hace visible en el cielo. Se acerca, primero apenas un punto, luego brillante estrella, tanto que me ciega al medirla contra el sol. El pájaro desciende al golfo. De su panza salen dos patas inmensas como almadías y con un gruñir espantoso, acallando la gritería alborotada del caracara, se asienta en el agua, levantando una nube de espuma y encrespa las aguas del golfo.

Todo se calma. El pájaro tiene puertas y ventanas. Es una casa del aire. Una mezcla del Arca de Noé y el mitológico Pegaso. La puerta se abre y aparece, sonriente, con dentadura cuyo brillo opaca el del sol y el metal, un hombre amarillo, como los describe Marco Polo mi antecesor, con espejuelos que añaden al conflicto del brillo, vestido de manera extraña, con una maletita negra en la mano y zapatos de piel de cocodrilo.

Hace una reverencia, sube a un batel rugiente desprendido de la nave voladora, y navega hacia mí.

Nada me sorprende. Desde el principio desengañé a quienes en mí querían ver una especie de marinero hablantín e iletrado. Dios me dio espíritu de inteligencia y en la marinería me hizo abundoso; de astrología me dio lo que abastaba, y así de geometría y aritmética; e ingenio en el ánima para dibujar esferas, y en ellas las ciudades, ríos y montañas, islas y puertos, todo en su propio sitio.

Dueño de estos atributos, he penado hondamente sospechando (aunque nunca admitiendo) que no llegué a Japón como quería, sino a una tierra nueva que, como hombre de ciencia, debía admitir, pero como hombre político, debía ocultar. Así lo hice pero esta mañana fatal de mi historia, cuando el pequeño hombre de traje gris claro brillante como el pájaro que lo trajo hasta mí, con el maletín de cuero negro en la mano y los zapatos de cocodrilo, me sonrió y se presentó, supe la terrible verdad:

Yo no había llegado a Japón. Japón había llegado a mí.

Rodeado de seis personas, cuatro hombres y dos mujeres, que manipulaban toda suerte de artefactos, brújulas acaso, clepsidras, compases, o acaso cinturones de castidad, apuntados sin respeto a mi cara y a mi voz, mi visitante se presentó sencillamente como el señor Nomura.

Su argumento fue directo, claro y simple.

—Hemos observado con atención y admiración su custodia de estas tierras. Gracias a usted, el mundo cuenta con una reserva inmaculada de ríos, bosques, flora y fauna, playas prístinas y pescado incontaminado. Felicidades, Cristóbal San. Hemos respetado su aislamiento durante mucho tiempo. Hoy ha llegado el momento de que usted comparta el Paraíso con el resto de la humanidad.

—¿Cómo supieron...? —balbuceé...

—Usted no llegó a Japón, pero su botella retacada de manuscritos sí. Somos pacientes. Hemos esperado el momento. Su Paraíso, ¿ve usted?, aparecía pero desaparecía con mucha frecuencia. Las expediciones antiguas nunca regresaban. Tuvimos que esperar mucho tiempo hasta perfeccionar la tecnología que fijara la presencia de lo que convenimos en llamar el Nuevo Mundo como una constante a pesar de los movimientos aleatorios y, al cabo, engañosos, de las apariciones y desapariciones. Hablo de radar, láser, ultrasonido... Hablo de pantallas de alta definición.

—¿Qué cosa quieren...? —logré decir en medio de mi creciente confusión.

—De usted, Colombo San, colaboración. Sea un buen miembro del equipo. Nosotros sólo trabajamos en equipo. Coopere y todo saldrá bien. Wa! Wa! Wa! Conformidad, don Cristóbal —dijo, saltando un poco y luego parándose de puntitas.

Sonrió y suspiró.

—Aunque con retraso, nos encontrarnos.

Firmé más papeles que durante las Capitulaciones de Santa Fe con los Reyes Católicos. Nomura y su ejército de abogados japoneses (el golfo se llenó de yates, queches e hidroplanos) me hicieron ceder las playas de Antilia a la Compañía Meiji quien a su vez subcontrató su desarrollo a la Compañía Amaterasu, la cual en su turno cedía la construcción de hoteles a la Corporación Minamoto que contrataba la compra de mantelería con los Diseños Murasaki, todo lo relativo a toallas con el Grupo Mishima y la perfumería y jabonería con el Grupo Ichikawa. Los restoranes serían dirigidos por la Agencia Kawabata y las discotecas por la Agencia Tanizaki, en tanto que las cocinas serían provistas por Akutagawa Asociados, en fusión con el Grupo Endo para el producto importado y con el Grupo Obe para el producto nativo, que sería procesado en la isla por la Corporación Mizoguchi y trasladado a los hoteles por los Transportes Kurosawa, todo ello procurado por empleados locales (¿cómo quiere usted que los llamemos: aborígenes, nativos, indígenas, antillanos?, no queremos herir susceptibilidades) que prosperarán con el influjo turístico, Columbus San, y verán sus estándares de vida dispararse a las alturas. Necesitamos guías de turistas, choferes, líneas de autobuses, agencias de renta de autos, jeeps color de rosa y queches de placer para los clientes de los hoteles y en consecuencia carreteras y todo lo que el turista requiere a lo largo de las mismas: moteles, pizzerías, gasolineras y marcas reconocibles que los hagan sentirse como en su casa, pues el turista —es lo primero que debe usted saber como Almirante del Mar Océano y Presidente del Consejo de Administración de Paraíso Inc.— viaja para sentir que no ha dejado su hogar.

Me ofreció un té amargo: —Hemos dado concesiones, por ello, a marcas fácilmente reconocibles. Deberá usted firmar —aquí, por favor— contratos particulares con cada una para evitar conflictos con la Ley Antimonopolios de la CEE que jamás, le añado para alivio de su conciencia, hubiese aceptado algo tan avorazado como la Casa de Contratación de Sevilla.

Firmé, aturdido, los diversos contratos con expendios de pollo frito y aguas gaseosas, gasolineras, moteles, pizzerías, heladerías, revistas ilustradas, cigarrillos, llantas, supermercados, cámaras fotográficas, automóviles, yates, aparatos de música y más etcéteras que los títulos de todos los reyes de España para los que salí a descubrir.

Sentí que mi nuevo mundo era cubierto por una red de araña y que yo era el pobre insecto capturado en el centro, impotente porque, como ya lo dije, vivir en el Paraíso era vivir sin consecuencias.

—No se preocupe. Colabore con el equipo. Colabore con la corporación. No se pregunte quién va a ser el dueño de todo esto. Nadie. Confíe en nosotros: Sus nativos van a vivir mejor que nunca. Y el mundo va a agradecerle el último, el Supremo, el Más Exclusivo Lugar de Recreo del Planeta, el Nuevo Mundo, la Playa Encantada donde Usted y sus Hijos pueden Dejar Atrás la Polución, el Crimen, la Decadencia Urbana, y Gozar a sus Anchas de una Tierra sin Contaminación, PARAÍSO INC.

Quiero abreviar. El paisaje se transforma. Un humo ácido penetra hasta mi garganta día y noche. Mis ojos lloran hasta cuando le sonrío al activísimo señor Nomura, mi protector, quien ha puesto a mi servicio una guardia de samurais contra la gente que me ha amenazado o que organiza sindicatos y protestas. Todo va dirigido contra mí, pues soy la única cabeza visible de este nuevo imperio anónimo. Hace poco, eran mis amigos.

—Recuerde, don Cristóbal. Somos una corporación para el siglo XXI. Rapidez, agilidad, son nuestras normas. Evitamos las oficinas y la burocracia, no tenemos planta o equipos, lo alquilamos todo, nada más. Y cuando los periodistas le hagan preguntas sobre el verdadero dueño de Paraíso Inc., usted nomás diga: Nadie. Todos. Espíritu de equipo, Cristóbal San, lealtad a la compañía, yoga en las mañanas, un valium cada noche...

Nomura me hizo notar que lejos de ser un lugar cerrado, Paraíso Inc. estaba abierto a todas las naciones. Es cierto: vi con añoranza las viejas banderas que un día dejé atrás en las naves del aire que iban llegando con el tropel de turistas ansiosos de gozar la limpidez de nuestras aguas y la pureza de nuestro aire, la blancura de nuestras playas y la virginidad de nuestros bosques. TAP, Air France, Iberia, Lufthansa, Alitalia, BA... Los colores de sus insignias me rememoraban, con una dulce amargura, las cortes por donde peregriné pidiendo apoyo para mi empresa. Ahora, eran como corazas de una justa entre Pegasos en el campo de las Pléyades.

Llegaron miles y miles de turistas y el doce de octubre fui paseado en una carroza traída desde el Carnaval de Niza, rodeado de indios (e indias) desnudos y luciendo mis antiguos ropajes del siglo xv. Ahora, sobra decirlo, toda mi ropa es de Banana Republic. Nadie me molesta. Soy una institución.

Pero mi nariz trata de oler, en balde, los aromas de las carreteras invisibles de la noche, cuando miles de organismos ocultos perfumaban el aire para guiar al tapir y al venado, al ocelote y a la onza. No los oigo ya, no los huelo. Sólo mi lobo pardo de orejas puntiagudas sigue cerca de mí. El calor del trópico se escapa por sus pabellones palpitantes y blancos. Los dos miramos hacia los huertos del naranjo que nos rodean. Quisiera que el lobo entendiese: El naranjo, el animal y yo somos sobrevivientes...

No dejan que nadie se acerque a mí. Me han obligado a temer. Cruzo miradas, a veces, con una mulata lacia y morena que tiende mi cama con sábanas color de rosa y riega orquídeas antes de retirarse. Pero la mirada de ella es no sólo esquiva, sino rencorosa, y algo peor: resentida.

Una noche la joven criada indígena no se presenta. Irritado, estoy a punto de reclamar. Me doy cuenta de un cambio. Me vuelvo intolerante, cómodo, viejo... Aparto las gasas que protegen mi hamaca (he guardado esa deleitosa costumbre de mi asombro original) y encuentro recostada en ella a una mujer joven, esbelta y color de miel: rígida como un lápiz, sólo el mecer de la hamaca la suaviza. Se presenta con intensidad verbal y gestual como Ute Pinkernail, natural de Darmstadt, Alemania, y me dice que ha logrado colarse hasta aquí, en lugar de la criada, pues estoy muy protegido e ignoro la verdad. Extiende los brazos, me envuelve en ellos y me dice al oído, sin aliento, nerviosa: "Somos seis mil millones de seres en el planeta, las grandes ciudades del Oriente y del Occidente están a punto de desaparecer, la asfixia, la basura, la plaga las sepultan, te han engañado, tu paraíso es el último desaguadero de nuestras ciudades sin luz, estrechas, hacinadas, mendicantes, sin techo, por donde deambulan asaltantes, locos, multitudes que hablan solas, ratas escurridas, perros en manadas salvajes, migrañas, fiebres, mareos: ciudad en ruinas, sumergida en las aguas negras, para muchos; otra ciudad inaccesible, en las alturas, para muy pocos y tu isla es sólo la alcantarilla final, has cumplido tu destino, has esclavizado y exterminado a tu pueblo...".

No pudo decir más. Los samurais entraron dando gritos, saltando, blandiendo subametralladoras, apartándome violentamente. Mi veranda se cegó de pólvora y estruendo, una luz blanca lo bañó todo y en un vasto instante simultáneo los lanzallamas incendiaron mi huerto de naranjos, una bayoneta atravesó el corazón de mi lobo maestro, y las tetas de Ute Pinkernail se mostraron ante mi mirada atónita y deseosa. Luego, la sangre de la muchacha se escurrió entre las redecillas de la hamaca...

Vivir en el paraíso es vivir sin consecuencias. Ahora sé que voy a morir y pido permiso para regresar a España. El señor Nomura primero me regañó.

—No actuó usted como miembro del equipo, Cristóbal San. ¿Qué se creía, que iba a mantener su Paraíso apartado de las leyes del progreso para siempre? Dése cuenta de que manteniendo un paraíso, usted sólo estaba multiplicando el deseo universal de invadirlo y aprovecharlo. Sépalo ya: No hay paraíso sin jacuzzi, champaña, Porsche y discoteca. No hay paraíso sin papas fritas, hamburguesas, aguas gaseosas y pizzas napolitanas. Para todos los gustos. No se ande creyendo en la simbología de su nombre, portador de Cristo, paloma del Espíritu Santo. Regrese pues, vuele palomita, y lleve su mensaje: Sayonara, Cristo; ¡Paraíso, Banzai! ¡Wa! ¡Wa! ¡Wa! ¡Conformidad! El clavo que sobresale pronto será martilleado.

En el vuelo de Iberia soy tratado como lo que soy: una reliquia venerable, Cristóbal Colón que regresa a España después de quinientos años de ausencia. Había perdido toda noción del tiempo y del espacio. Ahora, desde el cielo, los recupero. Oh, cómo gozo viendo desde acá arriba la huella de mi primer viaje, en reversa: los montes del roble y el madroño, la tierra fertilísima, toda labrada, las almadías surcando el golfo donde desembocan siete ríos, uno de ellos en cascada suave color de la leche: veo el mar y las sirenas, los leviatanes y las amazonas disparando sus flechas al sol. Y adivino ya, volando sobre mi huerto calcinado,

las playas con resacas de mierda, los paños sangrantes, las moscas y las ratas, el cielo acre y el
agua envenenada. ¿También acusarán a los judíos
y a los árabes de todo esto antes de expulsarlos o
exterminarlos de vuelta?

Miro el vuelo de ánades y grajos y siento que
nuestra propia nave es impulsada por suaves alisios sobre un mar variable, aquí plácido como un
cristal, allá anclado en los zargazos, a ratos tormentoso como en los peores momentos del viaje
inicial. Vuelo cerca de las estrellas y sin embargo
sólo veo una constelación al caer la noche. La for-
man los senos magníficos de Ute Pinkernail, las
tetas que ya no me tocó tocar...

Me sirven Freixenet y me dan a leer la revista
Hola. No entiendo el tenor de las noticias. No me
importan. Voy de regreso a España. Voy de vuelta
al hogar. En cada puño, llevo las pruebas de mi
origen. En una mano, aprisiono las semillas del
naranjo. Quiero que ese fruto sobreviva a la implacable explotación de la isla. En la otra, llevo la
llave helada de mi casa ancestral en Toledo. A ella
regresaré a morir: casa de piedra y techumbre vencida, puerta de maderos crujientes que no ha sido
abierta desde que la abandonaron mis antepasados, los judíos expulsados por el pogromo y la
plaga, el miedo y la muerte, la mentira y el odio...

Pronuncio en silencio la oración que traigo
clavada en el pecho como un escapulario. La pronuncio en la lengua que los judíos de España
mantuvimos durante la eternidad, para no renunciar a nuestro hogar y a nuestra casa: "A ti, España

bienquerida, nosotros Madre te llamamos y, mientras toda nuestra vida, tu dulce lengua no dejamos. Aunque tú nos desterraste como madrastra de tu seno, no estancamos de amarte como santísimo terreno, en que dejaron nuestros padres a sus parientes enterrados y las cenizas de millares de sus amados. Por ti nosotros conservamos amor filial, país glorioso, por consiguiente te mandamos nuestro saludo glorioso".

Repito la oración, aprieto la llave, acaricio las semillas y me entrego a un vasto sueño sobre el mar, en el que el tiempo circula como las corrientes y todo lo une y relaciona, conquistadores de ayer y de hoy, reconquistas y contraconquistas, paraísos sitiados, apogeos y decadencias, llegadas y partidas, apariciones y desapariciones, utopías del recuerdo y del deseo... La constante de este trasiego es el movimiento doloroso de los pueblos, la emigración, la fuga, la esperanza, ayer y hoy.

¿Qué encontraré al regresar a Europa?

Abriré de nuevo la puerta del hogar.

Plantaré de nuevo la semilla del naranjo.

Londres, 11 de noviembre de 1992

Este libro se terminó de imprimir
en el mes de octubre de 2003
en Color Efe, Paso 192,
(1870) Avellaneda, Buenos Aires,
República Argentina.